Fleming Hannsen
Mariya Untold

Bibliografische Information der Deutschen Nationalbibliothek:
Die Deutsche Nationalbibliothek verzeichnet diese Publikation
in der Deutschen Nationalbibliografie; detaillierte bibliografische Daten sind im Internet über http://dnb.dnb.de abrufbar.
Die automatisierte Analyse des Werkes, um daraus Informationen insbesondere über Muster, Trends und Korrelationen gemäß
§44b UrhG („Text und Data Mining") zu gewinnen, ist untersagt.

© 2025 Fleming Hannsen
Kontakt: hannsenfleming@gmail.com
Instagram: autor_wider_willen
Lektorat: Dr. Hermann Eisele
Korrektorat: Dr. Hermann Eisele

Weitere Mitwirkende:
Satz: Herrn Meyers Buchmacherei, Köln

Verlag: BoD · Books on Demand GmbH, Überseering 33, 22297
Hamburg, bod@bod.de
Druck: Libri Plureos GmbH, Friedensallee 273, 22763 Hamburg
ISBN: 978-3-7693-5627-4

Fleming Hannsen

Mariya Untold

**„Gib dem Menschen einen Hund
und seine Seele wird gesund."**
Hildegard von Bingen, Benediktinerin & Dichterin

Inhaltsverzeichnis

Anmerkung zur Entstehung des Buchs

Ursprünglich wollte ich ja nie ein Buch schreiben. Ein zweites war schon gar nicht geplant. Wie ich überhaupt dazu kam, ein Buch zu schreiben, kann man in meinem ersten Roman „Mætt – The story beyond" nachlesen. Ich erzähle in meinem Erstlingswerk die Geschichte von Mætt. Er war, neben anderen, einer der Hauptprotagonisten in einem Buch, das meiner Frau seinerzeit aufgefallen war. Ich wurde von ihr genötigt es zu lesen. Ein Roman mit angeblich autobiografischen Anteilen und jeder Menge Widersprüchen. Die Geschichte hat mich zum Recherchieren motiviert. Recherchieren, ob es diesen Mætt tatsächlich gibt. Das alles ist in dem oben erwähnten Buch nachzulesen.

Es gibt diese Menschen auch im richtigen Leben. Ab einem gewissen Punkt waren sie sogar bereit, mir ihre Lebensgeschichte zu erzählen. Wir zeichneten diese Gespräche auf. Entweder lief ein Aufnahmegerät während persönlicher Gespräche mit oder wir zeichneten Zoom-Konferenzen auf. Diesem Fortschritt der Technik sei Dank. Basierend auf diesen unglaublich umfangreichen Aufzeichnungen, die ja ihrerseits wieder ein Dokument eines Stücks Zeitgeschichte sind, schrieb ich besagtes Buch. Das Ziel war nicht, ausschließlich die Lebensgeschichte der beziehungsweise des Hauptprotagonisten zu erzählen, sondern vor allem auch, gewisse Erklärungen für seine nennen wir es psychische Auffälligkeiten zu finden.

Nachdem diese Geschichte aufgeschrieben war, das entstandene Manuskript die verschiedenen Prozesse durchlaufen hatte, um irgendwann ein richtiges Buch, das man auch in Händen halten kann, zu werden, ließ ich die gesamte sehr besondere Entstehungsgeschichte noch einmal an meinem inneren Auge vorbeiziehen. Ich denke, dass das wichtig ist, um mit dem Geschriebenen abschließen und loslassen zu können. Immerhin haben mich die Charaktere über Wochen und Monate begleitet. Habe ich nicht direkt mit ihnen gesprochen, waren sie doch in meinen Gedanken ständig hoch präsent. Danach kann man nicht einfach zur Tagesordnung übergehen. Ich jedenfalls nicht. Auch hat mich irgendetwas, ich will nicht sagen gestört, aber irgendetwas gärte in meinen Gehirnwindungen. Ein Gedanke, den ich lange nicht wirklich fassen konnte.

In dem abgeschlossenen und mittlerweile erhältlichen Buch dreht sich alles um Mætt. Wie alles beginnt, wie sich sein Leben entwickelt, und so weiter. Natürlich bekommen die Menschen um ihn herum auch den Raum, den es benötigt, um *seine* Geschichte zu erzählen. Sein Leben, sein Werdegang steht aber im Mittelpunkt.

Bei einem Spaziergang mit meiner Frau, den ich wie so oft in den letzten Wochen dazu nutzte, um zu meinem Thema zu monologisieren, erwiderte sie lapidar:

„Na ja, dass der Mætt die Dinge so erleben musste, wie er sie erlebt hat, ist schon besonders. Was mich aber viel mehr interessieren würde, wäre die Geschichte von Mariya."

Mit dieser, quasi in einem Nebensatz erwähnten, Bemerkung setzte sie in meinem Gehirn einen weiteren Denkprozess in Gang. Mal wieder. Plötzlich traten die Momente, die ich mit Mariya hatte, überdeutlich in den Vordergrund. Ich sah mir diese auf den ersten Blick zarte Person mit den schlanken Händen, die immer gute Laune versprühte, unglaublich zuvorkommend war, nun etwas genauer an. Situationen mit ihr traten plötzlich in einer Überdeutlichkeit in den Vordergrund. In meinen Gedanken. Ich hörte mir die Mitschnitte von den Gesprächen mit ihr, in denen sie ihren Teil zu der Geschichte, zu Mætts Geschichte, beitrug, wieder und wieder an. Ich erahnte, dass sie wesentlich mehr zu sagen hätte, würde man sie danach fragen. Ich sah überdeutlich, dass ihr Leben einfach erzählt werden musste. Nicht so sehr der Moment in Bosnien, in dem sie auf Mætt traf. Dieser Teil der Geschichte wurde zur Genüge beleuchtet. Ich fragte mich plötzlich:

„Was ist eigentlich mit ihr passiert, als alle Befragungen zu den Vorkommnissen auf dem Balkan abgeschlossen waren?"

Ich schnitt alle Tondokumente, bei denen sie erzählte, zusammen. Wollte wissen, ob das alleine nicht schon für eine eigene Geschichte ausreichen würde. Tat es nicht. Es fehlten mehr als zehn Jahre ihres Lebens. Details, die sie auch zu dem Menschen geformt hatten, der sie heute war. Was hatte sie damals gefühlt? Wie war ihr Leben verlaufen, bis sie Mætt wieder begegnete?

Es dauerte bei mir einige Zeit, bis sich die ersten Gedanken in die konkrete Idee verwandelten, ihr Leben aufzuschreiben. Ein weiteres Buch daraus zu machen. Dazu musste ich wieder mit ihr sprechen. Musste sie überzeugen, dass ihre Geschichte es wert ist erzählt zu werden. Musste sie dazu motivieren, dass sie mir ihre Geschichte genauso detailliert erzählt, wie sie ihren Beitrag zu Mætts Geschichte erzählt hatte. Das war der schwere Teil. Sie ist ein sehr zurückhaltender Mensch, der alles vermeidet, was sie in ein wie auch immer geartetes Rampenlicht stellt. Wie also vorgehen?

Zuerst rief ich Mætt an. Der hörte mir geduldig zu, fragte ein, zwei Mal nach und riet mir dann lapidar sie doch direkt anzurufen. Ich bat ihn mit ihr zu reden, vielleicht etwas Vorarbeit zu leisten, was er aber ablehnte.

„Wenn du was von ihr möchtest, dann musst du ihr das selbst verkaufen. Wenn ich mich da einmische, dann denkt sie entweder, dass irgendetwas faul an der Sache ist oder dass sie mir einen Gefallen tun muss."

Wieder musste ich nachdenken. Schon alleine die Tatsache, dass ich sie direkt anrufe, auf ihrem Telefon, wird ihre Aufmerksamkeit erregen, wird sie misstrauisch machen, dachte ich. Ich fragte sodann meine Frau, wie ich da am geschicktesten vorgehen sollte. Auch sie lachte nur und riet mir einfach anzurufen und ganz direkt zu erzählen, was ich im Sinn hatte.

So machte ich es auch. Ich stotterte und stammelte rum, hatte das Gefühl, dass ich keinen Satz herausbringe. Mariya hörte geduldig zu und erwiderte nur:

„Fleming, wenn ich dich richtig verstehe, dann willst du ein Buch über mein Leben schreiben? Fasse ich das richtig zusammen?"

Ich hörte förmlich ihr Grinsen und ich wusste genau, wie sie in diesem Moment schaute.

„Ja!", erwiderte ich mit lautem Ausatmen und erleichtert.

„Nee", sagte sie lachend, „was soll an meinem Leben so interessant sein, dass man ein Buch darüber schreiben könnte?"

Das war mein Stichwort. Ich redete sicher eine Viertelstunde. Flüssig dieses Mal. Sie ließ mich geduldig ausreden und versprach mir dann darüber nachzudenken.

Zwei Tage später rief sie zurück. Sie hatte sich Gedanken gemacht, sich besprochen und wollte jetzt von mir wissen, wie sich das, was ich vorhatte, gestalten sollte.

So begann unsere Zusammenarbeit. Ich erklärte ihr die Struktur, die mir vorschwebte, den Betrachtungszeitraum und im Kern das, was ich eigentlich zum Ausdruck bringen wollte. Auch wenn das gerade alles andere als klar für mich war. Immer wieder fragte sie mich, zu was „das eigentlich gut sein soll".

„Wen interessiert das denn und was *genau* willst du damit ausdrücken?", lautete ihre dringlichste Frage.

Ich stellte mit Erschrecken fest, dass ich mir darüber, was ich eigentlich ausdrücken wollte, bis zu diesem Zeitpunkt definitiv keine oder viel zu wenig Gedanken gemacht hatte. Was ich *nicht* wollte, das konnte ich sagen. Ich wollte weder ein Heldenepos schaffen noch wollte ich eine „Phoenix-aus-der-Asche"-Geschichte einer sogenannten starken Frau daraus machen. Opfer war sie definitiv keines, also auch keine dementsprechende Lektüre.

Bei eben diesen Gesprächen mit Mariya schärfte sich die Absicht hinter meiner Idee. Ich wollte die andere Seite zu Wort kommen lassen. Sie hatte ja auch Mætts Auswüchse zu ertragen, sie war ja mit einer Viviane konfrontiert und hatte eine sehr ungewisse Zukunft vor sich. Noch dazu mit Kind. Wie fühlte sie sich dabei? Sie betonte, dass sie sich zu keiner Zeit in ihrem Leben ausgeliefert oder machtlos gefühlt hatte. Ich glaube ihr das auch, aber wie hatte sie sich denn dann gefühlt? Dem wollte ich auf den Grund gehen. Damit hatten wir eine gemeinsame Basis gefunden.

Die Zusammenarbeit gestaltete sich aufgrund der geografischen Gegebenheiten genauso, wie wir es für mein erstes Buch erfolgreich praktiziert hatten. Wir schnitten die Zoom-Konferenzen mit, die ich dann in ein Manuskript zu gießen hatte. Zuvor mussten wir uns auf eine grobe Struktur einigen. Das funktionierte sehr gut. Wir hatten ja Übung.

Was weniger gut funktionierte, war die Entstehung des Manuskripts. Hatte ich mich beim ersten Buch noch regelrecht in einen Rausch geschrieben, musste ich jetzt nachdenken. Es sollte doch die weibliche Perspektive beleuchtet werden. Ging das mit mir als Mann überhaupt? Plötzlich waren Begrifflichkeiten wie „Schreibblockade" tatsächlich fassbar. Zweifel ob der Sinnhaftigkeit wurden mein ständiger Begleiter. Mehr als einmal hätte ich am liebsten hingeworfen. Das wäre aber nicht fair gewesen. Hätte ich hingeworfen, wäre das einem Statement wie „stimmt, deine Geschichte ist es nicht wert erzählt zu werden" gleichgekommen. Das war definitiv nicht richtig. Es lag ja an mir. Vielleicht genau deshalb, weil ich ein Mann bin.

Wieder einmal gab mir meine Frau die notwendige Sicherheit weiterzumachen. Sie las Korrektur. Seite für Seite, Kapitel für Kapitel. Sie wurde zu meinem schärfsten Kritiker, aber nur so kann man wachsen.

Hier kommt nun Mariyas Geschichte. Ich hoffe, ihr habt Spaß beim Lesen und es wird euch nicht langweilig, wenn ich eine weitere schier unglaubliche Geschichte erzähle.

Danzig, März 2025

Kapitel 1 – In Sicherheit

Nach wochenlanger Odyssee durch das bosnische Kriegsgebiet hatte sich die Gruppe um Paul zusammen mit Mætt und Mariya nach Tuzla in die Obhut der Blauhelme gerettet. Von hier aus wollten sie auf sicheres Gebiet weiterreisen und es Mariya als Augenzeugin eines serbischen Kriegsverbrechens an bosnischer Zivilbevölkerung und unbeteiligten Ausländern ermöglichen, eine Aussage zu machen. Das gestaltete sich aber schwieriger als gedacht. Die Blauhelme waren misstrauisch wegen der aus dem Nichts auftauchenden Gruppe von offensichtlich Militärangehörigen, von deren Existenz sie keine Informationen hatten.

Plötzlich ging aber alles ganz schnell. Paul hatte den Kommandeur der Blauhelme zusammengefaltet, danach durfte er dann die notwendigen Telefonate machen. Nachdem der Kommandeur der Blauhelme seinerseits von seinem Oberkommando die anscheinend richtigen Befehle bekommen hatte, war er mit einem Mal handzahm.

Am nächsten Morgen wurden alle sehr unbürokratisch nach Sarajevo verbracht. Nach Pauls Auftritt waren wohl alle froh, dass dieser Trupp ihren Zuständigkeitsbereich verlassen würde.

Für Mætt, Mariya und die restlichen Kameraden war der Blauhelm-Stützpunkt in Tuzla eine massive Verbesserung ihrer Lage. Selbst für nur eine Nacht. Zum einen waren sie hier sicher, zum anderen gab es reichlich zu essen und vor allem sanitäre Anlagen. Duschen war eine Offenbarung! Sie hatten zwar keine frischen Kleider, aber alleine sich den ganzen Dreck abzuspülen verbesserte ihr Wohlbefinden um zweihundert Prozent.

Duschen war für Mariya eine heikle Angelegenheit in einem Männerlager. Es reichte ihr nicht aus, dass sie die Zusage bekam, das sich niemand, rein zufällig, in den Waschcontainer verirrte, in dem sie duschte. Mætt und Dimitri mussten vor dem Sanitärcontainer Wache stehen und dafür sorgen, dass sich niemand weiter als auf fünfzig Meter näherte. Alle hatten nach einer warmen Dusche und einem anständigen Essen einen zufriedenen Gesichtsausdruck.

Der schnelle Flug nach Sarajevo am nächsten Morgen und der Weiterflug am gleichen Abend nach Wien ließen sich ohne Hunger und mit einem halbwegs neutralen Körpergeruch wesentlich besser ertragen. Da waren sich alle einig.

Sie bewegten sich sicher im Umfeld der Blauhelme. Es hatte sich trotzdem sehr schnell verbreitet, dass ein Trupp offensichtlich deutscher Militärangehöriger aus dem Nichts aufgetaucht war und seine Muskeln spielen ließ. Dementsprechend schlug ihnen von überall unverhohlenes Misstrauen entgegen. Paul darauf angesprochen, winkte ab. „In noch nicht mal vierundzwanzig Stunden sind wir hier raus. Das braucht uns nicht zu stören, was die von uns denken", war seine lapidare Antwort.

Sie landeten spät am Abend bei leichtem Regen auf dem Flugfeld der Militärbasis in der Nähe von Wien, von der aus das gesamte Unternehmen vor einigen Wochen begonnen hatte. Als die Militärmaschine zum Stillstand gekommen und die vordere Tür geöffnet war, verließen die Kameraden und Mariya das Flugzeug. Sie überquerten zügig die letzten Meter des Rollfeldes hin zu dem Gebäudekomplex, vor dem eine Gruppe Menschen mit Regenschirmen stand und anscheinend auf sie wartete. Mætt erkannte im Näherkommen Schmitts seltsam vertraut anmutende Silhouette.

Mariya hatte den ganzen Flug über Mætts Hand mit eisernem Griff festgehalten. Es war ihr anzusehen, dass sie in der lauten Militärmaschine nackte Angst hatte. Erst als die Tür des Flugzeugs geöffnet wurde, entspannte sich ihr Gesicht und auch der Griff lockerte sich etwas.

Fragend schaute sie Mætt an. Ihre Verunsicherung war ihr anzusehen. Dass sie nicht wusste, was gerade um sie herum vorging, ängstigte sie offensichtlich.

„Wo sind wir?", fragte sie unsicher, ohne seine Hand loszulassen.

„Wir sind in Wien. Von hier aus sind wir vor einigen Wochen zu unserer Mission aufgebrochen."

„Was passiert jetzt? Mit mir …", setzte sie mit zittriger Stimme nach.

„Das sehen wir gleich. Auf jeden Fall bist du jetzt in Sicherheit!", sagte Mætt lächelnd zu ihr und strich ihr mit seinem Daumen über ihren Handrücken.

Als sie an die Gruppe Menschen herangekommen waren, die da im leichten Nieselregen mit Schirmen auf sie warteten, machte Paul militärisch Meldung, schlug die Hacken zusammen und salutierte. Niemand nahm dies wirklich zur Kenntnis. Schmitt hob leger die Hand zum militärischen Gruß, kommentierte Pauls Meldung aber nicht im Speziellen. Er streckte Mætt seine Hand zum Gruß entgegen, der auch erwidert wurde.

„Schön dich am Stück wiederzusehen", eröffnete Schmitt.

Mætt zögerte einen Moment, dann erwiderte er schmunzelnd: „Unter Abwägung der Alternativen möchte ich dieses Mal noch nicht einmal widersprechen. So gerne ich das auch aus reiner Gewohnheit tun würde."

Schmitt schüttelte Mætts Hand, dann registrierte er, dass die andere Hand ja von Mariya fest umklammert wurde. Süffisant grinste er.

„Magst du mir deine entzückende Begleitung nicht vorstellen?"

Mariya registrierte Schmitts Lächeln, verstand den Zynismus auch in einer ihr fremden Sprache und schaute ihn vernichtend an. Schmitt registrierte das sehr wohl, was ihm jetzt ein breites Grinsen auf sein Gesicht trieb. Mariya filetierte ihn dafür mit Blicken.

„Mariya, das ist mein Vorgesetzter Schmitt. Schmitt, das ist

Mariya, die in Bosnien Zeuge der serbischen Übergriffe wurde."
Mætt hatte russisch gesprochen und Schmitt konnte nur ahnen,
was er sagte. Mechanisch streckte er Mariya seine Hand zur Begrüßung entgegen. Es brauchte einen schnellen Druck auf ihre
Hand, die Mætt immer noch in der seinen hielt, um Mariya zu
motivieren, die ihr entgegengestreckte Hand zum Gruß zu ergreifen. Ansonsten blieb Mariya frostig. Keine wirkliche Gefühlsregung war ihr anzumerken.

Schmitt schlug vor, die Unterhaltung im Inneren des Gebäudes fortzusetzen. Drinnen, im Warmen stellte er dann Frau
Mayer vom UN-Kinderhilfswerk vor. Eine matronenartige End-
fünfzigerin mit um Freundlichkeit bemühtem Blick. Auch sie
wurde von Mariya nach expliziter Aufforderung nur spröde begrüßt.

Man würde jetzt noch auf den Dolmetscher warten. Bis zu
dessen Ankunft solle doch Mætt aushelfen. Mætt fragte nach, ob
denn ein männlicher oder weiblicher Dolmetscher angefordert
worden war.

„Es kommt ein Mann", antwortete Frau Mayer.

„Ist es denn nicht möglich eine Frau anzufordern? Aufgrund
der Ereignisse gehe ich nicht davon aus, dass Mariya mit einem
männlichen Dolmetscher kooperieren wird", erklärte Mætt.
Schmitt nickte bedächtig in Richtung der Dame vom Kinder-
hilfswerk.

„Dann muss ich telefonieren!", erwiderte Frau Mayer, machte
auf dem Absatz kehrt und verschwand in einem der angrenzenden Zimmer.

„Wie geht das jetzt weiter, Schmitt?"

„Mariya und du, ihr werdet beide ins Heeresspital nach Wien
in die Brünner Straße verlegt. Ich warte eigentlich nur auf den
Fahrdienst. Mariya muss gründlich untersucht werden. Auch du
scheinst ja gehörig etwas abbekommen zu haben. Wenn man
Pauls Vorabrapport Glauben schenken darf, reine Glückssache,
dass du noch am Leben bist. In der Zwischenzeit machen wir
hier das De-Briefing mit deinen Kameraden und holen das mit

dir separat nach deiner Rückkehr aus dem Spital nach. Dann geht's ab nachhause", schloss Schmitt seine Ausführungen.

Mætt nickte. Ach ja. Da war ja noch was. Nachhause. Er hob den Kopf, schaute Schmitt an und überlegte, wie er seine Fragen jetzt formulieren sollte. Schmitt las Mætts Gedanken und antwortete, bevor dieser fragen konnte.

„Ich war vor vier oder fünf Wochen bei Andrea und habe mit ihr gesprochen. Eine sehr nette Frau übrigens und eine wirklich entzückende Tochter hast du. Ich habe ihr eine Mischung aus der Wahrheit und einer abenteuerlichen Geschichte erzählt. Sie hat zwar zu allem brav genickt, aber ob sie mir geglaubt hat, wage ich eher zu bezweifeln. Ich denke, dass ihr einiges zu klären habt."

Mætt nickte abwesend und fragte sich, was ihn zuhause tatsächlich erwartete. Ob er überhaupt noch ein Zuhause hatte.

Die Tür wurde geöffnet, ein Uniformierter streckte den Kopf herein und nickte nur in Richtung Schmitt.

„Der Fahrdienst ist da."

Mætt übersetzte Mariya grob das, was jetzt passieren würde. Die nickte nur beiläufig. Die kleine Gruppe setzte sich in Bewegung zu dem vor der Tür wartenden VW-Bus. Frau Mayer kletterte auf den Beifahrersitz, Mætt und Mariya stiegen hinten ein und setzten sich gegenüber auf die Sitzbänke. Die Türen waren kaum geschlossen, da setzte sich das Fahrzeug in Bewegung. Es war eine ruhige, ungefähr eine Stunde dauernde Fahrt, durch verschiedene Außenbezirke des Wiens der frühen 1990er Jahre. Zuerst durch die Außenbezirke von Wien, dann durch etwas dichteren Verkehr. Schließlich kamen sie beim Militärspital an, das sie durch einen Seiteneingang betraten.

Frau Mayer wollte Mariya jetzt übernehmen und forderte Mætt auf zu übersetzen. Was dieser tat. Mariya schaute ihn fragend an, Mætt nickte nur auffordernd. Die beiden Frauen entfernten sich in Richtung Fahrstuhl. Der Fahrer vom Fahrdienst forderte Mætt auf ihm zu folgen. Sie liefen scheinbar ewig durch ein Labyrinth von Gängen, stiegen einige Stockwerke auf eine Station hoch. Dort mussten sie nachfragen und Mætt wurde nach einem Telefonat der diensthabenden Schwester in den obersten Stock des neu errichteten Gebäudes geschickt. Dort wurde Mætt in die Hände des Stationsarztes übergeben. Der erklärte ihm kurz den Ablauf und zeigte ihm sein Zimmer. Als Mætt sah, dass er ein Einzelzimmer mit eigenem Bad bezog, entspannte auch er sich etwas. Die Untersuchungen wurden für den nächsten Tag angekündigt und konnten sich ein, zwei Tage hinziehen. Mætt sah, dass auf dem Bett Rasierzeug, frische Unterwäsche und ein typischer blau-grauer Trainingsanzug der Bundeswehr lag. Unendlich froh, dass er sich jetzt richtig herrichten konnte, verabschiedete Mætt den Stationsarzt und widmete sich für die nächsten knapp zwei Stunden der Körperpflege.

Damit fertig, entdeckte er, dass das Zimmer auch über ein, wenn auch kleines, aber funktionierendes Fernsehgerät verfügte. Er warf sich auf sein schmales Krankenhausbett, verstellte den Rückenteil entsprechend und begann durch die wenigen Kanäle zu zappen. Nicht wirklich befriedigt, beendete er das recht schnell. Entweder kam der gewohnte Mist der Privatsender oder es kamen Nachrichten aus der Gegend, in der er vor noch nicht einmal vierundzwanzig Stunden selbst noch war. Das war das Letzte, was er jetzt gebrauchen konnte. Er schaltete das Gerät wieder ab.

Er legte sich auf sein Bett zurück, schloss die Augen. Die Stille begann ihn zu erdrücken. Sein Kopf begann zu schmerzen und eine Ruhelosigkeit, von der er nicht wusste, woher sie kam, ergriff Besitz von ihm. Zuerst begann er im Zimmer auf und ab zu gehen. Wechselte ins Badezimmer, putzte sich die Zähne. Ging wieder auf und ab. Legte sich wieder auf sein Bett. Zappte sich wieder durch die Fernsehkanäle, nur um Minuten später seine rastlose Wanderung durch das kleine Zimmer wiederaufzunehmen. Irgendwann war es weit nach Mitternacht. Er beschloss seine Wanderung auf dem Flur der Station fortzusetzen. Er sah einen kleinen Rollwagen mit einer verblassten blauen Thermoskanne stehen. Er ergatterte noch eine letzte saubere Tasse lauwarmen Hagebuttentee, den er aufrichtig hasste. Besser als nichts, dachte er sich … Er wanderte an das Ende des Flurs und schaute aus dem großen Fenster über die erleuchtete Umgebung. Die Stadt schlief. Er nippte an seinem Tee und wollte seinen Gedanken, die sich langsam und übermächtig zusammenballten, nicht gestatten in den Vordergrund zu treten. Gedanken, die das Potenzial hatten, ihn zu erschlagen.

Plötzlich hörte er hinter sich ein leises Geräusch und drehte den Kopf. Mariya stand da und schaute ihn mit traurigen Augen an.

„Jetzt trennen sich unsere Wege, stimmt's?", fragte sie leise.

„Ja", antwortete Mætt mit betont neutraler Stimme.

„Und was ist, wenn ich das nicht möchte?"

„Ich denke, daran lässt sich nichts ändern."

„Was passiert mit mir, wenn die Untersuchungen beendet sind?"

„Du wirst zu den Geschehnissen in Bosnien vernommen und dann wirst du von Frau Mayer zu einer Pflegefamilie gebracht. So hat mir das jedenfalls mein Vorgesetzter erklärt", erwiderte Mætt.

„Kannst du nicht dolmetschen? Wir kennen uns doch jetzt schon eine ganze Weile. Bei dir würde es mir nicht so schwerfallen, unangenehme Dinge zu erzählen."

„Nein, das darf ich gar nicht machen. Das muss von einem staatlich anerkannten und vereidigten Dolmetscher gemacht werden. Ich wäre befangen, weil ich ja Teil der Geschichte bin. Ich habe aber darum gebeten, dass man dir einen weiblichen Dolmetscher besorgt."

Mariya nickte dankbar.

„Sehen wir uns jetzt nie mehr wieder?"

Mætt überlegte, was er einer Siebzehnjährigen darauf erwidern sollte. Er beschloss aufrichtig zu sein.

„Ich kann es dir nicht sagen. Mein Vater sagte immer, dass man sich oftmals zweimal im Leben begegnet."

Wieder ein zaghaftes Lächeln.

„Vielleicht sehen wir uns ja in vielen Jahren wieder. Du hast eine eigene Familie, ich bin alt und grau. Für den Fall, dass wir uns nie mehr sehen sollten, werde ich immer an dich denken und mich darüber freuen einen so tollen Menschen kennengelernt zu haben."

„Ja, so in etwa habe ich mir das auch gedacht. Ich kann meinen Kindern dann von dir erzählen."

„Mariya. Ich weiß, dass du ein starker Mensch bist. Egal, was jetzt passiert, du wirst deinen Weg finden. Du wirst ein gutes Leben haben, wenn du auch jetzt noch nicht weißt, wie das aussieht. Ich bin fest davon überzeugt, dass es dir gut gehen wird."

„Kannst du mich nicht mitnehmen? Ich könnte als Babysitter für dich arbeiten."

Mætt lächelte jetzt weich und schaute ihr in die Augen.

„Das willst du nicht. Du bist intelligent, du kannst mit der entsprechenden Bildung alles erreichen. Schau, dass alles, was du machst, dich nach vorne bringt. Lass dich nicht beirren. Höre nicht auf die, die dir sagen wollen, dass du etwas nicht kannst. Ich bin absolut zuversichtlich, dass alles gut wird. Klar hast du Angst. Angst vor dem Ungewissen. Glaub mir, diese Angst habe ich auch. Aber Angst ist dazu da, dass man sie überwindet. Nicht um vor ihr zu kapitulieren. Schau nach vorne. Nur so gehst du stark aus deiner Angst hervor."

Mariya hörte ihm geduldig zu. Nickte hin und wieder. Sie ergriff seine Hand, hielt sie fest, streichelte mit ihrem Daumen über seinen Handrücken. Sie stellte sich auf die Zehenspritzen und küsste ihn auf die Wange.

„Danke Mætt. Für alles! Ich bin froh, dass wir uns kennengelernt haben."

Danach drehte sie sich um und ging mit gesenktem Kopf und hängenden Schultern zurück zum Fahrstuhl. Mætt blieb zurück und der Kloß in seinem Hals wurde immer größer.

Irgendwann im Morgengrauen fand er endlich Ruhe und schlief ein paar Stunden, bevor er zu den Untersuchungen geholt wurde.

Schmitt kam vorbei und berichtete ihm, dass eine Dolmetscherin für Mariya gefunden wurde. Eine junge Russin, kaum älter als Mariya. So kam Irena, Irenka genannt, in Mariyas Leben. Ein Glücksfall. Nicht nur dass Irenka die gleiche Sprache sprach, sie konnte auch ansonsten mitreden. Sie kannte die angesagten Popbands, die Mariya so toll fand. Sie konnte sich vor allem in eine Siebzehnjährige hineinversetzen. Wusste, was sie bedrückte, wusste, was sie begeisterte. Irenka schenkte Mariya drei russische Bücher, damit sie ihrer Langeweile irgendetwas entgegenzusetzen hatte. Mädchenlektüre, aber diese Bücher haben noch heute ihren Platz in Mariyas Regalen. Sie wurden fast so etwas wie Freundinnen, nachdem die Aussagen, die Mariya in den nächsten vierzehn Tagen machen musste, beendet waren. Doch dann trennten sich auch ihre Wege.

Mætt beendete zwei Tage später die Untersuchungen ohne eine Diagnose. Er war unbeschränkt dienstfähig. Er hatte Antibiotika gegen seine Ohrenentzündung bekommen. Die Röntgenbilder seines Schädels waren unauffällig, obwohl er über ständig wiederkehrende Kopfschmerzen und Schwindel, besonders in Stresssituationen klagte.

Er wurde befragt und musste haarklein berichten, was ihnen widerfahren war. Irgendwann war auch das vorbei. Er flog mit einer Linienmaschine von Wien nach Frankfurt/Main, legte den restlichen Weg bis zu der nächstgrößeren Stadt mit dem Zug zurück. Dort bestieg er ein Taxi und fuhr die verbleibenden, wenigen Kilometer bis nachhause. Nachhause. Wie fremd das für ihn klang.

Er bezahlte das Taxi und stieg vor dem kleinen Haus, in dem er mit Andrea und seiner neugeborenen Tochter wohnte, aus dem Fahrzeug. In dem blau-grauen Trainingsanzug. Gänzlich ohne Gepäck, außer einem grauen Stoffbeutel, in dem sich die Dinge befanden, die in den Hosentaschen keinen Platz hatten. Er betrat das Grundstück und griff nach der Klinke der Haustür. Die war wie immer unverschlossen. Er betrat den Hausflur, in dem es sehr vertraut roch. Er schlüpfte in seine Latschen, die an dem dafür vorgesehenen Platz standen, und betrat den offenen Küchenbereich. Von dem Geräusch der sich öffnenden Haustür aufgeschreckt kam Andrea schlaftrunken aus dem Wohnzimmer, um nach der Ursache zu schauen. Wie angewurzelt blieb sie bei Mætts Anblick stehen.

„Hallo", sagte sie tonlos.

„Hallo", erwiderte Mætt vorsichtig.

Sie kamen aufeinander zu und nahmen sich mechanisch in die Arme und küssten sich. Sie roch vertraut und war doch so fremd. Ihr ging es anscheinend genauso.

„Die Kleine schläft?", fragte er schüchtern.

„Ja. Gott sei Dank. Sie ist ein bisschen erkältet. Hat etwas gedauert, bis sie geschlafen hat."

Gemeinsam gingen sie leise durch die halboffene Kinderzimmertür. Mætt blieb vor dem alten Holzbettchen stehen, das er eigenhändig für seine Tochter restauriert hatte. Zärtlich schaute er auf den am Schnuller nuckelnden, schlafenden Säugling. Seine Augen füllten sich mit Tränen, die er aber erfolgreich zurückhalten konnte. Andrea bemerkte das nicht.

Sie schubste ihn leicht und forderte ihn auf mitzukommen. Im Wohnzimmer deutete sie auf eine kleine, lindgrüne Porzellankanne mit Kräutertee. Er holte sich in der Küche eine Tasse, die sie vor seinem Einsatz auf einem Töpfermarkt gekauft hatte. Erinnerungen. Trotzdem fremd. Wie aus einer anderen Zeit.

Er setzte sich zu Andrea auf die Couch. Sie schaute ihn neutral an, nippte an ihrem Tee.

„Ich denke, dass wir einiges zu besprechen haben. Das läuft uns aber nicht davon. Komm du erstmal an. Morgen ist auch noch ein Tag."

Dankbar nickte er in ihre Richtung. Dann fanden sie schnell in ein Gespräch ihr gemeinsames Kind betreffend. Er hatte seine Tochter nur einen Monat erlebt, bevor er nach Bosnien ging. Mittlerweile war sie fast vier Monate alt.

Irgendwann schlief Mætt erschöpft auf seiner Couch ein. Er war zurück. Er war zuhause. Es fühlte sich zwar nicht so an, aber das würde sich sicherlich noch ändern.

Kapitel 2 – Aufbruch in ein neues Leben

Für Mariya begann direkt am nächsten Tag eine sehr schmerzvolle Zeit. Die medizinischen Untersuchungen waren relativ schnell abgeschlossen. Diese brachten keinerlei Ergebnisse, außer dass ihr ein paar Pfund Körpergewicht mehr gut zu Gesicht stehen würden. Auch dass eine psychologische Betreuung angeraten sei, wurde klar empfohlen. Direkt nach den zwei Tagen, an denen sie medizinisch durchgecheckt wurde, begannen die Befragungen, die in einem Appartement in einem Hochhaus der Wiener Neustadt stattfanden. Sie durchlebte die schrecklichen Momente, als sie ihre Eltern verlor, wieder und wieder. Abends, alleine in ihrem Bett in der Hochhauswohnung, sah sie immer wieder den überraschten Gesichtsausdruck ihres Vaters, Sekunden bevor das Geschoss in seinen Schädel drang, und den letzten liebevollen Blick ihrer Mutter aus deren geschundenem Gesicht. Sie weinte sich dann in den Schlaf. Das Gute aber war, dass Irenka, ihre Dolmetscherin, die ganze Zeit über für Mariya da war. Sie brach die Befragungen ab, wenn sie realisierte, dass es Mariya zu viel wurde. Sie verschaffte ihr mit ihrem Veto freie Tage, an denen sie, befreit von den immer wiederkehrenden, oftmals schwer nachvollziehbaren Fragen, zusammen die Stadt unsicher machten. Trotz der harten Zeit hatten die beiden so etwas wie Spaß zusammen. Irenka zeigte Mariya die Stadt. Sie zeigte ihr alle Plätze, die eine Siebzehnjährige in der österreichischen Hauptstadt Wien gesehen haben musste. Sie gingen in Kaffeehäuser, saßen an der Donau, machten sogar einen Ausflug mit einem der Ausflugsdampfer. Mariya kam sich vor wie in einem Märchen. Überall blinkte und blitzte es, die Läden waren voll mit Waren. Alles war im Überfluss vorhanden und blitzblank war es noch dazu. Irenka schenkte ihr abgelegte Kleider von sich, kaufte ihr von ihrem Geld Unterwäsche, Hygieneartikel und all die Dinge, die eine Siebzehnjährige unbedingt brauchte. Frau Mayer steuerte eine Umhängetasche von ihrer ältesten Tochter bei, die Mariya als Handtasche für ihren wachsenden Fundus an persönlichen Gegenständen verwenden konnte. Auch ein kleiner Lederkoffer wechselte den Besitzer, für die zunehmende Garderobe.

Die Menschen, die sie befragten, wollten die Namen der Peiniger wissen, und Mariya musste dabei helfen, dass Phantombilder von denjenigen angefertigt werden konnten, deren Namen sie nicht aufgeschnappt hatte. So wurde sie quasi gezwungen sich jede einzelne Sekunde nochmals vor ihr inneres Auge zu führen. Das war das Schmerzvollste an der ganzen Geschichte. Wieder und wieder sah sie ihre Eltern sterben.

Irgendwann hatte sie auch das hinter sich. Sie blieb noch zwei Tage in der Wohnung, dann wurde sie von Frau Mayer darüber informiert, dass sie eine längere Zugreise zusammen antreten und sie dann ihrer Pflegestelle zugeführt werden würde. Genaueres wurde ihr noch nicht gesagt. Frau Mayer hatte unermüdlich im Hintergrund die Fäden gezogen. Sie wunderte sich schon über die Vorzugsbehandlung einer siebzehnjährigen Russin, die wohl direkt, sehr unbürokratisch, eine dauerhafte Pflegestelle bekam. Ihre Vorgesetzten darauf angesprochen, stieß sie entweder auf Schweigen oder Schulterzucken.

„Anweisung von oben", hieß es dann.

Mariya musste schon wieder mit einer neuen Situation zurechtkommen. Wenn es auch zu ihrem vermeintlich Besten war. Sie stand wieder vor einem Schritt ins Unbekannte, musste wieder eine halbwegs gewohnte Umgebung verlassen und wusste nichts von der nächsten Station. Das musste ein Mensch in ihrem Alter erst einmal verkraften. Irenka schenkte ihr einen alten Walkman mit einer Handvoll selbst bespielter Kassetten mit den angesagtesten Hits dieser Zeit. Und einen Vorrat an Batterien, damit Mariya auch die lange Zugreise überstehen würde. Mariya weinte vor Glück und Dankbarkeit. Alle waren so nett zu ihr. Sie wusste gar nicht, womit sie das verdient hatte. Auch Irenka war es sehr schwer ums Herz. Sie begleitete Frau Mayer und Mariya zum Hauptbahnhof, wo die beiden in dem Nachtzug zwischen Wien und Hamburg ein Schlafwagenabteil bezogen. Mariya wusste nur, dass die Zugfahrt offensichtlich über Nacht gehen und sie am nächsten Abend bei ihrer Pflegestelle, was auch immer das bedeutete, ankommen würde.

Frau Mayer hatte eine riesig große Tasche mit Proviant dabei. Hungern würden sie jedenfalls nicht. Auf dem Bahnsteig nahm sie Irenka in den Arm und drückte sie fest. Sie steckte Mariya einen Zettel mit ihrer Adresse zu und bat sie ihr zu schreiben. Sie wollte wissen, ob es ihr gut ging, was mit ihr passierte. Als sie sich umdrehte und ihres Weges zog, konnte man auch in Irenkas Augen einen verdächtigen, feuchten Glanz wahrnehmen.

Irgendwann setzte sich der Zug langsam und träge in Bewegung. Nur sie und Frau Mayer waren in dem Abteil. Sie saßen sich am Fenster gegenüber und Mariya sah, wie sie sich langsam von Wien entfernten und einer ungewissen Zukunft entgegenfuhren. In den ersten langen Minuten der Fahrt wurde eine Durchsage von der anderen abgelöst. Mariya verstand kein Wort. Irgendwann dann Stille, nur überlagert von dem monotonen Klack-klack, Klack-klack der Wagenräder auf den Schienen. Frau Mayer und sie saßen sich gegenüber. Schweigend. Mariya wusste, dass Frau Mayer kein Russisch sprach, und ihr Schulenglisch war nicht gut genug für eine wirkliche Unterhaltung. Frau Mayer zwinkerte ihr zu und zog einen „Kauderwelsch-Sprachführer Russisch" aus ihrer übergroßen Handtasche. Zunächst verstand Mariya nicht, was das bedeutete, erkannte dann aber, dass dieser Sprachführer Sprachfloskeln aus unterschiedlichen Alltagssituationen so darbot, dass man sich durchaus in einer fremden Sprache verständigen konnte. Durch die Lautschrift konnte man die fremden Wörter auch fast richtig aussprechen. So durfte Frau Mayer ihre ersten russischen und Mariya ihre ersten deutschen Worte lernen. Es kam mit der Zeit so etwas wie eine lockere Stimmung auf und sogar die als hölzern wahrgenommene Frau Mayer taute nicht nur auf, sondern entwickelte sogar so etwas wie Humor. Den Schaffner begrüßte sie mit einem perfekt betonten: „Добрый день" (Drobre djien), was bei Mariya zumindest ein Schmunzeln auf ihr Gesicht zauberte.

Diese gemeinsamen Phasen wurden abgelöst durch Zeiten, in denen jede ihrer eigenen Beschäftigung nachging. Frau Mayer hatte auch ein Buch mitgebracht. Mariya las in den Büchern von Irenka, hörte Musik oder schaute auf die am Fenster vorbeiziehende Landschaft und hing ihren Gedanken nach. Frau Mayer zauberte zur Abendessenszeit drei riesige Plastikschüsseln aus einer ihrer Taschen. Eine stellte sie auf die Ablage am Fenster, mit den anderen beiden verließ sie das Abteil, nicht ohne Mariya auf Russisch „Essen kochen" zu vermitteln. Frau Mayer war ein praktisch eingestellter Mensch. Sie begab sich mit den beiden Schüsseln, in der einen befand sich vorgekochtes Gulasch, in der anderen die dazugehörigen Nudeln, in Richtung Speisewagen. Dort sollte es eine Mikrowelle geben, die das mitgebrachte Essen erhitzt. Egal wie, sie würde ohne warmes Essen den Speisewagen nicht verlassen. Wenn sie hungrig war, konnte sie besonders unangenehm werden.

Knappe zwanzig Minuten später war sie zurück. Sie zog eine breite Spur an Essensgerüchen hinter sich her. Das roch so stark und lecker, dass sie beim Durchqueren der Abteile mehrmals zum Dazusitzen eingeladen wurde, was sie aber lächelnd ablehnte. Im Schlafwagen zurück, kramte sie zwei Plastikteller aus ihrer Tasche und verteilte ungefragt die Nudeln und das Gulasch auf den Tellern. Irgendwo zauberte sie auch noch zwei Gabeln hervor. Mariya beobachtete ihr Tun sehr aufmerksam. Das Gulasch roch dermaßen gut, dass ihr das Wasser im Mund zusammenlief. In der dritten Schüssel war vorgereinigter Salat, zu dem sie vorbereitete Salatsauce aus einer mitgebrachten Sprudelflasche dazukippte. Diese Frau war organisiert! Respekt! Mariya fiel wie ein hungriger Schwarm Heuschrecken über ihre Portion her und konnte sich gerade noch beherrschen den Plastikteller nicht sauber abzulecken.

Nach dem Essen drückte Frau Mayer Mariya die Teller und die leeren Schüsseln in die Hand und präsentierte das entsprechende russische Wort für „Abwaschen" aus dem Kauderwelsch-Sprachführer. Mariya zog mit dem Geschirr in den Waschraum los und spülte wie geheißen das Geschirr sauber ab. Dafür wurde sie bei ihrer Rückkehr ins Abteil mit zwei hauchdünnen Plättchen After Eight belohnt. Das war so dermaßen lecker, dass sie eines dieser quadratischen Schokoplättchen, die mit einer Pfefferminzcreme gefüllt waren, vorsichtig in ein Stück Papier wickelte und für den nächsten Tag in ihre Tasche packte. Sparsames Kind!

Als es draußen schon dunkel war, kam der Schlafwagenschaffner und richtete die Betten für die Nacht. Nach kurzer Abendtoilette neigte sich so ein ereignisreicher Tag dem Ende zu. Morgen sollten sie am Ziel ankommen. Frau Mayer hatte von einer Ferienwohnung in Deutschland berichtet, wo Mariya ihre Pflegeeltern kennenlernen würde.

Die Nacht wurde noch einmal von der Grenzkontrolle unterbrochen. Mariya bekam davon nichts mit. Sie schlief den Schlaf der Gerechten. Frau Mayer präsentierte ihren eigenen Pass und auch den nagelneuen Pass von Mariya, der ihr zwei Tage vor Abreise von einem Kurierdienst persönlich übergeben worden war. Schon seltsam, was für diesen unscheinbaren Teenager alles ermöglicht wurde. Gerade mal zwei Wochen im Westen und schon bekam sie einen neuen Satz Papiere direkt aus der deutschen Bundesdruckerei per Express zugestellt. Die Unterlagen, die es von Seiten des UN-Kinderhilfswerks gab, hielt sie auch bereit. Der Zöllner überflog die Papiere und hatte an weiteren Dokumenten überhaupt kein Interesse.

Früh am Morgen erreichten sie den Hauptbahnhof in Freiburg im Breisgau. Dort mussten sie in die Regionalbahn nach

Offenburg umsteigen. Kurz vor Offenburg mussten sie den Zug verlassen und den restlichen Weg mit einem Taxi zurücklegen. Frau Mayer spürte jeden ihrer Knochen. Das harte, schmale Bett war so gar nicht zuträglich für ihre Bandscheiben. Und zwanzig war sie auch nicht mehr.

In der Ferienwohnung angekommen, bezog Mariya wieder ein eigenes, kleines Zimmer, richtete sich aber gar nicht erst wohnlich ein, weil sie spürte, dass sie dort nicht lange sein würde. Sie hatte nicht die leiseste Idee, wo sie sich befand. Irgendwo in Deutschland schien sie zu sein, mehr wusste sie nicht. Sie hatte geduscht, die Haare geföhnt und wollte sich gerade auf das Bett legen, um etwas in Irenkas Büchern zu lesen, da klopfte es an der Eingangstür.

Frau Mayer war im Badezimmer, so dass Mariya zur Tür ging und öffnete. Fast hätte sie laut losgelacht, als sie den Mann vor der Tür mit flinkem Blick gemustert hatte. Da stand ein langer, hagerer Endfünfziger mit einem schneeweisen Rauschebart, der bis zur Brust reichte. Die dünnen Kopfhaare waren zerzaust und standen in alle Richtungen ab. Fast so, als hätte er in eine Steckdose gefasst. Bekleidet war er mit einer Art dunkler Kutte. Auf den ersten Blick sah das aus, als würde er einen Bademantel tragen. Auf den zweiten Blick erkannte Mariya, dass der Besucher wohl ein orthodoxer Priester war. Der musterte Mariya mit freundlichen Augen und sagte auf Russisch:

„Du musst Mariya sein. Ich bin Igor und wurde gebeten zu übersetzen."

Mariya verbeugte sich vor ihm und ließ ihn in die Wohnung ein. In dem kleinen Wohnzimmer bat sie ihn Platz zu nehmen.

„Frau Mayer kommt gleich", ließ sie ihn wissen.

Die kurze Zeit des Wartens unterhielten sie sich zwanglos über dies und das. Er hatte eine sanfte Stimme und ein gleichermaßen freundliches Wesen. Er erzählte, dass er von ihren zukünftigen Pflegeeltern gebeten worden war, zu übersetzen. Das seien furchtbar liebe Leute und furchtbar aufgeregt. Sie wollten unbedingt, dass Mariya sich von Anfang an wohl fühle. Daher dachten sie, dass es eine gute Idee sei, ihn, Igor, quasi als Vorhut zu schicken und sich schon mal ein bisschen bekannt zu machen. Frau Mayer war mittlerweile aus dem Badezimmer gekommen und stand mit gerunzelter Stirn in dem Durchgang zu dem kleinen Wohnzimmer. Natürlich verstand sie kein Wort. Mariyas Blick signalisierte Igor, dass da wohl noch jemand gekommen war. Er drehte sich um, erblickte die streng dreinblickende Frau Mayer. Im selben Satz wechselte er von Russisch auf ein akzentfreies Deutsch und stellte sich Frau Mayer vor. Langsam glättete sich deren Stirn. Sie begrüßte Igor ihrerseits und stellte ihm die ein oder andere Frage. Sie schien schlussendlich erleichtert, dass es jemanden gab, der übersetzen konnte. Das machte vieles einfacher.

Auf die Sekunde fünfundvierzig Minuten später klopfte es wieder an der Tür. Igor hatte Mariya genauestens erklärt, wer da jetzt kommen würde. Mariya war schon einigermaßen aufgeregt. Sie spürte ihr Herz bis zum Hals klopfen. Die Tür wurde geöffnet und zögerlich betraten zwei Menschen circa Mitte vierzig die Ferienwohnung. Beiden war es anzusehen, wie unsicher sie waren. Mariya beäugte sie genauso intensiv, wie sie von Waltraut, die jeder nur Traudel nannte, und Willi beäugt wurde. Willi hatte eine sehr hohe Stirn. Ein schmaler, mittelbrauner Haarkranz war ihm noch geblieben. Er trug verwaschene Cordhosen und ein kariertes Hemd. Dazu hatte er Birkenstock-Sandalen an. Traudel trug Jeans und ein verwaschenes T-Shirt von unbestimmter Farbe. Sie sah eigentlich aus, als würde sie gerade aus dem Garten kommen. Langsam kamen sie näher. Igor fragte schnell auf Deutsch, wie er sie denn vorstellen sollte.

„Mit dem Vornamen", erwiderte Willi knapp.

So geschah es dann auch. Mariya reichte artig die Hand und grüßte sie freundlich auf Russisch. Igor übersetzte simultan.

Sie nahmen alle um den kleinen Tisch im Wohnzimmer Platz. Traudel hatte ein Blech frischen Obstkuchen im Auto, den sie geschwind holte. In Windeseile arrangierte man ein Kaffeekränzchen, was die Unsicherheit etwas nehmen sollte. Willi erzählte, dass er Germanistikprofessor mit einer Professur im nahen Freiburg sei, Traudel hatte Biologie studiert, arbeitete aber seit der Geburt ihrer beiden Kinder nicht. Die beiden Kinder, Lara und Sascha, waren in Mariyas Alter und auch schon arg gespannt, wen die Eltern da mitbringen würden. So ging das, irgendwann recht ungezwungen, für die nächsten ein, zwei Stunden zu.

Man einigte sich auf eine Besichtigungsrunde bei Traudel und Willi zuhause, wo Mariya nicht nur ihr Zimmer inspizieren konnte, sondern auch Lara und Sascha kennenlernte. Igor, Traudel und Mariya fuhren gemeinsam los. Willi blieb, um das „Administrative", wie er es nannte, mit Frau Mayer zu erledigen.

Während der Besichtigungstour beschlossen sie, dass Mariya nicht mehr in die Ferienwohnung zurückkehren würde. Frau Mayer war einverstanden. Wieder einmal musste sich Mariya von etwas Vertrautem verabschieden und sprang mitten hinein ins Ungewisse.

Am frühen Abend waren die „Hauptdarsteller" dann alleine. Igor war auch nachhause gefahren, nicht ohne zu versichern, dass er jederzeit zur Verfügung stünde, wenn er zum Übersetzen gebraucht würde. Jetzt war sie alleine an dem fremden Ort, der ihr neues Zuhause werden sollte. Zum Abendessen saßen alle um den großen Esszimmertisch. Wirklich Hunger hatte keiner. Man versuchte alles erdenkliche um Mariya, die Ankunft so angenehm wie möglich zu gestalten. Es ging besser als gedacht, weil Mariyas Schulenglisch doch besser war, als sie es selbst für möglich gehalten hatte, und jeder versuchte mit Händen und Füßen das zu sagen, was er oder sie zu sagen hatte. Frau Mayer hatte ihnen auch den Kauderwelsch-Sprachführer abgetreten, der ihr so gut geholfen hatte.

Sascha war sehr angetan von Mariya, tat aber ultracool. Lara war offen und freute sich, nicht mehr alleine gegen ihren Bruder bestehen zu müssen. Mariya hatte ein großes Zimmer im Keller, direkt neben dem von Lara. Eigentlich hatte das Kellergeschoss einen eigenen Eingang. Eine ungeschriebene Regel der Familie besagte aber, dass man das Haus durch die Haustür betrat oder verließ und man sich auch begrüßte oder verabschiedete.

Mariya kannte das. Sie hatten zuhause in Russland zwar kein eigenes Haus, aber man lebte miteinander. Da gehörte Hallo und Tschüss zu sagen dazu. In ihrem neuen Zuhause wurde vor dem Essen gebetet. Das kannte sie so nicht. Es gibt Schlimmeres, dachte sie sich, und faltete zumindest ihre Hände.

Es ging sehr unkonventionell zu beim Essen. Das war für die Familie die Zeit, Qualitätszeit würde man heute dazu sagen, in der sie sich über die kleinen und manchmal auch über die großen Dinge des alltäglichen Lebens austauschen konnte. Mariya war da jetzt, ohne großen Aufhebens, vollwertiges Mitglied.

Willi wäre nicht Professor gewesen, wenn er nicht einen Plan für Mariya gehabt hätte. Er hatte schon den ersten Deutschkurs verbindlich arrangiert. Auf Englisch und mit Händen und Füßen erklärte er Mariya, wie er sich alles gedacht hatte. Auch das klappte besser als gedacht.

Es war jetzt Ende Mai. Das Schuljahr war in voller Fahrt. Es machte also keinen Sinn Mariya ohne Deutschkenntnisse in irgendeine Klasse zu setzen. Ende August begann das neue Schuljahr. Die Zeit bis dorthin sollte genutzt werden. Zum Deutschlernen. Mariya fand das gut.

Traudel befand, dass Mariya auch Kleider brauchte. Sie schickte die beiden Mädels, Lara und Mariya, am nächsten Tag zum Kleiderkaufen in die nahe gelegene Kreisstadt. Heute würde man das wohl „Shoppen" nennen. Lara sollte Mariya auch schon mal mit den Örtlichkeiten vertraut machen. Das Sprachinstitut war dort, ebenso wie die Schule, in die sie mit Beginn des neuen Schuljahrs gehen sollte.

So nahm Mariyas neues Leben über Nacht an Fahrt auf. Frau Mayer kam am nächsten Morgen noch zusammen mit Igor zum Verabschieden vorbei. Igor nutzte die Gelegenheit, um Mariya die Pläne, die Willi mit ihr hatte, detailliert zu übersetzen. Dann begann er, der Sprung ins kalte Wasser.

Mariya hatte ein knallhartes Programm. Ziel war es, dass sie dem Unterricht im Gymnasium im Spätsommer sprachlich folgen konnte.

Lara und Mariya hatten von Anfang an einen guten Draht zueinander. Sascha war freundlich, aber fast zwei Jahre älter und ultracool. Er war mitten in den Abiklausuren und sowieso gestresst. Sie mochten sich, würden aber wesentlich später erst richtig gute Freunde werden. Alle halfen mit, so gut es ging. Sechs Wochen später konnten sie die ersten einfachen Sätze mit Mariya auf Deutsch wechseln. Jeder sprach konsequent Deutsch mit ihr, was sehr schnell zum Erfolg führte.

Alles, was so urplötzlich über Nacht begonnen hatte, fand seine Routine und entwickelte sich sehr gut. Mariya wurde tatsächlich Ende August eingeschult. Bis ihr Leistungsstand festgestellt war, begann sie zwei Klassen tiefer, als es nach ihrem Alter hätte sein müssen. Ihre Sprachfähigkeiten waren überragend. Aus dem gebrochenen Deutsch, mit dem harten, russischen Akzent, wurde nach und nach ein fließendes Deutsch. Auch besagter Akzent wurde über die Jahre weniger. Nach ihrem Sprachenstudium verlor er sich komplett. Natürlich lief nicht immer alles glatt. Mariya musste auch Rückschläge einstecken. Es fiel ihr auch nicht alles in den Schoß, sie musste sich alles mal mehr, mal weniger hart erarbeiten.

Ganz zu Anfang, als sie zu Willi und Traudel in die Familie kam, nahm Lara sie mit zum Pferdestall. Lara ging sehr regelmäßig in den Stall. Sie hatte ein Pflegepferd, um das sie sich fast täglich zu kümmern hatte. Als Gegenleistung bekam sie Reitstunden. Mariya kannte das nicht. Mit Pferden hatte sie noch nie etwas zu tun gehabt. Trotzdem begleitete sie Lara und half ihr bei den täglichen Arbeiten. Mit der Zeit fand sie Gefallen am Umgang mit den großen, sanften Tieren und fragte, ob sie sich denn nicht auch um eines der Pferde kümmern könne. Gegen Reitstunden natürlich. Es sei kein Pferd mehr frei, sagte man ihr. Sie müsse warten, bis eines der anderen Mädchen ihr Pflegepferd wieder abgab. Momentan sah es aber nicht danach aus. Eines der Mädchen zeigte ihr ein Pferd, das abseits der anderen Tiere in einer Box stand. Das sei Baldur. Ein Wallach. Mischung aus Hannoveraner und irgendetwas anderem. Kam aus einem Dressurstall und muss mal ein richtig professionelles Dressurpferd gewesen sein. Mit internationalen Erfolgen und so. Als er für die Wettkämpfe nichts mehr taugte, kaufte ihn der Besitzer des Stalles, in dem Lara ihr Pflegepferd hatte, als Schulpferd. Es dauerte nicht lange, da wurde Baldur seltsam. Anfangs warf er die Reitschüler nur ab. So lange, bis keiner mehr auf ihm reiten wollte. Später fing er an zu beißen, bis sich keines der Mädchen mehr um ihn kümmern wollte. Jetzt fristete er sein Dasein in der hintersten Ecke des Stalls. Irgendwann würde er wohl im nahen Frankreich beim Pferdemetzger enden. Sie könne es ja mal mit ihm versuchen, sagte das Mädchen geheimnisvoll grinsend zu Mariya.

Mariya schaute das große, kräftige Pferd, das im hinteren Bereich seiner Box stand, aufmerksam an. Das Pferd schaute genauso aufmerksam zurück. Sie näherte sich der Box, darauf gefasst, dass Baldur nach vorne geschossen kam, um sie zu attackieren, wie er das für gewöhnlich immer tat. Nichts dergleichen geschah. Sie stand jetzt dicht vor der schweren Holzschiebetür. Das Pferd bewegte sich noch immer nicht. Es starrte sie nur an. Mariya streckte ihre Hand aus. Nichts passierte. Sie nahm all ihren Mut zusammen und öffnete das schwere Schiebetor einen Spalt, schlüpfte in die Box und schloss das Tor hinter sich. Das Pferd senkte seinen riesigen Schädel, um ein paar Halme Heu vom Stallboden aufzusammeln, und begann, scheinbar desinteressiert an Mariya, darauf herumzukauen. Mariya entspannte sich etwas und machte einen ganz kleinen Schritt auf das Tier zu. Baldur hob seinen Kopf und sog Luft durch seine immens großen Nüstern ein und blickte Mariya ruhig an. Nichts passierte. Mariya machte noch einen winzigen Schritt auf das Tier zu und stand jetzt frei, mitten in der Box. Mehr als eine Armlänge von der rettenden Tür entfernt. Baldur verlagerte leicht sein Gewicht, drehte seinen Körper ein kleines bisschen und war mit seinem Kopf plötzlich ganz dicht vor Mariyas Gesicht. Übergroß. Vorsichtig hob Mariya ihre Hand und begann ganz zart Baldur am Hals zu streicheln. Der blies ganz sachte Luft durch seine Nüstern, was wiederum Mariya am Hals kitzelte. Sie musste kichern. Vorsichtig schob sich das große Pferd noch ein Stückchen näher an Mariya heran. Diese machte auch einen weiteren kleinen Schritt auf Baldur zu und stand nun ganz dicht vor dem Tier. Wenn das jetzt hätte beißen wollen, dann wäre ihm das gelungen, ohne dass Mariya auch nur den Hauch einer Chance gehabt hätte, einem Biss zu entkommen. Ganz zart rieb er seinen massigen Schädel an Mariyas Schulter. Sie legte vorsichtig ihren Kopf schief und berührte mit ihrer Wange die kolossal große Pferdenase. Dabei streichelte sie ganz vorsichtig Baldurs Hals. So standen sie da. Minutenlang. Mariya dachte sich sodann, dass sie ihr Glück oder das Wohlwollen des Pferdes nicht über Gebühr strapazieren sollte, und zog sich langsam in die Stallgasse zurück. Dort standen die anderen Mädels und hatten das Schauspiel beobachtet. Keine sagte auch nur einen Ton. Eigentlich hatten sie ja mit einer Sensation gerechnet. Sie warteten darauf, dass sich eine schreiende Mariya vor Baldur in die Stallgasse retten würde. Nichts dergleichen geschah.

Mariya ging schnurstracks in das Büro der Stallleitung und fragte, ob sie nicht Baldur als Pflegepferd haben dürfe. Sie erklärte ihre Absicht in einer Mischung aus Russisch, Englisch und den paar deutschen Worten, die wenig Raum für Widerspruch ließen. So geschah es dann auch. Lara half ihr dabei und Mariya war erst zufrieden, als sie ihren Namen auf der Liste der Betreuer stehen sah. So begann Mariyas Pferdekarriere als Pflegepferd-Betreuerin. Sie hatte zwar noch nie auf einem Pferd gesessen, auf einem so großen schon mal gar nicht. Sie hatte sich jedoch entschieden und wenn das einmal passiert war, dann konnte man sie auch nicht mehr stoppen. Ein Wesenszug, der die Persönlichkeit von Mariya ausmachte.

Lara freute sich sehr. Nicht nur darüber, dass Mariya ein Pflegepferd hatte, sondern vor allem, dass sie ihren Dienst im Stall nicht mehr alleine verrichten musste. Sie brachte Mariya auch alles bei, was man über den Umgang mit Pferden wissen musste. Die Basics eben. Misten, Halftern, Striegeln und Hufpflege. Dies demonstrierte sie alles an ihrem Pflegepferd. Vor Baldur hatte sie schlichtweg Angst. Mariya übte das ein, zwei Mal an Laras Pferd, dann setzte sie sich zu Baldurs Box in Bewegung. Alle, die gerade im Stall waren, unterbrachen das, was sie gerade taten, um dem Schauspiel beizuwohnen, das da sicherlich gleich losbrechen würde. Baldur hatte immer tief in seine Trickkiste gegriffen, um zu verhindern, dass man ihn halfterte. Drehte man dann unverrichteter Dinge um, um die Box zu verlassen, setzte er mit klappernden Zähnen nach und versuchte zuzubeißen. Es machte fast den Anschein, dass das Pferd es genoss, wenn wieder einmal jemand Hals über Kopf vor ihm floh.

Mariya hatte einen Plan. Die Box musste gründlich ausgemistet werden. Dazu musste das Pferd in die Stallgasse und dort angebunden werden. Halftern war auf jeden Fall ein Muss. Der Arme stand bis über die Fesseln in seinen eigenen Exkrementen. Kein Wunder. Dafür tat er ja auch alles. Dann zuerst misten, dann Pferdepflege. Das war der Plan. Mariya nahm Baldurs Halfter von dem Haken an der Box. Eine Schubkarre und eine Mistgabel hatte sie sich schon zurechtgestellt. Vorsichtig öffnete sie die Tür zur Box, holte tief Luft und betrat den Stall. Baldur hob den Kopf. Mariya zeigte ihm das Halfter und redete leise auf ihn ein. Baldur kam einen Schritt näher, senkte seinen riesigen Schädel etwas, damit Mariya es nicht so schwer hatte und ließ sich ohne Murren halftern. Er folgte Mariya am langen Strick willig in die Stallgasse und ließ sich an dem dafür vorgesehenen Ring festbinden. Mariya streichelte seinen Hals, kraulte ihn unter seinem Kiefer und schnappte sich die Mistgabel und begann zu misten. Die Mädels standen mit offenen Mündern da und zogen sich wieder zurück, da es ja keine Sensationen gab, über die man berichten konnte.

Mariya mistete den Stall sehr gründlich aus, streute eine dicke Schicht Extrastroh ein, entfernte die Spinnweben, die in großen Mengen fast wie Stalaktiten von der Stalldecke hingen, säuberte die automatische Tränke und füllte großzügig Heu auf. Danach war Baldur dran. Lara hatte ihr die kleine, rote Kiste mit all den Pferdedingen geliehen und gezeigt, wie das alles funktionierte. Ganz langsam arbeitete sie sich geduldig mit allen möglichen Bürsten, Kämmen und Schabern an Baldur ab. Er mochte nicht alles, aber eines tat er nie: beißen! Hufe auskratzen hasste er, ließ es aber über sich ergehen. Striegeln, besonders am Hals, liebte er.

Mariya kam jeden Tag, kümmerte sich um das große, ihrer Meinung nach bildhübsche Tier. Plötzlich hatte sie dann auch Kontakt zu den anderen Mädels im Stall. Das tat ihren Deutschkenntnissen außerordentlich gut. Auch genoss sie es sich ein kleines bisschen mehr dazugehörig zu fühlen.

Mit der Zeit erweiterte sie ihren Aktionsradius zusammen mit Baldur. Sie halfterte ihn und ging ganz vorsichtig im nahen Umkreis des Stalls mit ihm spazieren. Lara zeigte ihr, wie man ein Pferd longierte. Alles Dinge, die sie aus ihrem alten Leben gar nicht kannte. Bevor sie es richtig realisierte, war sie mitten drinnen im Pferdegeschehen.

Sie hatte jetzt, fast über Nacht, so etwas wie eine feste Struktur. Sie ging zu dem Deutschkurs in ein Sprachinstitut. Das war kein Deutschkurs, der in zwei Stunden vorbei war, so nach dem Motto: Dabeisein ist alles. Dieser Kurs dauerte den gesamten Tag und endete nach mehreren Wochen, am Ende des Lernstoffes, mit einer Prüfung, die die Sprachkenntnisse in verschiedenen Levels bescheinigte. Das war teilweise hart, aber bis die Schule Ende August begann, musste Mariya so fit mit der neuen Sprache sein, dass sie einem Unterricht zumindest halbwegs folgen konnte. Der Rest kam von alleine. Der Pädagoge in Willi hatte da einen klaren Plan und Mariya war begierig zu lernen. Sie hatte ja ein Ziel. Also, mehrere Ziele. Vor und nach dem Sprachkurs ging sie zu Baldur. Mistete den Stall, putzte das Tier und schaute begierig den anderen zu, um zu lernen, wie man mit Pferden umgeht. Baldur hatte sich wohl Mariya ausgesucht. Von ihm lernte sie auch sehr viel, ohne dass es ihr wirklich bewusst war.

Parallel, wann immer sie Zeit und Heinz, der Besitzer des Stalls, Lust hatte, bekam sie eine Reitstunde und unendlich viele Erklärungen, wie was zu funktionieren hatte. Sie verstand längst nicht alles und beide waren auch nicht immer einer Meinung, aber sie lernte schnell.

Daher war es nach relativ kurzer Zeit selbstverständlich, dass Mariya erste Versuche unternahm und sich auf Baldur setzte. Zunächst ohne Sattel und nur kurz, um die Reaktion des Tieres zu sehen. Nachdem diese Versuche unauffällig waren, war es dann irgendwann so weit. Mariya war an einem frühen Nachmittag mitten in der Woche mutterseelenalleine im Stall. Baldur hatte leise gewiehert, als er sie kommen hörte. Sie deutete das als gutes Zeichen und dachte, dass jetzt der Zeitpunkt gekommen war, sich auf Baldur zu setzen und in der Halle erste Reitversuche zu unternehmen. Sie wusste schon, dass es keine gute Idee war, das alleine zu tun, aber sie hatte ein ganz starkes, gutes Gefühl. Das hatte selten getrogen. Also, Pferd putzen, Sattel drauf und ab in die Halle. Mit leicht flauem Gefühl im Bauch und zittrigen Knien stieg sie auf Baldurs Rücken und schnalzte mit der Zunge, trieb ihn leicht vorwärts. Willig folgte das große, braune Pferd allen Kommandos, die Mariya, die Anfängerin, beherrschte. Wenn etwas nicht richtig war, reagierte er nicht. Erst als das Kommando richtig kam, sei es ein Schenkel- oder Fersendruck, „belohnte" er Mariya direkt. Müßig zu sagen, dass Baldur wesentlich mehr beherrschte, als Mariya in der Lage war abzurufen. So wuchs Mariya an Baldur. Alle wunderten sich, wie perfekt die Anfängerin Mariya und das Profi-Dressurpferd Baldur harmonierten. Es verging keine Woche ohne kleinere oder größere Erfolge, die Mariya mit Baldur verbuchen konnte. Es war interessant zu beobachten, wie sich Baldur seine neue Reiterin wohl tatsächlich ausgesucht hatte. Er war Mariya gegenüber wie ein Lamm, aber kompromisslos, wenn sich jemand anderer ihm unbedacht näherte.

Irgendwann nahm Mariya mit Baldur an den Reitstunden teil und wurde dementsprechend immer besser. Kurz bevor die

Schule losging, durfte sie zum ersten Mal mit Baldur ins Gelände ausreiten, was ihrem Selbstbewusstsein einen riesigen Schub bescherte. Quasi über Nacht war sie bei den anderen Mädels akzeptiert. Musste und wollte vor allem mit ihnen Deutsch sprechen. Es gab ja auch ein wichtiges Thema: Pferde!

Ende August ging die Schule los. Es war halb so schlimm für Mariya. Sie kannte ja nun schon eine ganze Menge Leute. Es war also kein komplett fremdes Umfeld, in das sie kam. Der Lernstoff, den sie aufarbeiten musste, hatte es in sich, aber Mariya war ehrgeizig.

Willi und Traudel atmeten auf. Es lastete schon schwer auf ihnen. Vieles war planbar, aber bei weitem nicht vorhersehbar. Einen solchen fast nahtlosen Übergang in ein geregeltes Leben bei Mariya zu beobachten, machte die beiden sehr glücklich.

Die Zeit flog. Die Schule und vor allem die Aufgabe, zuerst den unbekannten, dann den aktuellen Stoff zu verarbeiten, auch noch in einer fremden Sprache, war beachtlich. Sie machte das sehr gut. Nach überraschend kurzer Zeit zeugte nur noch ihr harter, russischer Akzent davon, dass sie nicht schon immer das Gymnasium besuchte. Dann, fast unbemerkt, war die Zeit vergangen und es war an ihr, sich langsam, aber sicher auf ihr Abitur vorzubereiteten.

Parallel dazu hatte es sich im Laufe der Zeit unter den „Pferdeleuten" herumgesprochen, dass es da eine junge Frau gab, die ein absolutes Händchen hatte, was schwierige Pferde betraf. Immer öfter wurde sie gefragt, was sie tun würde, oder sie nahm sich selbst eines „Problemfalls" an. Des Öfteren landete sie in den Sägespänen der Halle oder im Sand des Reitplatzes, aber immer wieder stieg sie auf und schaffte es in den überwiegenden Fällen, den Besitzern der schwierigen Kandidaten zu helfen. Damit verdiente sie sich ein recht gutes Zubrot. Immer teilte sie mit Lara, die das anfangs nicht wollte, aber keine Chance gegen Mariya hatte, wenn die der Meinung war, das etwas so zu sein hatte, wie sie das für richtig hielt.

Irgendwann traten die ersten, mutigen Jungs in ihr Leben.

Die hatten es schwer. Sehr schwer. Sie mussten nicht nur eine gewisse Reife mitbringen, sie mussten auch Pferde mögen und sich die mitunter sehr ausführlichen Erklärungen zu gewissen pferdespezifischen Themen anhören. Ob sie wollten oder nicht. Na ja, die meisten waren ihr aber zu jung, zu unreif oder zu dumm. Der erste ernstzunehmende Kandidat trat erst zu Beginn ihres Studiums in ihr Leben. Dazu aber später mehr.

Als sie ihr Abitur in der Tasche hatte, wurde sie eines Abends von Willi und Traudel in Willis Arbeitszimmer gebeten. Es klang wichtig und sie war sehr gespannt, was es denn so Besonderes zu besprechen gab. Sie bemerkte sofort die Nervosität ihrer Pflegeeltern, die sie irgendwann begonnen hatte, „Mama" und „Papa" zu nennen. Sofort war sie auf der Hut.

Willi, der immer klar strukturiert war und druckreife Sätze sprach, begann herumzudrucksen, stotterte und ihr war nicht klar, was er eigentlich sagen wollte. Traudel zupfte nervös an einem Papiertaschentuch.

„Jetzt sagt doch schon! Was gibt es so wichtiges?", versuchte sie eine Brücke zu bauen.

„Nun, sag es ihr schon, Willi.", forderte Traudel Willi auf. Der konnte keinen zusammenhängenden Satz formulieren. Traudel erkannte, wie sehr sie mit ihrem Herumdrucksen Mariya verwirrten.

„Wir würden dich gerne adoptieren, Mariya!", brach es aus Traudel heraus.

Mariya verstand nicht. Kannte das Wort nicht. Dachte sofort, dass es etwas Schlimmes ist. Irritiert schaute sie zwischen beiden hin und her.

„Was ist ,adoptieren'?", fragte sie verunsichert.

„Na ja, das macht dich vor dem Gesetz zu unserer richtigen Tochter und uns zu deinen richtigen Eltern", erklärte Willi.

„Ahaaa, Принятие (Usu-na-wrinie)!", sagte sie erleichtert mehr zu sich selbst auf Russisch und strahlte ihre beiden Adoptiveltern an.

„Sehr, sehr gerne!", sagte sie mit einem Anflug von feuchten

Augen und ging auf Traudel und Willi zu, nahm beide in ihre Arme und küsste sie auf die Wangen. Sie setzte sich neben Traudel auf den Zweisitzer und kuschelte sich ganz dicht an sie.

„Das ist schön, dass du dir das auch vorstellen kannst", sagte Willi. „Da ist aber noch etwas, was wir vorher erledigen sollten."

„Was wäre das denn?", fragte Mariya mit in Falten gezogener Stirn.

„Na ja, du hast uns doch erzählt, dass dein leiblicher Vater gerade dabei war eine Firma aufzubauen, als ihr nach Bosnien gefahren seid und das Unheil über euch hereinbrach."

Mariya nickte. Vor etwa einem Jahr hatte sie sich entschlossen ihren Pflegeeltern zu erzählen, was damals in Bosnien passiert war. Sie erzählte zwar nicht alles, aber Willi und Traudel waren in etwa im Bilde und konnten sich vorstellen, was damals passiert war.

„Bevor wir dich jetzt adoptieren, möchten wir sicherstellen, dass dir daraus keine Nachteile entstehen", fuhr er fort.

Mariya hatte immer noch ihre Stirn gekraust. Verstand nicht, was Willi ausdrücken wollte.

„Rein rechtlich hast du sicherlich einen Anspruch auf so etwas wie ein Erbe von deinen leiblichen Eltern. Wenn wir dich jetzt adoptieren, dann nehmen wir dir unter Umständen diese Möglichkeit …"

„Aber Papa, das ist mir völlig egal!", begehrte Mariya auf.

„Lass mich bitte ausreden, mein Schatz. Deine Mutter und ich haben beschlossen zusammen mit dir, Lara, Sascha und Igor nach Russland zu fliegen und uns direkt vor Ort einen Überblick zu verschaffen. Wenn es für dich in Ordnung ist, würde ich Igor bitten im Vorfeld mit der Firma deines leiblichen Vaters Kontakt aufzunehmen und unser Anliegen vorzutragen. Dann fahren wir zusammen hin und sprechen direkt mit denen."

„Wir dachten, dass wir zu Beginn der kommenden Sommerferien zusammen für eine Woche nach Lipezk fliegen. Du könntest dann auch mit ehemaligen Schulkameraden oder mit Freunden von damals Kontakt aufnehmen", fügte Traudel hinzu.

„Auf jeden Fall hätten wir beide ein besseres Gefühl, wenn wir das abklären, bevor wir dich dann adoptieren", ergänzte Willi.

Mariya schmunzelte.

„Mir ist ein potenzielles Erbe ziemlich egal. Kein Erbe der Welt kann das gutmachen, was ihr für mich getan habt. Ich weiß aber, dass man dem, was ihr euch in den Kopf gesetzt habt, nicht entkommen kann."

Willi zuckte lächelnd mit den Schultern.

„Ich finde es total schön, wenn wir alle zusammen nach Lipezk fliegen und ich euch zeigen kann, wo ich eigentlich herkomme", erwiderte Mariya, nahm Willi in den Arm und drückte ihm einen dicken Schmatzer auf die Wange. Danach drehte sie sich auf dem Absatz herum und verschwand nach unten, um sich mit Lara zu besprechen.

Lara freute sich mit Mariya. Schon von Anfang an gab es zwischen allen Geschwistern keinerlei Konkurrenzdenken. Unerheblich, wer da ein leibliches Kind oder ein „angenommenes" Kind war. Sogar Sascha hatte sich eingekriegt und einen sehr vertrauten Umgang mit Mariya entwickelt. Die Aussicht, dass alle zusammen nach Russland reisen würden, elektrisierte Lara. Sehen, woher Mariya kommt. Mit eigenen Augen sehen! Das war sehr besonders. Sie mussten jetzt nur noch die Zeugnisausgabe und den Abiball hinter sich bringen, dann konnte es losgehen.

Die Zeit verging wie im Flug. Aufgeregt fuhr die ganze Familie zusammen mit Igor, der sogar auf dieser Reise seine Soutane trug, in einem Kleinbus des ortsansässigen Taxiunternehmers nach Frankfurt/Main zum Flughafen. Traudel hatte für ausreichend Proviant gesorgt. Willi hatte Lektüre über die Geheime Fliegerschule der Reichswehr besorgt, die in Lipezk Mitte der 1920er Jahre gegründet, aber bereits 1933 wieder geschlossen wurde.

Igor war es tatsächlich gelungen telefonischen Kontakt mit dem jetzigen Leiter des Traktorenwerkes aufzunehmen. Er war wohl der Prokurist, der das Werk zusammen mit Mariyas Vater am Aufbauen war und nach dessen Verschwinden die alleinige

Leitung übernahm. Er war sehr überrascht, als er von Mariyas Existenz und Leben in Deutschland erfuhr. Er selbst hatte keinerlei offizielle Informationen erhalten, was damals passiert war. Man hatte ihn lediglich informiert, dass Mariyas gesamte Familie bei einem „Vorfall" ums Leben gekommen sei. Umso größer war seine Freude, als er erfuhr, dass Mariya am Leben war.

Die Familie flog nach Moskau, wo sie zwei Tage verbrachten und sich unter kundiger Führung all die touristischen Highlights ansahen, die Moskau zu bieten hatte. Willi kam voll auf seine Kosten. Für ihn war das stundenlange Anstehen, um den einbalsamierten Lenin zu sehen, das Erlebnis schlechthin und jede Minute des Wartens wert.

Danach ging es mit einem weiteren Kleinbus weiter in das circa vierhundert Kilometer entfernte Lipezk. Igor hatte für alle Fälle noch für „Schutz" gesorgt. Er hatte einen *„Leibwächter"* organisiert, der die kleine Reisegruppe begleitete. Der dürre Mensch war in etwa Anfang Dreißig, spielte sich ziemlich auf und trug demonstrativ eine übergroße Flasche Pfefferspray am Gürtel. Mariya, Lara und Sascha machten sich die ganze Zeit lustig über ihn, denn es war offensichtlich, dass der Gute derart unterqualifiziert war, dass es so ziemlich jeder bemerkte. Kurz musste Mariya an Mætt denken. Der hätte wohl schallend gelacht und das Bübchen zum Teufel gejagt.

Am dritten Tag kamen sie in Lipezk an und bezogen ein einfaches, aber sauberes Hotel. Die Zimmerverteilung war klar. Mariya und Lara teilten sich ein Zimmer, ebenso Willi und Traudel. Der arme Sascha wurde mit Igor einquartiert. Zur großen Überraschung von Sascha verschwand der „Bodyguard" am Abend und tauchte erst am nächsten Morgen wieder auf.

Mariya war sehr gespannt, was es wohl mit ihr machen würde, wieder in ihre Heimatstadt zurückzukehren. Lara beäugte sie kritisch, als sie mit dem Toyota-Kleinbus in die Stadt einfuhren.

Mariya schaute sich um, die Gebäude zogen an ihr vorbei. Natürlich erkannte sie alles wieder. Sie war fast siebzehn, als sie in Richtung Sarajevo aufbrachen. Oft war sie auch alleine oder mit Freundinnen in der Stadt unterwegs gewesen. In ihrem Inneren blieb es allerdings still. Keine übermäßige Freude, keine Jubelstürme, kein „endlich wieder zuhause". Sie war vollkommen ruhig. Sie war gespannt, wie es wohl werden würde, wenn sie Menschen begegnete, die sie von früher kannte. Es kam aber nicht in Frage, dass sie hierbleiben oder hierher zurückkehren wollte. Sie war in Deutschland zuhause, hatte dort ihre Familie. Hier, in Russland, in Lipezk gab es niemanden mehr. Lara hatte am Abend vorher schon etwas bange gefragt, wie es wohl für sie wäre. Ob sie darüber nachdenken würde, vielleicht zu bleiben. Nicht im Entferntesten eine Option für sie, hatte sie erwidert.

In Deutschland hatte sie Pläne. Hatte Perspektiven. Müßig also an solche Schritte wie „hierbleiben" oder „zurückkehren" überhaupt einen Gedanken zu verschwenden.

Am Morgen nach dem Frühstück waren Willi, Traudel, Igor und Mariya zusammen zum Traktorenwerk aufgebrochen. Auch Traudel schaute Mariya bange immer wieder aus den Augenwinkeln an. Mariya wusste gar nicht, was mit allen auf einmal los war.

Sie fuhren auf den Hof der Fabrik und parkten vor dem kleinen Verwaltungsgebäude in dessen oberem Stockwerk Mariya vor einer gefühlten Ewigkeit einmal zusammen mit ihren leiblichen Eltern gewohnt hatte. Der Hof, die Umgebung und auch der Geruch, den sie sofort wahrnahm, als sie aus dem Kleinbus ausgestiegen waren, fühlte sich seltsam vertraut an. Brachte Bilder zurück vor ihr geistiges Auge. Zugegeben, die auf sie einstürzenden Gefühle verunsicherten sie ein bisschen. Machten sie nervös, so dass sie etwas zögerte weiterzugehen. Igor schaute sie fragend an und wollte wohl wissen, wohin sie gehen mussten, wenn sie ins Büro wollten.

Mariya deutete mit dem Kopf auf die gläserne Eingangstür. An der kleinen Rezeption saß eine junge Frau, die sie nicht kannte. Ihrem Lächeln nach zu urteilen, wusste die aber sehr wohl, wer sie waren. Noch bevor Igor etwas sagen konnte, griff die Rezeptionistin nach dem Telefon und meldete dem Chef mit freudiger Stimme, dass die Besucher angekommen waren.

Sie wurden in das Büro des Firmeninhabers gebeten. Dort wartete eine ganze Gruppe Menschen auf sie, die allesamt gespannt in Richtung der Tür blickten. Leichte Irritation machte sich breit, als Igor den Raum zuerst betrat. Niemand hatte mit geistlichem Beistand gerechnet.

Der Mann hinter dem Schreibtisch war aufgestanden, seine Frau, die danebenstand, hatte gespannt die Hände vor ihren Mund gehoben und die beiden Jugendlichen starrten gebannt zur Tür. Als Mariya den Raum betrat, brach der Sturm los. Elena, die Frau des Besitzers Jewgeni, hatte Mariya sofort erkannt und rannte mit einem spitzen Schrei direkt auf sie los und begrub sie zwischen ihren ausladenden Brüsten mit einer Flut russischer Worte.

„Das ist sie, das ist sie!", riefen auch die zwei Teenager, die auf der anderen Seite des Schreibtisches standen.

Jewgeni kam um seinen Schreibtisch herum und sagte etwas wie: „Erstick das arme Kind nicht", zu seiner Frau. Die hatte Mariya bereits zum zweiten Mal eine Armeslänge von sich geschoben, um sie zu begutachten, nur um sie dann wieder mit einem spitzen Schrei an ihre Brust zu ziehen.

Jewgeni betrachtete Mariya sehr lange und drückte sie fest an sich, als er an der Reihe war.

„Schön, dass du hier bist. Schön, dass dir nichts passiert ist! Willkommen zurück zuhause! Ich bin sicher, dass wir uns viel zu erzählen haben", wurde sie von Jewgeni begrüßt.

Die beiden Kinder von Jewgeni und Elena kamen auch auf Mariya zu und herzten sie und hießen sie willkommen. Als sich die Aufregung etwas gelegt hatte, schickte Jewgeni seine Kinder und Elena aus dem Büro und bestellte telefonisch Tee und Gebäck. Mariya schwirrten die Sinne. Sie wusste nicht, wie ihr geschah. Am liebsten wäre sie unsichtbar gewesen oder aus dem Fenster gestiegen und geflüchtet. Sie fühlte sich sehr überfordert.

„Wir hatten das ja mit Igor alles vorbesprochen und ich habe die Zeit genutzt, um mir einen geschäftlichen Überblick zu verschaffen", eröffnete Jewgeni das Gespräch, nachdem alle in der

Sitzecke im hinteren Teil des Büros Platz genommen hatten. Bevor Igor beginnen konnte zu übersetzen oder auch nur die Chance hatte etwas zu erwidern, sagte Jewgeni:

„Es ist für mich eine Selbstverständlichkeit, dass Mariya den Teil ihres Erbes bekommt, der ihr zusteht. Wir, Mariyas Vater und ich, haben damals zu gleichen Teilen das Werk übernommen. Es war der große bosnische Auftrag, der maßgeblich zum Aufstieg des Unternehmens beigetragen hat. Das war ausschließlich der Verdienst von Mariyas Vater. Daher gibt es keinen Grund ihr etwas vorenthalten zu wollen, was ihr sowieso zusteht."

Als Igor fertig übersetzt hatte, waren alle sprachlos. Mit einer solchen offenen Reaktion hatte niemand gerechnet. Jewgeni kündigte am Nachmittag einen Austausch mit einem renommierten lokalen Wirtschaftsprüfungsunternehmen an, die er bereits direkt nach der ersten Kontaktaufnahme von Igor damit betraut hatte, eine Summe zu errechnen, die Mariya zustehen würde. Damit waren alle noch sprachloser. Jewgeni lud alle ein die Fabrik zu besichtigen, bis es Zeit zum Mittagessen war. Mariya, die früher immer durch die Produktionshallen gestreift war, wurde von dem ein oder anderen Arbeiter, der sie wiedererkannte, freundlich begrüßt. Ab und zu blieb sie bei einem Arbeiter oder einer Arbeiterin stehen, redete mit ihnen und ganz zum Schluss wurde sie von den Menschen in die Arme genommen und willkommen geheißen. Das war sehr ergreifend für Mariya und brachte das ein oder andere Tränchen in ihre Augen.

Anschließend gingen sie in die Werkskantine, in der ein Extrabereich für sie eingerichtet war, und aßen gemeinsam zu Mittag. Eigentlich hatte Mariya gar keinen Hunger. Sie hatte einen riesigen Kloß im Hals. So wollte nichts anderes als schleunigst weg von hier. Sie fühlte sich derart überfordert wie noch nie in ihrem Leben zuvor. Obwohl von ihr außer Kopfnicken ja gar nichts gefordert wurde.

Nach dem Essen wurde ihnen von zwei sehr kompetenten Mitarbeitern eines Wirtschaftsprüfungsunternehmens innerhalb von zwei Stunden die finanzielle Situation des Traktorenwerkes erläutert. Das Unternehmen war gesund, nicht unbedingt steinreich. Verfügte aber über eine solide Finanzgrundlage und hatte ausreichend Rückstellungen gebildet. Am Ende stand da eine erhebliche Summe, die Mariya zustehen würde. Igor hatte das blitzschnell umgerechnet und raunte Mariya die Zahl auf Deutsch zu. Betreten schaute Mariya zu Boden. Irgendwie wollte sie das alles nicht. Kam sich vor wie ein Plünderer. Nach Jahren tauchte sie aus dem Nichts auf, nahm sich das Beste und verschwand wieder. Das war nicht ihre Art. Damit würde sie sich niemals wohl fühlen. Außerdem hatte sie das untrügliche Gefühl, dass sie dem Unternehmen schadete, wenn sie das Kapital aus der Firma nahm.

Sie bat darum sich mit Willi, Traudel und der restlichen Familie besprechen zu dürfen.

„So viel Geld kann ich nicht annehmen. Ich glaube auch nicht, dass das im Sinne meiner Eltern wäre. Mein Vater hat sich den Arsch aufgerissen, um das Unternehmen auf solide Beine zu stellen. Ich weiß, der Auftrag in Bosnien war dafür der Grundstein. Jetzt komme ich nach was weiß ich wie vielen Jahren und streiche einen riesigen Teil vom Kapital ein, das mir rein rechtlich zustehen würde, wofür ich aber nichts geleistet habe. Das finde ich nicht in Ordnung. Andererseits habe ich auch nichts zu verschenken. Ich habe ein Studium vor mir, für das ich durchaus eine Finanzspritze gebrauchen könnte. Ich habe auch Wünsche, die ich mit dem Geld realisieren könnte. Ich werde aber nicht die komplette Summe für mich beanspruchen. Was denkt ihr?"

Willi nickte bedächtig, Igor grinste breit und Sascha fragte sie halblaut, ob sie denn den Verstand verloren hätte. Lara trat ihm dafür unter dem Tisch ans Schienbein. Die Einzige, die sich jeden Kommentars enthielt, war Traudel. Nachdem niemand wirklich widersprochen hatte, wendete Mariya sich direkt an Jewgeni und die beiden Wirtschaftsprüfer. Auf Russisch. Mit klarer, fester Stimme.

Sie dankte für die klare, offene und transparente Darstellung der finanziellen Situation des Werkes. Sie wiederholte im Prinzip das, was sie kurz vorher auf Deutsch bereits mit ihrer Familie besprochen hatte. Sie verzichtete auf gut die Hälfte der Summe, die ihr eigentlich zustand.

Jewgeni war sprachlos. Die beiden Wirtschaftsprüfer tuschelten und Igor übersetzte halblaut, was Mariya gesagt hatte, auf Deutsch.

So geschah es dann. Nach einem längeren Hin und Her bereitete man einen Vertrag über die vereinbarte Summe vor. Mariya wurde eine Beteiligung an der Fabrik in Höhe der Summe angeboten, auf die sie verzichtet hatte. Sie lehnte auch das ab. Sie sei der Meinung, dass das Jewgeni zustand, denn er hatte ja das Unternehmen zu dem gemacht, was es heute war. Punkt. Aus. Ende. Mariya hatte gesprochen. Da hatten Widerworte wenig Sinn. So wurde es gemacht.

Sie blieben noch ein paar Tage in Lipezk. Der Vertrag wurde aufgesetzt, einige kleinere Punkte korrigiert und schlussendlich bei einem ortsansässigen Notar beurkundet und eine Kopie bei der lokalen Handelskammer hinterlegt. Damit war der geschäftliche Teil ihrer Reise in Rekordzeit erledigt.

Mariya zeigte Lara und Sascha die Orte, an denen sie damals gerne war. Sie gingen zu der Schule, die Mariya besucht hatte. Fast schon waren sie wieder am Gehen, da wurden sie von einer Frau mit Kopftuch angesprochen, die langsam näherkam. Mariya begrüßte die Dame mit größtem Respekt. Es war ihre ehemalige Klassenlehrerin. Die hatte schon gehört, dass Mariya plötzlich aus dem Nichts wieder aufgetaucht war. Sie hätte gerne gehabt, dass Mariya in die Schule gekommen wäre und ihre Geschichte erzählt hätte. Das wollte Mariya aber nicht. Stattdessen lud sie ihre Lehrerin für den nächsten Tag in die ehemalige Fabrik ihres Vaters zum Mittagessen ein. Freudig nahm diese an.

Abends im Hotelzimmer, als endlich Ruhe eingekehrt war, lagen Mariya und Lara noch lange wach und unterhielten sich. Lara wollte vieles aus Mariyas Leben wissen, wollte verstehen, wie das damals war. Wie sie lebte, wie sie ihre Tage verbrachte. Eines interessierte sie aber am brennendsten:

„Heute Mittag sagtest du, dass du auch Wünsche hättest, für die du das Geld verwenden wolltest. Was wünschst du dir denn so sehr, für das du so viel Geld brauchst?", fragte Lara schüchtern. „Na ja, ich will studieren, ich möchte meinen Führerschein machen", antwortete Mariya. Einen Moment später holte sie tief Luft und fuhr fort.

„Weißt du, was aber mein allergrößter Wunsch ist?"

Lara schüttelte im Halbdunkel des Hotelzimmers ihren Kopf.

„Ich möchte Baldur kaufen. Ich möchte, dass er es gut hat, jetzt, wo er alt wird. Ich habe so viel von ihm gelernt, dass ich ihm jetzt etwas davon zurückgeben möchte."

Lara war sprachlos. Zuallererst dachte Mariya an Baldur. Sie wollte dem mittlerweile in die Jahre gekommenen Pferd, das außer ihr sowieso niemand reiten konnte, einen angenehmen Lebensabend verschaffen. Danach kamen erst ihre eigenen Wünsche. Irgendwie war das typisch Mariya, aber doch sprach es auch für sich.

Die restlichen Tage in Lipezk vergingen sehr schnell. Der Vertrag war unterzeichnet und notariell beglaubigt. Schnell war alles erledigt, was man sie sich vorgenommen hatten. Willi war geistesgegenwärtig genug, um Mariyas ehemalige Lehrerin zu bitten, ihnen alle existierenden Papiere die Mariyas schulischen Werdegang dokumentierten und derer sie habhaft werden konnte, zukommen zu lassen. Dafür tauschten die beiden ihre Adressen aus.

Zurück zuhause war Mariya in den nächsten Wochen sehr nachdenklich. Sie war von Jewgeni nachhaltig beeindruckt und schrieb ihm einen langen Brief. Was er aus der Firma gemacht hatte, beeindruckte sie sehr. Sie war sicher, dass ihr Vater stolz gewesen wäre. Sie spürte aber auch, dass ein Kapitel ihres noch nicht so lange währenden Lebens jetzt abgeschlossen war. Ihr Platz war hier bei Willi und Traudel und all den Menschen, die ihr lieb waren. Sie fühlte sich wohl, gut aufgehoben und vor allem wurde sie geliebt. Wenn diese Reise zu ihren Wurzeln etwas in ihr bewirkt hatte, dann war es, dass sie jetzt ganz genau wusste, wo ihr Platz im Leben war.

Kapitel 3 – Erste Schritte, eigene Wege

Ein paar Wochen nach ihrer Rückkehr ging alles wieder seinen gewohnten Gang. Die Aufregung, wenn man von einer solchen sprechen wollte, hatte sich gelegt. Der Besuch in Russland gehörte der Vergangenheit an. Das war für die ganze Familie definitiv ein Highlight. Eine schöne Erinnerung. Mariya hatte auch zu ihrer normalen Verfassung zurückgefunden. Sie genoss die Zeit bis zum Studienbeginn zum Wintersemester. Sie würde Internationales Marketing, Englisch und Spanisch studieren. In Freiburg. Sie war sich noch nicht sicher, ob sie zuhause wohnen bleiben oder sich ein Zimmer in dem malerischen Freiburg suchen wollte. Willi und Traudel würden es schöner finden, wenn sie noch etwas bleiben würde. Sie würden aber Mariyas Entscheidung, egal wie diese ausfiel, respektieren und ihr keine Steine in den Weg legen. Auf keinen Fall irgendwelche moralischen Steine.

Die Adoption stand an. Eigentlich nur ein Verwaltungsakt, der aber für alle eine ganz besondere Bedeutung hatte. Normalerweise werden Menschen im Säuglingsalter adoptiert. Im Erwachsenenalter eher seltener, es sei denn man bewegte sich in der Welt der C-Promis. Dort wurde wegen wohlklingender Adelstitel adoptiert. Hier jedoch nicht.

Die ganze Familie war in die noble Freiburger Anwaltskanzlei gekommen. Sascha hatte sich sogar extra frei genommen, um dabei sein zu können. Alle hatten sich herausgeputzt. Zum Abendessen hatten sie einen Tisch in einem der nobelsten Restaurants im Kaiserstuhl reserviert. Sterneküche! Große Teller, kleine Portionen. Besonderer Anlass eben.

Sie saßen alle im Halbkreis um den ausladenden massiven Eichenschreibtisch des Advokaten. Mariya saß zwischen Traudel und Willi. Traudel war anzusehen, dass diese Adoption eine ganz besondere Bedeutung für sie hatte. Die anderen beiden Kinder saßen links und rechts, neben ihrer Mutter beziehungsweise neben ihrem Vater und rahmten so die gesamte Familie ein. Sie waren im Vorfeld durch den gesamten langwierigen Adoptionsprozess gegangen. Waren vor dem Familiengericht erschienen, hatten die zum Teil unsinnigen Fragen beantwortet. Als dann der Antrag eingereicht war, dauerte es nochmals gefühlt eine Ewigkeit, bis dann der Eintrag in das Geburtenregister erfolgte. Sie hatten dann eine neue Geburtsurkunde beantragt, die jetzt von dem Anwalt und Notar feierlich überreicht werden sollte. Zugegeben, das hätte man auch wesentlich formloser gestalten können, aber da war Willi eigen. Er wollte Erinnerungen schaffen. Momente, an die sich alle noch lange erinnern, auch wenn er oder Traudel längst nicht mehr in dieser Welt weilten.

Also saßen sie in dem mit schweren Möbeln überladenen Arbeitszimmer des alten Studienfreundes von Willi, und Mariya wurde feierlich ihre neue Geburtsurkunde überreicht. Das war eine tränenreiche Zeremonie, an die sich mit Sicherheit jeder auch noch nach Dekaden erinnern konnte. Sämtliche weiblichen Mitglieder der jetzt erweiterten Familie heulten Rotz und Wasser. Willi hatte seinerseits feuchte Augen und Sascha starrte vor sich auf den Boden und hypnotisierte seine Schuhspitzen. Als der offizielle Teil vorbei war, öffnete der Studienkollege von Willi eine Schublade. Er holte eine Flasche echten russischen Wodka und sechs Gläser hervor. Er goss reichlich ein und forderte alle auf sich zu erheben. Mit geradem Rücken und vor sein Gesicht gehaltenem Glas donnerte er einen echten russischen Trinkspruch, kippte das Glas auf Ex und zerschmetterte es an der Wand. Das alte Bild, das da vormals hing, hatte er natürlich vorher abgehängt. Im Anschluss forderte er alle auf es ihm gleich zu tun. Sehr zu Mariyas Freude.

Dann zog erst einmal wieder Ruhe ein. Sascha kehrte zu seinem Arbeitsplatz zurück, Lara fuhr mit Freunden per Interrail quer durch Europa und Willi und Traudel gönnten sich ihrerseits ein paar Tage in Südtirol zum Wandern. Mariya wollte nirgendwo hin. Sie blieb zuhause, hütete das Haus, goss Traudels kleinen Gemüsegarten und ging täglich in den Reitstall. Baldur war jetzt ihr Pferd und sie genoss es sehr, sich ohne Hetze und Zeitdruck den Dingen widmen zu können, die sie liebte. Baldur stand da ganz oben auf der Liste.

Dann gab es da seit neuestem auch einen jungen Mann, der sich auffällig um Mariya bemühte. Eigentlich hatte sie mit Jungs, oder mittlerweile jungen Männern nichts am Hut. Die waren entweder unreif oder es war offensichtlich, dass sie ihr nur an die Wäsche wollten. Dafür war sie nicht zu haben. Was sie aber alle gemein hatten, war, dass sie mit Pferden nichts anfangen konnten. Doch dieses Exemplar „junger Mann" war anders. Er ritt selbst. Nicht besonders gut, deshalb nahm er ja Reitstunden. Er war sehr still, in sich gekehrt. Keiner dieser großmäuligen Kategorie. Er war groß, schlank und hatte halblange, dunkelblonde Haare. Er studierte irgendwas mit Naturwissenschaften im zweiten Semester. Ab und an ritten sie zusammen aus, unterhielten sich über Unverfängliches. Nett, aber nichts Besonderes.

Jochen, wie der Kandidat hieß, nahm sich eines Tages allen Mut zusammen und fragte Mariya unvermittelt beim Ausreiten, ob sie denn nicht einmal Lust hätte, mit ihm etwas zu trinken. Kaffee. Dann wäre da noch so eine Studentenfete in Freiburg, wo er es auch toll fände, wenn sie ihn begleiten würde. Spontan sagte Mariya zu. Das Gespräch kam zum Erliegen. Damit hatte der gute Jochen wohl nicht gerechnet. Schweigend kehrten sie zum Stall zurück, versorgten ihre Pferde und verabredeten sich für den kommenden Nachmittag zum Kaffeetrinken in der nahen Kreisstadt. So begann eher harmlos eine ernste Geschichte.

Sie trafen sich am nächsten Nachmittag zum verabredeten Kaffee. Daraus wurde dann ein gemeinsames Baden im nahegelegenen Baggersee am darauffolgenden Tag. Schlussendlich verbrachten sie die gesamten Ferien miteinander. Jochen half Mariya sich für ihre Studienfächer einzuschreiben. Sie bummelten durch Freiburg und besuchten auch die bereits erwähnte Studentenparty. Und wie man sich das schon denken konnte, waren die beiden pünktlich zu Mariyas Studienbeginn zum Wintersemester ein Paar.

Sie mochten sich wirklich sehr. Es war nicht so eine „Hals-über-Kopf-was-bin-ich-doch-so-verliebt"-Geschichte. Eher etwas, das auf Verstandesebene ablief. Natürlich gab es da eine körperliche Komponente, die war aber beiden nicht so wichtig. Schön war, dass sie sich beide gegenseitig, was ihr Studium betraf, motivierten. Zu Bestleistungen antrieben. Nicht ausschließlich das Studium betreffend. Jochen war Perfektionist. Mariya auch, nur wusste sie das, bevor sie Jochen getroffen hatte, noch nicht.

Als Lara von ihrer Interrail-Tour zurückkam, hatte sie sich verliebt. Wie konnte es auch anders sein. Sommer, Sonne, Sandstrand, Portugal. Ihr Herzbube war aus der Gegend von München. Daher überlegte sie pausenlos, wie sie es anstellen konnte ihrem Angebeteten nahe zu sein. Sie waren derart verliebt! Telefonierten täglich mehrmals. Lara redete von nichts mehr anderem. Mariya fand, dass das typisch für Lara war. Sie konnte das aber, wenn sie ehrlich war, nicht so ganz nachvollziehen. Ja klar, sie war in Jochen ja auch verliebt, man musste aber nicht so ein Ding draus machen. Man mochte sich, man war zusammen und das war es auch schon. Jetzt rumzurennen wie ein Hamster auf Koks und den lieben, langen Tag über den Prinzen zu reden und sich in Verzückung zu ergehen, konnte sie nicht nachvollziehen. Na ja, das war halt auch deshalb, weil sie und Jochen eben eine reifere Beziehung führten. So etwas in dieser Art, dachte Mariya.

Willi und Traudel waren sehr angetan von Jochen. Kam er doch aus gutem Haus und hatte Umgangsformen. Seine ruhige, besonnene Art hatte schon Eindruck hinterlassen.

„Gute Wahl, Kind!", ließ Traudel Mariya wissen.

Mariya blieb zuhause wohnen, Jochen übernachtete ab und

an bei ihr, und sie dann bei ihm in Freiburg in seiner Studentenbude. Insbesondere dann, wenn sie frühe Vorlesungen hatte. Ansonsten fuhr sie entweder mit Willi oder die beiden fuhren zusammen mit der Regionalbahn nach Freiburg zur Uni.

Auch dieses Leben pendelte sich ein. Mariya war eine ernst-
hafte Studentin. Sie wollte nicht zu viel Zeit mit Studieren vertrö-
deln, sondern fieberte einem ersten richtigen Job förmlich entgegen. Müßig zu sagen, dass Jochen da wohl ähnlich tickte. Nach
wie vor verbrachte Mariya die meiste Zeit mit Baldur. Bildete
sich an Wochenenden in Sachen Pferden und Reiten fort. Das
finanzielle Polster, das sie mit dem Geld aus dem Erbe ihres Vaters hatte, war da sehr hilfreich. Sie war sehr sparsam, trotzdem
war sie in der komfortablen Lage, nicht arbeiten zu müssen, um
studieren zu können. Zusätzlich kamen Menschen zu ihr, die
durch Mund-zu-Mund-Propaganda davon gehört hatten, dass
Mariya wahrlich ein goldenes Händchen im Umgang mit Pferden hatte. Sie half diesen Menschen bei der Ausbildung ihrer
Pferde oder gab ihre Einschätzung zu gewissen Verhalten der
Vierbeiner und verdiente dabei, für studentische Verhältnisse,
fürstlich. Ohne sich groß anstrengen zu müssen, quasi im Vor-
beigehen. Die meisten der Auffälligkeiten waren einfach logisch.
Es lag meistens am Verhalten der Besitzer. Nichts, wofür man ein
Studium der Tiermedizin benötigt hätte.

Jochen beobachtete das mit Unverständnis. Er schuftete, trug
Zeitungen aus und räumte in zwei unterschiedlichen Super-
märkten nach Feierabend Regale mit Waren ein, um sich neben
dem Scheck seiner Eltern noch ein Zubrot zu verdienen. Das
Reiten hatte er schon vor Wochen eingestellt. Mariya flog das anscheinend alles zu. Das empfand er als ungerecht, behielt es aber
für sich.

Lara hatte es auch geschafft ihrem Prinzen aus München näher zu kommen. Sie studierte jetzt in München und war kurzerhand bei ihrem Angebeteten eingezogen. Jetzt war das Haus bis
auf Mariya leer. Daher genossen es Willi und Traudel umso
mehr, wenn Mariya zuhause war. Wenn dann am Wochenende

Lara und Steve kamen, Mariya mit Jochen zuhause waren und es dann auch Sascha mit seiner neuen Freundin nach Hause schaffte, dann war richtig Leben in der Bude. Traudel blühte dann auf, bekochte die „Kinder" und war in diesen Momenten besonders glücklich.

Mariya hatte ihr Faible für alte Architektur entdeckt. Durch Zufall war sie in Willis Arbeitszimmer gekommen, als dieser in einem riesigen Hochglanzbuch über Backsteingotik und der Architektur des 18. und 19. Jahrhunderts blätterte. Sie war total fasziniert, wie man damals gebaut hatte. Wie aus einem einfachen Backstein, einem Lehmziegel ihrer Meinung nach große architektonische Kunst wurde. Willi hatte dann noch einen weiteren Hochglanzband mit großformatigen Abbildungen von alten, hölzernen Eingangstüren, die zum Teil mit kunstvollen Schnitzereien versehen waren. Es ging darin um deren mystische Bedeutung in den unterschiedlichen Regionen Deutschlands. So ähnlich war der Titel dieses Bildbandes. Diese Holztüren waren wunderschöne Handarbeit, Unikate und äußerst professionell fotografiert. Man konnte förmlich spüren, dass die Häuser, für die sie ursprünglich angefertigt worden waren, durch sie eine Seele bekamen. Willi hatte an dem Austausch mit Mariya sehr viel Freude. Jochen fand das langweilig und bereitete sich in dieser Zeit lieber auf irgendwelche Klausuren vor oder schrieb an seinen Hausarbeiten.

Zu dieser Zeit trug es sich zu, dass Mariya zum ersten Mal von Gestüten im Ausland erfuhr, auf denen man eine begrenzte Zeit arbeiten konnte. Ohne dabei Geld zu verdienen, nur für Kost und Logis. Man musste dort hart arbeiten, bekam nichts geschenkt. Dafür konnte man seinen Traum vom täglichen Umgang mit Pferden leben. Sofort war Mariya von dieser Möglichkeit fasziniert. Natürlich gab es Gestüte, die besser als andere waren oder eine bessere Reputation hatten. Mit dieser Option war aber ein Gedanke geboren. Eine Idee, ein Wunsch, ein Traum reifte in ihr, wie der Samen der Blumen, die Traudel im Garten pflanzte. Außer mit Lara bei ihren seltenen Besuchen sprach sie mit niemandem darüber. Niemand anderer hätte das nachvollziehen können. Sie wusste ja auch noch nicht, bei welchem Gestüt genau sie sich bewerben wollte. Sie wusste nur, dass sie das direkt nach dem Abschluss ihres Studiums machen wollte.

Mittlerweile war sie mitten in ihrem Studium. Das Vordiplom hatte sie längst in der Tasche. Es lief gut. Jochen und sie spornten sich zu Höchstleistungen an. Sie versuchten sich mit Sprachzertifikaten gegenseitig zu übertrumpfen. Je näher das erreichte Level am muttersprachlichen Niveau war, desto mehr war es wert. Auf ihrer persönlichen Werteskala. Spanisch, Englisch, Französisch. Alles nur knapp unter Muttersprachlerniveau. Dann besann sich Mariya darauf, dass sie ja eine slawische Sprache als Muttersprache sprach. Mit dem Erreichen des russischen Muttersprachler-Sprachzertifikats ging sie im direkten Vergleich mit Jochen leicht in Führung. Als sie dann den slawischen Sprachzweig mit Polnisch erweiterte, baute sie den Vorsprung aus. Ukrainisch belegte sie nur, weil das dermaßen nah am Russischen war und kaum einen Aufwand bedeutete. Damit hängte sie Jochen rein sprachlich komplett ab. Zumindest empfand der es so. Sie fand es witzig, wenn er sich ärgerte. Dies sorgte aber für eine ernste Krise bei den beiden. So ernst, dass Mariya für einige Zeit die frühe Regionalbahn nahm, auch wenn sie zeitig zu einer Vorlesung musste, anstatt bei Jochen zu übernachten.

Irgendwann redeten sie wieder miteinander und begruben das Kriegsbeil. Besser gesagt, Jochen begrub das Kriegsbeil. Mariya gab ihm das Gefühl, das er „gewonnen" hatte, und konnte fortan wieder zwanzig Minuten länger schlafen, wenn sie früh zur Uni musste. Sie gingen wieder zur Tagesordnung über, sparten sich aber den Sprachenwettkampf. Mariya hängte es nicht an die große Glocke, aber sie belegte einen Kurs zur Zusatzqualifikation „Wirtschaft" in Englisch, Spanisch und Russisch. Damit hatte sie nach ihrem Dafürhalten den Sprachenteil „rund" gemacht. Jochen erzählte sie davon nichts. Sie hatten manchmal gute Zeiten, manchmal zofften sie sich auch ständig wegen nichts. Überwiegend dümpelte ihre Beziehung so vor sich hin.

Sie schliefen zwar miteinander, aber nicht sonderlich oft. Das lag nicht an ihr, eher an Jochen. Ihm lag nicht so viel am körperlichen Austausch. Im Gegensatz zu Lara. Wenn Mariya sie erzählen hörte, bekam sie regelrecht rote Ohren.

„Na ja, dann war das mit Jochen halt so", dachte sie sich.

Sie konzentrierte sich jetzt voll auf ihr Studium. Ziel war es, in der Regelstudienzeit fertig zu sein. Sie hatte noch ein Jahr. Bislang war alles im grünen Bereich. Dann kam der neue Reitlehrer. Mitte dreißig, verheiratet, zwei Kinder. Kurz lernte sie auch seine Frau kennen. Eher der unscheinbare Typ Frau. Sie hatte aber scheinbar die Hosen in deren Beziehung an. Zwischen Mariya und Jo, dem Reitlehrer, lag von Beginn an eine gewisse Spannung in der Luft. Sie fand ihn toll. Gutaussehend, sicheres Auftreten und unglaublich viel Ahnung von Pferden. Stundenlang konnte sie mit ihm über Pferde reden. Sehr prickelnd. Für Mariya eine Schwärmerei, denn der gute Jo war ja ein verheirateter Mann und Familienvater. Als Mann daher ein Neutrum für Mariya.

Nach ein paar Monaten fragte Jo sie, ob sie denn nicht mit zu einer Fortbildung in das nahgelegene Elsass kommen wolle. Sie überlegte kurz und sagte dann zu. Die Fortbildung begann an einem Freitagnachmittag und endete sonntags gegen Abend. Jo hatte zwei Einzelzimmer in einer dem Reitgelände nahegelegenen Pension gebucht. Man konnte zur Reitanlage zu Fuß gehen. Am Freitagabend, nach dem ersten halben Tag Fortbildung, gingen die beiden noch eine Kleinigkeit essen. Sie fanden fußläufig einen Italiener, der gutes Essen zu anständigen Preisen servierte.

Während des Essens unterhielten sie sich angeregt über den begonnenen Kurs. Auf dem Rückweg zur Pension begannen sie wild miteinander zu knutschen. Wie es dazu gekommen war, wusste hinterher keiner der beiden zufriedenstellend zu beantworten. In ihrer Unterkunft angekommen, machten sie die Nacht zum Tage. Mariya bekam eine Ahnung davon, wie es sein konnte, wenn man die körperliche Komponente in den Vordergrund stellte und leidenschaftlich auslebte. Sie kam Sonntagnacht stehend k.o. nach Hause zurück und schlief bis spät in den nächsten

Vormittag. So begann die Affäre mit Jo, dem Reitlehrer. Diese lief höchst leidenschaftlich ein halbes Jahr. Sie trafen sich zwei, manchmal sogar drei Mal pro Woche zu unterschiedlichen Uhrzeiten und vögelten sich jedes Mal halb zu Tode. Jochen bekam davon nichts mit. Jos Frau nach circa einem halben Jahr schon. So endete die Romanze mit Jo abrupt. Jo arbeitete dann auch über Nacht nicht mehr in dem Reitstall, in dem Mariya ihren Baldur eingestallt hatte. Mariya trauerte Jo nicht groß hinterher. Sehr schnell war klar, um was es bei ihrer Verbindung eigentlich gegangen war. Intellektueller Austausch war es sicherlich nicht. Sie konzentrierte sich wieder auf ihr Studium und Jochen. War froh, dass das Drama keine größeren Wellen geschlagen hatte. Jochen war und blieb ahnungslos und das war gut so.

Dann begann die stressigere Zeit. Studienabschluss. Diplomarbeit. Sie sahen sich selten, Jochen und sie. Manchmal schlief sie bei ihm in seiner Studentenbude, manchmal übernachtete er bei ihr. Seit ihrer heftigen Affäre mit Jo vermisste sie die körperliche Komponente und musste lernen, wie es ist, wenn man abgewiesen wird. Als Frau, wo es doch heißt, dass Männer immer wollen. Auch so eine Halbwahrheit. In dieser Zeit redete sie viel mit Jochen. Wollte von ihm wissen, wo er sich in zehn Jahren mit ihr sah. Wollte von seinen eigenen Träumen und Wünschen erfahren. Das war ernüchternd. Sie kam zu dem Schluss, dass es für Jochen zu abstrakt war, sich Gedanken wie diese zu machen. Träume hatte er nach eigener Aussage nicht. Wenn er von etwas „träume", dann begann er direkt es umzusetzen. Von anderen Dingen, am Ende noch von Dingen, die sich nicht umsetzen ließen, träumte man nicht. Zeitverschwendung. Und auf die Frage, wo er sich in zehn Jahren mit ihr sah, zeichnete er für seine Verhältnisse ein buntes Bild. Er wollte verheiratet sein, Kinder haben und sich seiner beruflichen Karriere widmen. Am liebsten in der Forschung. Ein klassisches Weltbild eben. Wenn man sich nicht einig war, dann redete man darüber. Notfalls so lange, bis man sich einig war. Das klang für Mariya gut. Reden, sich auseinandersetzen. Nicht gleich alles wegwerfen, wenn sich mal ein paar Wölkchen am Horizont zeigten. Zu dem Zeitpunkt war sie zufrieden mit dem, was Jochen ihr als Ausblick auf eine gemeinsame Zukunft verriet. Zu einem späteren Zeitpunkt realisierte sie, dass bei dieser Erklärung, bei Jochens Gedankenwelt Begriffe wie „Kompromisse", „Augenhöhe", „Liebe" und „Wertschätzung" fehlten. Aber das dann zu einem späteren Zeitpunkt.

Müßig zu erwähnen, dass Mariya ihr Studium mit sehr gutem Resultat abschloss. Sie war glücklich es geschafft zu haben, hatte aber keine wirkliche Idee, wie sie jetzt weitermachen wollte. Alle ihre Kommilitonen hatten schon längst Bewerbungen geschrieben, hatten teilweise bereits Stellenzusagen oder gingen ins Ausland. Viele in die nicht allzu weit entfernte Schweiz, in der sich wohl gutes Geld verdienen ließ. Mariya hatte nichts dergleichen getan. Wurde sie darauf angesprochen, log sie nicht, aber erzählte auch nicht, dass sie in dieser Beziehung völlig untätig geblieben war. Jochen war so mit seinem eigenen Fortgang, mit seiner eigenen Karriereplanung beschäftigt, dass ihm die Tatsache, dass Mariya keine einzige Bewerbung getippt hatte, gar nicht erst auffiel.

Na ja, ganz stimmte das ja auch nicht. Mariya hatte schon Bewerbungen getippt. Eine einzige, um genau zu sein. Dazu muss man etwas ausholen. Vor Monaten hatte Mariya ja von der Möglichkeit erfahren, auf Gestüten zu arbeiten. Unentgeltlich oder fast unentgeltlich für Kost und Logis. Diese Idee hatte sie nie wirklich losgelassen. Wie wäre es wohl, wenn sie sich die Zeit nähme und sich voll und ganz ihrer Leidenschaft für Pferde widmete? Hatte sie tatsächlich so ein „Händchen", wie alle behaupteten? Ein paar Jahre zuvor war der „Pferdeflüsterer", eine Art früher Blockbuster mit Robert Redford, in die Kinos gekommen und hatte sämtliche pferdeverrückten Mädels verzaubert. Kleine, aber auch große Mädels. Sie sah das differenziert, glaubte aber schon, dass es eine andere Herangehensweise an die Pferdeausbildung brauchte als das, was augenblicklich als letzte Weisheit unterrichtet wurde. Da stach die Sichtweise von Monty Roberts, dem eigentlichen Pferdeflüsterer, der von der Kommunikation mit Pferden und einer hilfreichen Körpersprache im Umgang mit den Tieren berichtete, schon ziemlich heraus. Mariya hatte beschlossen, sich dieses Konzept zumindest einmal zu betrachten.

Sie überlegte, wo sie denn einen tieferen Einblick in die Ausbildung von Pferden bekommen würde. Wo man die Resultate einer Dressurausbildung auch direkt sehen konnte, und kam so auf die Wiener Hofreitschule und darüber auf die Zucht- und Ausbildungsstätte der Lipizzanerpferde in Lipica, Slowenien. Insgeheim recherchierte sie so viel wie möglich, um sich eine Meinung zu bilden. Hilfreich war, dass sie bei einer größeren, internationalen Dressurveranstaltung eine Teilnehmerin kennenlernte, die nicht nur einen Lipizzanerwallach ritt, sondern auch ihren Wissensdurst das Gestüt betreffend stillen konnte.

Man mag es ahnen, wohin die einzige Bewerbung ging, die Mariya schrieb. Sie schrieb einen sehr emotionalen Brief, in dem sie ihre Motivation darlegte, ihre Wünsche, ihre Hoffnungen formulierte und sich um einen „wie auch immer gearteten" Arbeitsplatz auf dem Gestüt in Slowenien bewarb. Feierlich brachte sie den Umschlag zur Post. Nach einer gewissen Zeit, in der eigentlich ihr Schreiben angekommen sein musste und eine „wie auch immer geartete" Antwort zeitlich möglich gewesen sein müsste, lief sie fast jeden Tag zum Briefkasten. Es passierte aber erst einmal, genau, gar nichts. Fast schon etwas resigniert machte sie so ihr Ding. Verbrachte viel Zeit mit Baldur im Stall, unternahm mit Traudel so einiges und fand immer etwas Zeit, sich mit Willi über die Architektur des 18. und 19. Jahrhunderts in Deutschland auszutauschen.

Nachdem wochenlang nichts passiert war, brachte ihr Traudel eines Tages unvermittelt einen DIN-A5-Umschlag mit ausländischen Briefmarken. Slowenischen Briefmarken, um genau zu sein. Voller Freude riss sie das Couvert auf und stieß einen spitzen Schrei aus. Sie hatte eine Zusage! Man bot ihr an zu einem bestimmten Datum in Lipica vorzusprechen und bei Gefallen direkt zu bleiben und ihren Job anzutreten. Es war in der Tat ein

Angebot gegen Kost und Logis und ein kleines Taschengeld. Die Tätigkeit wurde als abwechslungsreich und in allen Bereichen des Gestüts beschrieben. Die Zeitdauer war allerdings mit achtzehn Monaten verpflichtend, da es für das Gestüt keinen Sinn machen würde, quasi in die Ausbildung der Bewerber zu investieren, die dann nach drei Monaten wieder ihrer Wege gingen.

Wow! Das hätte sie nicht zu hoffen gewagt. Verbindliche Zusage, mit der Option abzusagen. Alles, was sie zu tun hatte, war nach Lipica zu fahren, sich alles direkt vor Ort anzuschauen und sich dann zu entscheiden. Achtzehn Monate waren schon gewaltig, aber was hatte sie zu verlieren? Einen Job im Marketingbereich konnte sie sich ja auch später noch suchen. Sie war jetzt jung. Okay, Ende zwanzig, aber immer noch jung genug, bevor sie sich für irgendeinen Lebensweg entschied. Beruflich oder privat. Sie nahm den Brief und ging zu Traudel, die gerade in der Küche zugange war.

„Schau mal, ich habe eine Zusage auf eine Bewerbung bekommen", eröffnete sie das Gespräch.

Traudel, die ein unglaubliches Gespür für die Stimmungen ihrer Tochter hatte, roch den Braten sofort.

„Na, zu Jubelstürmen neigst du da eher nicht. Was ist das Problem? Musst du weiter weg von hier?"

„Ja, das auch", erwiderte Mariya, „es hat aber auch nichts mit meinem Studium zu tun. Es ist etwas völlig anderes."

„Zeig mal."

Traudel streckte ihren Arm aus und Mariya reichte ihr das Schreiben. Sie überflog das Schreiben, zog ein, zwei Mal die Stirn kraus und gab dann den Brief Mariya zurück. Die war jetzt auf einen Sturm der Entrüstung gefasst, der aber nicht kam.

„Das ist doch großartig", antwortete Traudel mit mehrdeutigem Schmunzeln.

„Ich gehe einmal davon aus, dass es genau das ist, was du eigentlich machen möchtest, oder?"

„Ja, schon. Es hat aber nichts mit meiner Ausbildung, meinem Studium zu tun."

„Weiß Jochen schon davon?"

„Nein. Du bist die Erste, der ich das zeige."

Ein kurzes Lächeln huschte über Traudels Gesicht. Sie goss eine Tasse Kräutertee ein, deutete auf einen Stuhl und schob Mariya die Tasse Tee entgegen.

„Weißt du Kind, warum solltest du das nicht machen? Du bist jung, du hast das Leben vor dir und vor allem ist es das, was du möchtest. Ob das gut oder schlecht ist, kannst du dann bewerten, wenn du es gemacht hast."

Mariya schaute ihre Mutter aufmerksam an, sagte aber nichts.

„Schau, du hast in den letzten fast zehn Jahren nur gebüffelt. Zuerst hast du Deutsch gelernt, dann musstest du den Stoff von etlichen Schuljahren aufholen, dann hast du ein Studium hinter dich gebracht und erfolgreich abgeschlossen. Meinst du nicht, dass es an der Zeit wäre, dich einmal zu belohnen? Ich garantiere dir, mein Schatz, dass wenn du diese Gelegenheit nicht ergreifst, du es in meinem Alter bereuen wirst. Doch dann ist es zu spät. Also: Meinen Segen hast du."

Mariya war perplex von der doch emotionalen Reaktion ihrer Mutter.

„Wann geht's los?", fragte sie und strahlte ihre Tochter an.

„Äh, ich weiß es noch gar nicht. Am liebsten sofort, aber ich muss planen. Ich denke, ich rufe da erst einmal an und sage zu und bestätige den Termin verbindlich. Was meinst du? Und Jochen ... den muss ich auch noch einweihen."

„Na, dann mal los", forderte Traudel sie auf. Nach kurzer Überlegung setzte sie nach: „Mit Willi rede ich."

Mariya telefonierte mit Jochen und verabredete sich für den nächsten Abend mit ihm in seiner Studentenbude, in der er noch wohnte. Er hatte sich für einen Auslandsaufenthalt an einer Uni in den USA entschieden und war dabei seine Wohnung aufzulösen.

Vorher fuhr Mariya mit ihrem Fahrrad zum Stall und wollte die Pflege von Baldur sicherstellen. Er ließ sich nach wie vor ausschließlich von ihr reiten. Er zeigte aber Altersmilde und ließ sich auch von anderen auf die Weide führen. Sie sprach mit dem Besitzer des Stalls und er versprach eine Lösung zu finden. Danach fuhr sie zurück nachhause, duschte und erwischte dann noch gerade so die Regionalbahn nach Freiburg, um Jochen zu besuchen.

Sie begrüßten sich mit einem Kuss, ganz so, wie ein altes Ehepaar das tut. Small Talk über den Stress, eine Wohnung aufzulösen. Vorfreude, in die USA zu kommen und dort mit den Helden seiner Zunft direkt zu arbeiten, usw. Mariya nutzte eine Atempause Jochens, um ihm von ihren Plänen zu berichten. Jochen quittierte das mit einem Kommentar, der die Worte „Berufserfahrung", „Karriere" und „Zukunftsvision" beinhaltete.

„Wohin genau willst du denn gehen, um Pferde auszumisten?", fragte er mit einem Anflug von Zynismus.

„Ich habe eine Zusage von dem Lipizzanergestüt in Lipica."

„Wo ist das denn?"

„Slowenien."

„Boah, krass. Ostblock! Wie lange gehst du da hin? Ab wann? Weißte, das trifft sich ja gut. Ich bin ja auch für ein halbes Jahr weg ..."

„Ich werde für achtzehn Monate nach Slowenien gehen", erwiderte Mariya tonlos.

Jochen verschlug es die Sprache.

„Was wird dann aus uns?"

„Was soll werden?", antwortete Mariya, „das hat doch mit uns nichts zu tun. Irgendwann bin ich dort fertig. Dann komme ich wieder zurück und wir tun das, was wir dann tun wollen."

Man konnte Jochen ansehen, dass ihm das ganz und gar nicht schmeckte.

„Mariya ...", ihm versagte die Stimme. Man konnte ihm ansehen, dass es in seinem Kopf ratterte. So hatte Mariya ihn noch nicht erlebt. Zeigte er etwa so etwas banales wie „Gefühle"?

„Dann lass uns unsere Beziehung auf verbindliche Füße stellen!"

„Wie meinst du das?", fragte eine sichtlich irritierte Mariya.

„Lass uns verloben!", gab ein plötzlich im Kreis grinsender Jochen von sich.

„Du weißt was ‚verloben' bedeutet?", fragte eine teuflisch grinsende Mariya.

„Ja klar!", erwiderte Jochen, „das ist ein Heiratsversprechen!"

„Nein", gab Mariya zurück, „das bedeutet ‚sicherstellen und weitersuchen'!"

Man konnte die Verständnislosigkeit in Jochens Gesicht überdeutlich sehen.

„Also. Machen wir es offiziell: Mariya, willst du dich mit mir verloben?"

Mariya schüttelte sich vor Lachen und prustete los.

„Bist du sicher, dass man das so sagt?"

„Wie denn sonst?", gab ein sichtlich genervter Jochen zurück. „Was ist jetzt: ja oder nein?"

Mariya lag gekrümmt auf der Seite und hielt sich den Bauch. Sie bemühte sich um Ernsthaftigkeit. Langsam setzte sie sich auf und versuchte nicht gleich wieder loszuprusten. Diese geballte Ladung Jochen-Romantik überforderte sie fast.

„Gehört da nicht irgendwie ein Ring dazu? So etwas wie ein ‚ich liebe dich'?"

„Das weißt du doch. Ja klar. Natürlich. Ich … ja, ich, äh, ich liebe dich. Zufrieden? Das mit dem Ring holen wir nach. Den bring ich dir aus den USA mit."

Er küsste sie, nahm sie in den Arm und tätschelte sie wie andere ihre Haustiere. Mariya musste sich noch immer zusammenreißen, um nicht direkt wieder loszulachen. Er schlug vor in seine Stammkneipe ums Eck zu gehen und ihre Verlobung zu feiern. Das taten sie dann auch. Tranken zwei Gläser Wein und kehrten dann zurück in Jochens Wohnung, wo sie direkt zu Bett gingen. Nicht etwa um die Verlobung gebührend zu feiern, nein, der gute Jochen schlief direkt ein. Hatte er doch zwei ganze Gläser von Mariyas Lieblings-Rioja trinken müssen. Er, der keinen Alkohol verträgt.

Am nächsten Morgen trennten sich dann die beiden frisch Verlobten. Jochen packte und Mariya fuhr sehr ernüchtert zurück nachhause.

Es gab noch einiges zu erledigen. Zuallererst musste sie die frohe Kunde von ihrem Auslandsaufenthalt bei *dem* Gestüt schlechthin mit Lara besprechen. Dann natürlich auch mit Willi und vielleicht wollte Sascha das ja auch wissen.

Von allen Reaktionen war die von Sascha die überraschendste. „Slowenien? Boah, voll geil! Weißt du, was es dort alles gibt, was man gesehen haben sollte?"

Er begann die touristischen Highlights mit Inbrunst aufzuzählen.

„Ich komme dich auf jeden Fall besuchen!", schloss er seinen Kommentar am Telefon. Mariya freute sich, dass ihr Plan so wohlwollend aufgenommen wurde.

Lara war außer sich vor Freude. Auch sie wollte zu Besuch kommen. Sie interessierten vor allem die Pferde, das legendäre Gestüt. Eigentlich wollten alle kommen. Nur Jochen hatte sich diesbezüglich nicht geäußert. Was eigentlich schade war. Gerade bei ihm hatte sie erwartet, dass er seinen Besuch ankündigen würde.

Auch Willi freute sich für Mariya. Erwartungsgemäß gab er aber mehrere Aspekte zu bedenken. Generell riet er ihr jedoch zu ihrem Vorhaben und kündigte seinen Besuch zusammen mit Traudel an. Sieg auf der ganzen Linie für Mariya.

„Ja ja, die Kleinen werden flügge", kommentierte er Mariyas Plan.

„Ich komm ja wieder. Wenn ich dann wieder in mein Zimmer einziehen könnte, wäre das super!", fühlte sie dezent vor.

„Schätzchen, die Tür ist für dich immer offen, das weißt du doch. Also, komm wieder, wann immer du willst, so lange du willst", erwiderte Willi.

Sie rief in Lipica an und vereinbarte den Kennenlerntermin mit der Option, direkt zu bleiben und den Job anzutreten, für den Beginn des kommenden Monats.

Kapitel 4 – Lipica

Die Zeit bis zu ihrer Abreise verging wie im Flug. Sie hatte das Gefühl, irgendetwas Wichtiges vergessen zu haben. Ihr wollte zwar nicht einfallen, was das war, aber das Gefühl wollte nicht weichen. Das passiert oft, wenn man vor einer Reise besonders nervös ist. Baldur war versorgt. Das war ihr das Wichtigste. Das alte Pferd zurückzulassen, fiel ihr am schwersten.

Jochen hatte sich bis zu seiner Abreise rar gemacht. Er lebte jetzt die kurze Zeit bis zu seiner Abreise in die USA bei seinen Eltern und wollte nicht, dass Mariya dort übernachtete. Warum auch immer. Ganz erschloss sich ihr das Verhalten ihres „Verlobten" dann doch nicht. So sahen sie sich noch einmal kurz auf einen letzten Kaffee in der Freiburger Studentenkneipe. Mariya fand das gelinde gesagt seltsam. Traudel fragte, ob denn mit Jochen alles in Ordnung sei. Mariya zuckte nur mit den Schultern.

„Der muss sich zuerst einkriegen. Es scheint an seinem Ego zu nagen, dass er nicht der Einzige ist, der ins Ausland geht. Ich gehe zwar nicht an das renommierte Massachusetts Institute of Technology dass ich dann aber dreimal so lange fort bin wie er, scheint er als Niederlage zu werten. Das wird schon wieder. Wenn er dann mal feststellt, dass der Amerikanski auch nur mit Wasser kocht, kommt er auch wieder auf den Boden."

„Na ja, wenn das mal so ist. Wenn nicht, dann gibt es sicherlich noch andere Väter mit ansprechenden Söhnen", gab ihr Traudel als Weisheit mit auf den Weg.

Willi und Traudel brachten Mariya zum Hauptbahnhof nach Freiburg. Über Italien brach sie auf nach Ljubljana und von dort musste sie das letzte Stück in einem Bus zurücklegen. Sollte kein Problem sein. Die gesamte Anreise dauerte aber zwei volle Tage. Bahn, zweite Klasse. Sie war total aufgeregt. Sie hatte sich Bücher mitgenommen und Traudel hatte ihr Proviant mitgegeben, der für eine ganze Reisegruppe gereicht hätte. Sie lernte im Zug viele nette Menschen kennen. Italiener, Slowenen, Junge und auch jede Menge Alte. Alle sprühten vor Energie und Lebenslust, wovon Mariya sofort infiziert wurde. Die zwei Tage im Zug vergingen wie im Flug.

Als sie dann so ganz alleine in Ljubljana den Zug verließ, wurde es ihr doch etwas mulmig. Angst vor der eigenen Courage nannte man das wohl. Sie kaufte an einem Kiosk eine slowenische Telefonkarte und rief zuhause an. Traudel freute sich sehr, so schnell von „der Kleinen" zu hören. Alles war gut. Sie musste den Busbahnhof suchen und den Bus nach Lipica finden. Nachdem sie aufgelegt hatte, fühlte sie sich besser. Die Zuversicht in Traudels Stimme, das Zutrauen, dass sie das schon hinbekommen würde, verlieh ihr frische Energie. In null Komma nichts hatte sie den Busbahnhof gefunden und eine Fahrkarte nach Lipica gelöst. Es war ja nicht besonders weit. In etwa waren das hundert Kilometer, größtenteils über eine Autobahn oder Schnellstraße zu erreichen. Das Gestüt war dann scheinbar in Gehnähe zum Busbahnhof.

Ihr Herz klopfte noch einmal bis zum Hals, als sie in Lipica ankam und schon auf dem Weg dahin die weitläufige Karstlandschaft sah. Die satten, grünen Wiesen rund herum waren voller weißer Pferde – Lipizzaner eben. Ihr ging das Herz auf.

Tatsächlich hielt der Bus fußläufig zum Gestüt. Eigentlich war in Lipica alles entweder Gestüt oder Hotel. Es dauerte eine Weile, bis sie das Verwaltungsgebäude gefunden hatte und sich zu ihrer Kontaktperson durchgefragt hatte. Sie musste kurz Platz nehmen, bis die Empfangsdame sie angemeldet hatte. Alle waren unglaublich freundlich, ja fast schon herzlich zu ihr, was es ihr natürlich ihren Start in einen neuen Lebensabschnitt leichter machte.

Dann war es so weit. Sie saß einer schlanken, dunkelhaarigen Mittvierzigerin mit dichtem kastanienbraunem Haar gegenüber. Dunja. Sie war Chefin der Arbeiter auf dem Gestüt. Eine Position in etwa vergleichbar mit einer Personalchefin. Mariya konnte sich vorstellen, dass mit ihr nicht gut Kirschen essen war, wenn ihr etwas missfiel. Gerade aber war sie sehr freundlich, begrüßte Mariya und hieß sie herzlich willkommen. Von ihr würde Mariya über alle Details ihrer Anstellung informiert werden. Anschließend würde sie eine Führung über die gesamte, unendlich große Anlage bekommen. Final würde sie dann zu ihrer Unterkunft gebracht werden. Sie hätte dann Gelegenheit, die Eindrücke des Tages sacken zu lassen. Hätte sie sich für den Job entschieden, dann war Arbeitsbeginn am nächsten Morgen um 7 Uhr. Der Arbeitsvertrag, der ihr nach dem Gespräch mit Dunja ausgehändigt wurde, sei dann unterschrieben zurückzugeben. Man würde sie dann einkleiden und einem erfahrenen Kollegen übergeben, der dann alles weitere mit ihr regelte. Sie solle sich aber keine Illusionen machen, der Dienst auf dem Gestüt sei kein leichtes Brot und beginne mit Ställe-Ausmisten. Sicherlich würde ihr diese bei allen recht unbeliebte Tätigkeit für mehrere Wochen erhalten bleiben. Danach würde dann über den weiteren Einsatz entschieden werden. Selbstverständlich konnte sie in ihrer Freizeit jederzeit eines der Schulpferde leihen und ausreiten. Einige der Angestellten ritten am Wochenende in kleineren oder größeren Gruppen in der Nähe des Gestüts aus. Jeder Mitarbeiter musste einmal im Monat ein komplettes Wochenende arbeiten. Dafür waren der darauffolgende Montag und Dienstag dann frei. Tauschen der Dienste war unter Absprache mit dem oder der Vorgesetzten in Maßen möglich.

Danach rauchte Mariya erst einmal der Kopf. Dunja fragte sie freundlich, ob sie noch Fragen hätte. Als Mariya verneinte, griff sie nach dem Telefon, das direkt vor ihr auch dem Tisch stand, und bat eine Kollegin Mariya das Areal zu zeigen. Die Kollegin kam und holte Mariya ab. Sie solle ihr Gepäck mitnehmen, denn die Tour ende bei ihrer Unterkunft, wo sie sich erst einmal ausruhen könne.

Dann ging es los. Ihr Gepäck wurde auf die Ladefläche eines elektrischen Golfwägelchen geladen und sobald sie saß, surrten sie los. Sie fuhren durch den riesigen Park, schauten sich die Außenanlagen an, die Koppeln. Dann hielten sie vor dem ersten Stallgebäude, das sicherlich aus dem 19. Jahrhundert war. Die Stallgasse war blitzblank sauber, die Boxen frisch eingestreut. Keine Spinnwebe war irgendwo zu sehen. Man hätte vom Boden essen können. Sie besichtigten noch weitere Stallgebäude, in denen vereinzelt entweder trächtige Stuten, die bald gebären würden, standen oder Stuten mit ganz frisch geborenen Fohlen. Auch schauten sie in der „Krankenstation" vorbei, wo das ein oder andere kranke Pferd in einer Handvoll eigener Boxen von angestellten Tierärzten behandelt wurden. Insgesamt lebten auf dem Gestüt so um die 300 Pferde, lernte Mariya.

Sie waren jetzt knapp zweieinhalb Stunden unterwegs. Erika, die sie herumgeführt hatte, arbeitete selbst seit knapp einem Jahr auf dem Gestüt. Sie war aus Bulgarien und hatte schon als kleines Mädchen davon geträumt, nach Lipica zu kommen und mit den Pferden zu arbeiten. Sie fand das den perfekten Arbeitsplatz, sagte aber auch, dass das erste Vierteljahr extrem hart sei. Viele, die aus aller Herren Länder zum Arbeiten kommen würden, liefen innerhalb dieser Zeit auch wieder davon. Hätte man das magische erste Vierteljahr aber überstanden, dann würde alles besser.

Sie fuhren jetzt zu der Unterkunft, wie Erika ihr erklärte. Dort würde sie Mariya das Appartement zeigen, in dem sie, würde sie den Arbeitsvertrag unterschreiben, für die nächsten eineinhalb Jahre wohnen würde.

Mariya war zutiefst beeindruckt. Hätte sie, bevor sie das Gestüt gesehen und die Dimensionen erfahren hatte, den Vertrag blind unterschrieben, war sie jetzt froh, Bedenkzeit zu haben.

Das Appartement war im zweiten Stock und hatte eineinhalb Zimmer mit einer Küchenzeile und einem separaten Badezim-

mer. Das, was ihr auf Anhieb gefiel, war das große Panoramafenster, aus dem sie, wenn sie aufrecht auf dem großzügigen Bett
saß, einen Blick auf die wunderschöne, aber karge Karstlandschaft hatte. Im Hintergrund waren helle Kalkberge zu erkennen, die in der Dämmerung oder bei Vollmond sicher wunderschön anzusehen waren. Der Appartementkomplex gehörte zum
Gestüt und einige der Kollegen und Kolleginnen, mit denen sie
zukünftig arbeiten würde, wohnten hier. Es gab Regeln, die das
Zusammenleben erleichtern sollten. Häufig wechselnde Über-
nachtungsgäste seien zum Beispiel nicht so gerne gesehen. Würde allerdings ihr Verlobter zu Besuch kommen und auch einige
Zeit bleiben, so sei das kein Problem. Einen Putzplan gab es für
die gemeinsam genutzten Bereiche wie Treppenhaus und Flur
und auch eine klare Regelung für die Waschmaschine im Keller.
Alles keine Unbekannten in Mariyas Leben.

„Ja ja, mein Verlobter. Nicht sicher, ob man den hier überhaupt zu Gesicht bekommt", dachte Mariya.

Als sie alleine in ihrer neuen, hübschen, aber trotzdem fremden Bleibe war, bekam sie das Bedürfnis mit einem vertrauten
Menschen zu sprechen. Sie wollte das Erlebte teilen und ganz nebenbei doch eine Einschätzung bekommen. Wie sollte sie sich
entscheiden? Bleiben oder wieder gehen? Noch nie war sie un-
schlüssiger gewesen als in diesem Moment. Sie machte sich auf
den Weg zu der Telefonzelle, die sie auf ihrer Besichtigungstour
gesehen hatte. Dort angekommen, wählte sie Jochens Nummer.
Der Anrufbeantworter sprang direkt an, obwohl es erst früher
Abend in dem Teil der USA war, in dem sich Jochen aufhielt.
Enttäuscht legte sie auf.

Sie rief zuhause an. Traudel nahm nach dem ersten Klingeln
ab und meldete sich atemlos.

„Gott sei Dank, dass du anrufst. Ich hatte mir schon Sorgen
gemacht", eröffnete sie das Gespräch. Mariya musste lächeln. Es
tat ihr gerade derart gut, eine vertraute Stimme zu hören.

„Alles gut hier, Mama! Das ist überwältigend! Riesig! Stell dir
vor, die haben hier 300 Pferde!", plapperte sie aufgeregt los. Das

Guthaben ihrer Telefonkarte schmolz wie Butter in der heißen Sonne.

„Und? Wirst du bleiben, oder kommst du wieder heim?", fragte Traudel gespannt.

„Ich bleibe!", sagte Mariya einer inneren Eingebung folgend. „Ich weiß, dass es nicht einfach werden wird, aber ich kriege das schon hin."

Sie machte sich mit ihren eigenen Worten gerade Mut, schoss ihr durch den Kopf.

„Liebes, du kannst alles schaffen, wenn du es nur willst! Du darfst dich nur nicht von deinem Weg abbringen lassen!", erwiderte Traudel bestimmt. Dann war das Guthaben der Telefonkarte aufgebraucht und das Gespräch brach mitten im Satz ab.

Mariya hatte einen Kloß im Hals. Zum einen hatte sie gerade eine Entscheidung getroffen, zum anderen waren die letzten Worte, die Traudel verwendete, ein Schock für sie. Das waren vor knapp zehn Jahren die letzten Worte, die Mætt ihr auf ihren unbekannten Weg mitgegeben hatte.

In Gedanken versunken und etwas traurig machte sie sich auf zu ihrer neuen Bleibe. Sie war traurig, weil sie Jochen nicht erreichen konnte. Es ergriff aber auch eine Traurigkeit Besitz von ihr, die sie so an sich noch nicht wahrgenommen hatte. Sie fühlte sich alleine, war erschöpfter von der Reise, als sie sich eingestehen wollte. Auch hatte sie etwas Angst vor dem Unbekannten, was da auf sie zukam. Vielleicht war Angst das falsche Wort, auf jeden Fall war ihr aber mulmig.

Sie beschleunigte ihre Schritte, um zurück zu ihrem Appartement zu kommen. Erst einmal auspacken, eine Tasse Tee trinken, duschen. Dann sah die Welt schon wieder anders aus.

Es lag frisch gewaschene Bettwäsche auf dem Bett, im Bad gab es Handtücher. In der Küchenzeile fand sie sogar noch drei Beutel Kräutertee. Es gab Geschirr und Besteck, zwei Töpfe, eine Pfanne und eine große, gläserne Salatschüssel. Alles war gut. Sie konnte sich einrichten und sich den Dingen widmen, die auf ihrer Liste standen. Als erste Handlung unterzeichnete sie mit trotziger Miene den Arbeitsvertrag. Dann setzte sie mit dem Wasserkocher, den sie in der hintersten Ecke des Küchenschranks gefunden hatte, Teewasser auf und ging lange, ausgiebig und heiß duschen. Danach war die Welt fast schon wieder in Ordnung. Sie drapierte eines der Kissen der Sitzecke in ihrem Bett, setzte sich aufrecht, mit dem Rücken zur Wand und trank ihren Tee. Nicht lange ließ der Schlaf auf sich warten. Die zwei Tage Zugfahrt forderten genau in dem Moment, als sie begann sich zu entspannen, ihren Tribut. Pünktlich wurde sie von ihrem Wecker um 6 Uhr geweckt und klopfte genauso pünktlich um 7 Uhr an Dunjas Bürotür. Nach der Aufforderung trat sie ein. Dunja saß hinter ihrem Schreibtisch mit einer heißen Tasse Tee und schaute freundlich und gespannt in Mariyas Richtung.

„Hallo. Hier ist der unterschriebene Arbeitsvertrag. Wie geht es jetzt weiter?", fragte Mariya um Professionalität bemüht. Es gelang ihr nicht vollständig den Trotz in ihrer Stimme zu verbergen.

„Bist du sicher?", fragte Dunja und blies den aufsteigenden Dampf von der Teetasse.

„Ja klar!", erwiderte Mariya, „ich werde das schaffen. Kein Problem."

Dunja lächelte verhalten. Dies oder etwas in dieser Richtung hatte sie wohl schon des Öfteren gehört.

„Gut. Dann rufe ich jetzt mal im Stall an, damit dich jemand abholt und dich einkleidet. Danach wirst du eingeteilt und dann gehts los. Viel Erfolg an deinem ersten Arbeitstag."

Mariya schaute intensiv in Dunjas Gesicht, um vielleicht eine Spur Zynismus zu erkennen, aber da war nichts.

Als es an der Tür klopfte, kam Erika und holte Mariya ab. Sie zeigte ihr ihren Spind und öffnete in einer der Futterküchen einen größeren Schrank und holte die versprochene Arbeitskleidung heraus. Eine Latzhose, ein Sweatshirt und eine dickere Jacke, die wohl für die kalte Jahreszeit gedacht war. Alles mit „Lipica Stud Farm"-Logo. Mariya zog sich stolz in der Umkleide für Frauen um. Erika brachte ihr noch ein paar Gummistiefel in der richtigen Größe, dann ging es los.

Sie zeigte ihr fünf leerstehende Boxen, die sie auszumisten und mit frischem Heu und Stroh zu versorgen hatte. Ihr wurde Janez, der Verantwortliche für diesen Stallabschnitt, vorgestellt. Dieser wies sie ein, erklärte ihr, was genau er erwartete, zeigte, wohin mit dem Mist und dem Schubkarren, wenn sie dann fertig wäre. Dann war sie dran.

Sie schuftete im wahrsten Sinne des Wortes wie ein Pferd. Machte auch direkt am ersten Tag eine viertel Überstunde, die natürlich nicht bezahlt wurde. Janez kam zur Kontrolle, korrigierte die ein oder andere Kleinigkeit, dann war der erste Arbeitstag geschafft. Sie zog sich in der Damenumkleide um und lernte die ersten Kolleginnen kennen, die sie allesamt freundlich aufnahmen. Die Mädels verabredeten sich für den Abend, was Mariya aber dankend ablehnte. Ihre Arme waren kraftlos und taten weh. An den Händen hatte sie dicke Blasen. Sie fühlte sich, als hätte sie den ganzen Tag Steine geklopft, was ja auch irgendwie zutraf. Auf direktem Weg ging sie zu ihrer Unterkunft, duschte, trank noch eine Tasse Tee und schlief dann wie schon am Abend zuvor im Sitzen auf ihrem Bett ein. Wieder wurde sie von dem Wecker pünktlich um 6 Uhr geweckt. Ihre Muskulatur schmerzte noch mehr als am Vorabend. Sie zog sich an und machte sich auf den Weg in die Kantine. Frühstücken. Außer Tee hatte sie ja am Vorabend nichts zu sich genommen. Das Mittagessen war da schon längst verdaut und die Energie verwertet.

„Essen hält Körper und Geist zusammen", pflegte Willi zu sagen. Also, ab in die Kantine frühstücken. Als sie dort ankam, saßen da schon viele ihrer Kollegen und Kolleginnen. Erika war auch da und stellte sie dem Rest der Mannschaft vor. Dann ging es an das Tagwerk. Misten, misten, misten. Dieses Mal klappte es schon etwas besser, zum Feierabend war sie aber wieder stehend k.o. Doch dieses Mal schaffte sie es, in dem kleinen Laden etwas einzukaufen und zusammen mit den anderen in der Kantine noch etwas zu essen. Danach ging sie wieder auf direktem Weg in ihre Unterkunft und nach der heißen Dusche schnurstracks ins Bett. Ihre Hände waren jetzt übersät von Blasen, ihre Schultern schmerzten. Sie war aber nicht lange genug wach, um sich bemitleiden zu können. Am nächsten Morgen dann wieder die gleiche Prozedur.

Es dauerte knapp zwei Wochen, bis sie sich einigermaßen an die körperliche Belastung gewöhnt hatte. Sie ging dann zusammen mit ihren Kolleginnen in ein kleines Restaurant mit einer freundlichen Wirtin und trank ein Glas lokalen Rotwein, der überraschend lecker war. So fand sie sich langsam in ihr neues Leben ein. Nach vier Wochen begleitete sie Ivana, mit der sie sich am besten verstand, zum ersten Mal bei einem Ausritt. Das trug nochmals zu ihrem Wohlbefinden bei und erhöhte ihre Lebensqualität. Man konnte behaupten, dass Mariya nach circa sechs Wochen in ihrer neuen Umgebung angekommen war. Sie mistete ohne Murren, erledigte das, was man ihr auftrug, und freute sich jeden Tag aufs Neue in dieser für sie genialen Umgebung zu sein. Mit den anderen Mädels pflegte sie einen regen Umgang, hatte ja ein Thema, über das man sich austauschen konnte, und der Stalltratsch hatte auch etwas Belebendes. So ein bisschen kleine, heile Welt.

Sie hatte herausgefunden, wie man die Telefonkosten mit billigen Vorwahlnummern reduzierte, und entdeckte, dass die Telefonzelle auch angerufen werden konnte. So telefonierte sie fast jeden Tag mit Traudel und Willi. Manchmal sprach sie auch mit Lara oder Sascha, wenn die gerade bei ihren Eltern vorbeischauten. Einzig die Telefonate mit Jochen waren spärlich. Wenn doch einmal eines zustande kam, dann ging es um ihn, was er für tolle Sachen machte und wie super die USA doch sei. Ihr Leben spielte scheinbar in Jochens Wahrnehmung überhaupt keine Rolle. Wäre sie nicht so eine treue Seele gewesen, hätte sie längst einer der ihr mittlerweile in großer Anzahl nachsteigenden Jungs erhört. Sie war aber verlobt. Egal wie seltsam das gerade lief, es bedeutete ihr etwas. Daher blitzten alles Jungs bei ihr ab.

Sie hatte sich angewöhnt in der Mittagspause nur schnell eine Kleinigkeit zu essen und dann eine Abkürzung durch den Hengststall zu nehmen und noch ein bisschen auf dem Reitplatz der Ausbildung oder dem Training der Pferde zuzusehen. Die Pferde, die in den Shows eingesetzt oder ausgebildet und verkauft wurden, hatten ein tägliches Trainingspensum mit ihren Bereitern zu bewältigen. Alleine durchs Zuschauen lernte sie dabei schon viel.

Auf ihrem Weg durch den Hengststall wurde sie an einem Mittag, es war wohl irgendwann im Sommer des gleichen Jahres, Zeuge einer ganz speziellen Begebenheit. Sie bog in die Stallgasse ein, um schnell zum Außenplatz zu gelangen. Dabei sah sie, wie zwei der Stallburschen, die dafür zu sorgen hatten, dass die Pferde auf die Koppeln kamen, mit einer großen Gerte in einen der Ställe gingen. Sie versuchten einen der Hengste, der sich anscheinend weigerte, seine Box zu verlassen, davon zu überzeugen, dass er sich halftern und auf die Weide bringen lassen sollte. Das Pferd hatte Angst und attackierte die beiden Kollegen mit Bissen und vor allem mit Tritten. Bei Letzterem setzte das Tier alle vier Beine ein. Es trat sowohl abwechselnd mit den Vorderläufen, aber auch mit den Hinterläufen. Mariya kam vorsichtig näher. Die Jungs unterbrachen ihr Unternehmen und verließen rasch die Box, um sich zu beratschlagen.

Mariya fragte, was denn los sei. Das störrische Mistvieh ließ sich nicht aus der Box bewegen, hieß es. Schon der dritte Tag heute. Jetzt wäre es aufgefallen, dass eben dieser Hengst fehle. Daher musste er raus. Koste es, was es wolle.

„Lasst mich mal versuchen", sagte Mariya zögerlich zu den beiden. Diese grinsten sich vielsagend an und reichten Mariya das Halfter. Die Gerte lehnte sie ab. „Das muss ohne gehen", sagte sie sich.

„Ihr müsst mir die Stalltür einen Spalt offenlassen, falls ich schnell raus muss. Und dann zumachen, nicht dass das gute Pferdchen noch abhaut. Mal schauen, vielleicht kann ich ihn ja überzeugen sich halftern zu lassen."

Sie öffnete das stabile Schiebtor einen Spalt und schlüpfte in die Box. Der Hengst stand, bereit sich sofort zu verteidigen, in Lauerstellung. Mariya redete leise auf ihn ein und ging vorsichtig einen, dann noch einen Schritt weiter in seine Richtung. Das Tier versuchte mit zwei oder drei Scheinattacken Mariya zu beißen. Die ließ sich aber nicht beeindrucken. Leise redete sie weiter auf ihn ein und berührte ihn sanft am Hals. Trat einen weiteren, kleinen Schritt vor, streichelte das Tier und redete beruhigend auf es ein. Das Pferd hielt inne, schaute, wer sich da so gar nicht beeindrucken ließ, und gab nach und nach seinen Widerstand auf. Ließ den Kopf hängen, entspannte sich und ließ sich dann widerwillig, aber friedlich halftern. Mariya führte ihn am Strick hinter sich aus der Box, um ihn den beiden Stallburschen zu übergeben. Die standen in der Mitte der Stallgasse, mit ähnlich hängenden Köpfen wie der Junghengst und zusätzlich schuldbewusstem Blick. Ihnen gegenüber László. Er war der Chef der Bereiter. Er choreografierte die berühmten Lipizzanershows, ritt selbst bei ihnen mit. Er bildete Pferde aus und gab auch ausgebildeten Pferden den letzten Schliff, bevor diese an ihre neuen Besitzer übergeben wurden. Laszlo war eine Legende! Die graue Eminenz. Er war bestimmt schon Mitte fünfzig und jeder hatte einen Heidenrespekt vor ihm. Einige hatten sogar nackte Angst, weil er alles andere als zimperlich im Umgang mit anderen war. Sozialkompetenz war für ihn ein Fremdwort. Mariya hatte von ihm gehört und ihn ein oder zwei Mal in der Kantine von hinten gesehen. Eben dieser Laszlo stand in der Stallgasse und blickte sie mehr als finster an. Mariya gefror das Blut in den Adern. Sie blieb wie angewurzelt stehen. Die zwei Stallburschen bekamen einen epischen Anschiss von dem Chefbereiter in Landessprache, was alles andere als freundlich klang, und trollten sich. Dann wendete er sich Mariya zu.

„Bist du von Sinnen? Weißt du, was das Tier mit dir hätte machen können? Der hätte dich in null Komma nichts in den Stallboden getrampelt. Ist dir das bewusst?"

Mariya stand da und blickte betreten zu Boden. Sie wusste, dass er recht hatte, aber sie hatte auch gewusst, dass nichts passieren würde. Das konnte sie aber nicht sagen. Nach einer kurzen Pause fügte Laszlo hinzu:

„Davon einmal abgesehen war das beeindruckend! Du hast dem Tier den Respekt abgekauft, einzig durch deine Körperhaltung und die Art und Weise, wie du auf ihn zugegangen bist. Wer hat dir das beigebracht?"

„Niemand", sagte sie kleinlaut.

Sie stand immer noch halb in der Stallgasse. Der Hengst war mittlerweile herausgetreten und rieb seinen Kopf an Mariya. Die wiederum lächelte und kraulte das Tier unter dem Unterkiefer, was dieses ziemlich genoss.

„Aha", sagte Laszlo, „dann bring Maestoso bitte auf die Koppel zu den anderen.

Danach drehte er sich wortlos um und rauschte von dannen. Das war Mariyas erste Begegnung mit Laszlo. Sie war froh, dass es für sie so glimpflich ausgegangen war.

Sie maß der Sache keine größere Bedeutung bei und ging ihrem Tagwerk nach. Mittlerweile schaffte sie es regelmäßig auf einem der Schulpferde auszureiten. Manchmal, wenn sie nicht so viel Zeit hatte, ging sie auf einen der Reitplätze im Freien. In der Regel war sie da am späten Nachmittag alleine, waren die Ausbilder und Bereiter doch auch im Feierabend.

Sie hatte ganz ordentlich nachgefragt, ob sie denn nicht Maestoso bewegen durfte. Auf dem Platz. Nicht im Gelände. Es dauerte ein, zwei Tage, dann erhielt sie von dem einen Stallburschen, der von Laszlo an jenem bewussten Tag den Anschiss bekommen hatte, das Okay, Maestoso auf dem Platz bewegen zu dürfen. Sie war glücklich.

Sie holte das Tier also aus seiner Box, was dieses Mal ohne Zicken geschah. Sie sattelte ihn und führte ihn durch die Stallgasse zum Reitplatz. Sie stieg auf und begann langsam das Pferd aufzuwärmen. Sie war absolut konzentriert, bewegte das Pferd mit einer Leichtigkeit, über die sie sich selbst wunderte. Sie versuchte mal dies, mal das. Dinge, die sie mit Baldur geübt hatte, auch Dinge, die Baldur ihr gezeigt hatte, dass er sie kann. Sie ritt so dahin und merkte gar nicht, dass ein weiterer Reiter mit einem Pferd auf den Platz kam und sie beobachtete. Sie erschrak gewaltig, als sie Laszlo am Zugang zum Reitplatz bemerkte. Der registrierte wohl, dass sie komplett versunken war, und lächelte sie an. Sie parierte Maestoso durch, um dem anderen die Gelegenheit zu geben, auf den Platz zu kommen. Er ritt auf sie zu und sagte lediglich kurz:

„Reite mir nach und mach das, was ich dir zeige, so gut wie du es eben hinbekommst." Dann ging es auch direkt los.

Eigentlich war Mariya fast fertig, aber wenn sie schon einmal eine solche Chance bekam, mit dem „Maestro himself" zusammen zu reiten … eine private Reitstunde sozusagen. Also folgte sie ihm. Anfangs war alles einfach, je länger sie aber zusammen ritten, desto schwieriger wurde es für Mariya. Ab einem gewissen Punkt musste sie passen. Laszlo registrierte das und kam parallel an Mariya heran.

„Das machst du ziemlich gut", sagte er lachend zu Mariya.

„Na ja, aber das, was du da zum Schluss gezeigt hast, ist definitiv ein paar Klassen zu hoch für mich", erwiderte sie.

„Kann sein, aber man kann alles lernen", gab er süffisant grinsend zurück, „vorausgesetzt man will das."

Mariya nickte.

„Kennst du das Pferd, das ich gerade reite?", fragte Laszlo.

„Wer kennt Costello nicht?", gab Mariya entrüstet zurück.

Laszlo nickte.

„Willst du mal?", fragte er scheinheilig.

„Nicht dein Ernst. Du lässt eine Anfängerin auf dieses Pferd?"

„Du bist keine Anfängerin. Also was jetzt? Willst du oder nicht? Bevor ich es mir anders überlege."

In einer fließenden, flinken Bewegung war Mariya von Maestosos Rücken geglitten und stand Millisekunden später erwartungsvoll neben Costello. Sie übergaben sich gegenseitig die Zügel und einen Wimpernschlag später saß Mariya auf dem Rücken des Pferdes, das mit Sicherheit jede oder jeder hier auf dem Gestüt gerne einmal geritten hätte.

Laszlo nickte ihr zu und Mariya begann langsam sich mit

dem Pferd vertraut zu machen. Es langsam zu bewegen. Laszlo beobachtete sie genau. Sie begann den gesamten Platz zu nutzen, wurde mutiger. Das Pferd war die Wucht! Welche Gänge! Das war fast wie Schweben. So etwas hatte sie noch nie erlebt.

Laszlo schaute ihr zu und irgendwann begann er ihr zuzurufen, was sie versuchen sollte, welche Figur sie reiten sollte. Costello straffte sich unter den scheinbar korrekten Hilfen nochmals unter ihr. Ein solches Pferd hatte sie definitiv noch nie geritten.

Irgendwann war sie außer Atem. Sie hatte jetzt fast zwei Stunden auf den beiden Pferden zugebracht. Ihr Herz hüpfte! Sie war überglücklich!

Mittlerweile hatte sich Dunja an der Absperrung des Reitplatzes eingefunden. Sie hatte dem Treiben auf dem Reitplatz interessiert zugeschaut. Mariya grüßte sie überschwänglich, berichtete, wie toll es gewesen sei, dieses absolute Spitzenpferd reiten zu dürfen.

Sie ging mit Maestoso an ihr vorbei, um ihn in seine Box zu bringen und zu versorgen.

Laszlo rief Dunja etwas auf Slowenisch zu, ging mit Costello am Zügel auf sie zu und redete kurz mit ihr, was Dunja mit Kopfnicken quittierte. Danach verließ er wortlos das Areal in Richtung Costellos Stall.

Mariya versorgte Maestoso, kratzte noch seine Hufe aus und schüttete das Futter, das der Stallbursche hingestellt hatte, in den dafür vorgesehenen Behälter. Das Pferd machte sich sogleich darüber her. Sie beobachte das Tier noch einen Moment und wäre beim Umdrehen fast mit Dunja zusammengestoßen.

„Kommst du morgen früh vor der Arbeit bitte bei mir im Büro vorbei?", fragte sie lachend.

„Ja klar, mach ich gerne!", erwiderte eine überglückliche Mariya.

„Du hast wohl Laszlo ziemlich beeindruckt."

„Warum denn das? Ich habe doch gar nichts gemacht", sagte Mariya mehr zu sich selbst.

„Na, dein ‚gar nichts' reicht wohl aus, dass du ab morgen die Hälfte deiner Zeit im Bereiterprogramm verbringst", erklärte ihr Dunja.

Mariya stand da wie vom Donner gerührt.

„Was?"

„Laszlo hat mich gerade angewiesen dich in das Bereiterprogramm aufzunehmen. Talentierte Mitarbeiter werden so auf die Bereitertätigkeit vorbereitet. Du musst dir das wie eine Reitstunde, aber auf recht hohem Niveau vorstellen. Wir besprechen die Details morgen früh in aller Ruhe."

Sprachs und war verschwunden. Mariya stand da und ihr Blut rauschte ihr im Kopf. Wie in Zeitlupe machte sie sich auf den Rückweg zu ihrem Appartement. Sie machte noch Halt an der Telefonzelle und rief zuhause an. Traudel freute sich riesig für sie. Sie genoss es eine glückliche Mariya am Telefon zu hören.

Am nächsten Morgen um Punkt 7 Uhr klopfte sie an Dunjas Bürotür. Sie wurde von einer lächelnden Dunja hereingebeten. Man konnte Mariya ansehen, wie glücklich sie war. Nach neun Wochen harter körperlicher Arbeit war es ihr jetzt durch einen Zufall gelungen in das Bereiterprogramm zu rutschen. Es sollte folgendermaßen ablaufen.

Die Anzahl Ställe, die sie zu misten hatte, wurde reduziert. Dafür musste sie nach der Mittagspause auf dem Reitplatz oder bei schlechtem Wetter in der Reithalle antreten und bis zum Feierabend auch noch eine gewisse Anzahl Pferde bereiten. Am Anfang, bis sie das Programm gelernt hatte, sollte sie nur ein oder zwei Pferde reiten, danach würde sich das dann aber auch ändern. Die Kollegen seien informiert. Alle. Mittags hatte sie sich dann in Maestosos Stall zu melden und bekam dort alles Weitere gesagt.

So fing die neue Woche dann perfekt an. Beim Mittagessen tuschelten zwar die Kolleginnen, aber der Stalltratsch legte sich nach ein paar Tagen auch wieder. Sie arbeitete hart. Mistete wie besessen, um sich noch halbwegs in Ruhe umziehen zu können.

Ab Tag zwei taten ihr zwar die Arme nicht mehr weh, dafür

aber alles, was man weitläufig als Sitzfläche bezeichnen konnte plus ihre Oberschenkel. Inklusive ihrer „Mumu", was am unangenehmsten war.

Aber Mariya wäre nicht Mariya gewesen, wenn sie das nicht im wahrsten Sinne des Wortes ausgesessen hätte. Nach ein paar Wochen hatte sie sich daran gewöhnt. Ihr Können wurde in kürzester Zeit durch das tägliche, konzentrierte Reiten auf ein komplett anderes Level gehoben. Zugegeben, sie hatte ein Gespür für Pferde, aber das alleine reichte nicht. Zusammen mit dem richtigen Maß an handwerklicher Fähigkeit ritt sie nach relativ kurzer Zeit in einer anderen Liga. Wie bei so vielem: Reiten lernt man eben beim Reiten.

Durch den unfallbedingten, bedauerlichen, wohl längeren Ausfall eines Bereiterkollegen wechselte sie nach ungefähr drei Wochen fest zu den Bereitern. Das strapazierte ihr Sitzfleisch nochmals etwas, aber nicht mehr so nachhaltig wie zu Beginn.

Sie war jetzt in etwa ein halbes Jahr in Lipica. Selten hatte sie sich derart wohl gefühlt. Mit ihren Fähigkeiten wuchs auch das Vertrauen ihrer Vorgesetzten in sie. Zu Weihnachten fuhr sie nachhause und genoss es diese besondere Zeit zusammen mit ihren Eltern zu verbringen. Einen Großteil ihrer Zeit zuhause verbrachte sie in ihrem alten Reitstall bei Baldur, der tatsächlich freudig wieherte, als er sie erkannte. Mit ihm ging sie spazieren, manchmal begleitet von Lara, die natürlich alles genauestens wissen wollte. Traudel begleitete sie ab und zu. Traudel wollte aber mehr wissen, wie es ihr in Bezug auf Jochen ging. Der war Weihnachten in den USA geblieben, die Telefonate mit ihm fanden nur noch sporadisch statt. Unerquicklich waren diese Telefonate so oder so. Und eigentlich auch überflüssig, wenn man ehrlich gewesen wäre. Aber niemand traute sich das wirklich auszusprechen. Am allerwenigsten Mariya. Sie war verlobt. Das bedeutete etwas. Daran hielt sie unverständlicherweise fest. Lara empfahl ihr sich einen feurigen Slowenen zu suchen und Jochen zum Teufel zu jagen. Er sei sowieso ein Langweiler, kommentierte sie recht offen.

Zu Beginn des neuen Jahres kehrte sie nach Slowenien zurück. Es war still geworden in Lipica. Ohne die Touristen, die während des Frühlings und der Sommermonate kamen, war es fast ein bisschen ausgestorben. Umso mehr Zeit sich auf die Highlights des kommenden Sommers vorzubereiten. Die Bereiter aus Mariyas Kurs würden die erste Parade zur Saisoneröffnung bestreiten. Mariya freute sich und gab sich noch mehr Mühe.

Im Frühling, noch vor der Parade musste Laszlo für längere Zeit nach Wien. Er hatte dort beruflich zu tun. Er besprach sich mit Dunja und ab Ostern war Mariya in der Zeit von Laszlos Abwesenheit für Costello verantwortlich. Sie musste ihn täglich reiten. Es gab einen Diätplan für Costello, der minutiös eingehalten werden musste. Auch für alles andere war sie verantwortlich. Neben ihren anderen Tätigkeiten. Die anderen Mädels waren natürlich etwas neidisch, aber als sie sahen, was Mariya zusätzlich alles leisten musste, verebbte auch das. Wieder fiel sie abends todmüde ins Bett.

So verlief nun Mariyas neues Leben. Sie war fester Bestandteil des Gestüts, sie hatte eine lustige Truppe von Kollegen, die sie größtenteils auch als Freunde bezeichnete. Mit diesen war sie in den umliegenden Ortschaften unterwegs. Mal waren sie am Wochenende zu irgendwelchen Outdoor-Aktivitäten unterwegs, mal besuchten sie einen angesagten Club in Ljubljana oder Koper. Sie war beruflich und auch im Privaten mehr als erfüllt. Seit Neuestem besaß sie ein Handy. Mit slowenischer SIM-Karte. Daher telefonierte sie mit ihrer Familie noch häufiger, teilweise sogar mehrmals täglich. In der Regel verschickte sie aber Textnachrichten. Das war günstiger. Sogar mit Jochen, der neuerdings auch über ein Handy verfügte, kam so schleppend etwas zustande, das man annähernd „Kommunikation" nennen konnte. Alles lief also rund.

Teil ihres neuen Aufgabengebiets war es wenigstens einmal im Monat nach Koper zu fahren. Dort gab es eine Sattlerei, bei der das Gestüt diverse Sattlerarbeiten verrichten ließ. Koper war nicht weit. Etwa fünfzig Kilometer. Dazu nahm sie den alten Land Rover, der eigentlich ein Cabrio war. Im Sommer war das toll, im Winter fror man sogar bei bis zum Anschlag aufgedrehter Heizung. Man konnte aber nicht alles haben.

Im Frühjahr, als das Wetter besser wurde, gab sich ihre Familie gewissermaßen die Klinke in die Hand. Zuerst kamen Traudel und Willi für eine Woche zum Wandern nach Lipica. Dann kam Lara zusammen mit ihrem Freund für zwei Nächte. Sie waren auf der Durchreise nach wohin auch immer. Zu guter Letzt kündigte sich Sascha mit zwei Freunden an, die ein paar schöne Tage verleben wollten. Mit ihnen zusammen schaute sie sich einige der Sehenswürdigkeiten in ihrer Umgebung an, für die sie bislang noch keine Zeit gefunden hatte.

Der Sommer war gewohnt belebt. Viele Touristen, viele Besucher. Die Geschäftsleitung hatte beschlossen über die Sommermonate Kutschfahrten über das gesamte Areal des Gestüts anzubieten. Gegen Bezahlung natürlich. Überhaupt hatte die Geschäftsleitung eine regelrechte Marketingkampagne gestartet, um mehr Geld in die Kassen zu spülen.

Irgendwann spürte man, dass in den meisten Ländern, aus denen die Touristen zu ihnen kamen, die Sommerferien vorbei waren. Es wurde etwas ruhiger. Jetzt kann das ältere Publikum, das mehr die Ruhe suchte. Ab und an vernahm sie auch eine deutsche Stimme. Wenn sie Lust hatte, verweilte sie einen Moment und unterhielt sich mit den Besuchern.

In dieser Zeit musste sie sehr oft nach Koper fahren. Zum einen gingen sehr viel Zaumzeug und Sättel kaputt, zum anderen hatte das Gestüt eine Menge neuer Sättel bestellt. Diese mussten in Koper abgeholt oder wieder zurückgebracht werden, wenn sie nicht passten. Und da die Abwicklung mit der Sattlerei zu Mariyas Aufgaben gehörte, musste sie in dieser Zeit sehr oft nach Koper fahren. Eigentlich genoss sie die Fahrten nach Koper. Sie liebte die Landschaft, sie mochte Koper und der Seniorchef der Sattlerei war ein gewitzter Charmeur der alten Schule.

So war sie an diesem bewussten Freitag zum Ende des Sommers hin auch nach Koper unterwegs, um eine weitere Charge Sättel abzuholen. Die meisten Touristen waren wie gesagt schon wieder zuhause und normalerweise waren die Straßen, vor allem in der Stadt, leer. An diesem speziellen Freitag aber war in Koper die Hölle los. Scheinbar jeder, der ein Fahrzeug hatte, musste just zu diesem Zeitpunkt mit seinem Gefährt irgendetwas in der Stadt erledigen. Eigentlich wollte Mariya wieder zum Gestüt zurück und hatte es einigermaßen eilig. Das Stück um den großen Marktplatz herum war immer irgendwie ein Nadelöhr. Sie verstand nicht, warum das so war, reihte sich aber geduldig in den zähfließenden Verkehr ein. Was blieb ihr auch anderes übrig? Rushhour in Koper sozusagen.

Sie umrundete im Schritttempo den Marktplatz, irgendwann lichtete sich der Verkehr und sie konnte zügig weiter in Richtung der breiteren Ausfallstraße zurück nach Lipica fahren. Sie kam ohne weitere Verzögerungen zum Gestüt zurück, lud die Sättel aus, versorgte das reparierte Zaumzeug und ging in den wohlverdienten Feierabend. Am nächsten Tag war zwar Samstag, doch es war das Wochenende im Monat, an dem sie arbeiten musste. Also ging sie in das kleine Restaurant bei sich um die Ecke und aß eine Kleinigkeit, bevor sie sich in ihr Appartement zurückzog. Um 6 Uhr klingelte der Wecker.

Samstags ritt sie den ganzen Tag. Am Morgen war sie mit Junghengsten beschäftigt, der Mittag gehörte Costello. Der hatte scheinbar nicht wirklich Lust und war mühsam zu bewegen. Sie gab seinem Unwillen nach, mistete noch seinen Stall aus und putzte ihn besonders intensiv.

Abends ging sie mit zwei Kolleginnen in eine kleine Bar etwas trinken, kehrte aber auch zeitig in ihre Wohnung zurück, denn auch diesen Sonntag klingelte der Wecker um 6 Uhr in der Früh. Dafür hatte sie dann ja am Montag und Dienstag frei. An einem dieser Tage wollte sie mit einer Kollegin zu einem See radeln, den sie noch nicht kannte, um schwimmen zu gehen. Für den anderen Tag hatte sie sich noch nichts vorgenommen.

Der Sonntagmorgen war einer der Sonntage, an denen nichts

klappen wollte. Es begann schon beim Aufstehen. Sie blieb an der Türklinke zum Badezimmer hängen und zerriss sich ihr Lieblings-Schlaf-T-Shirt. Mit halblauten russischen Flüchen fischte sie sich ein frisches Shirt aus dem Schrank, sprang in ihre Shorts und ging rasch los. Die Kantine lief am Wochenende auf Sparflamme. Daher war es besser etwas zeitiger dort zu sein, wenn man noch etwas vom Frühstück abbekommen wollte. Auf dem Weg dorthin fiel ihr etliche Male ihr Schlüsselbund auf den Boden und beim Betreten der Kantine rammte sie einen Kollegen, der gerade mit einem Tablett ihren Weg kreuzte. Riesensauerei, putzen, Scherben auffegen. Als Rache dafür bekam sie nur noch einen letzten Rest des Frühstücks. Ein echter Scheißtag!

Der weitere Verlauf des Vormittags war unauffällig. Keine weiteren Katastrophen. In der Mittagspause schaffte sie es sogar zu Anna ins Besuchercenter. Die beiden trafen sich hier ab und zu auf einen Kaffee und tratschten über die neuesten Vorkommnisse.

Am Nachmittag ritt sie zuerst Maestoso, danach dann Costello. Sie hatte gerade mit Costellos Wohlfühlstunde begonnen, als das Telefon in der Futterküche klingelte. Das konnte nur für sie sein, denn ansonsten war niemand in diesem Teil der Ställe. Sie flitzte rasch aus der Stallgasse in die Futterküche und nahm den Hörer des an der Wand befestigten Telefons ab. Anna meldete sich.

„Du, da ist so ein Typ, der nach einer Mariya N. fragt. Du heißt zwar nicht N. mit Nachnamen, er hat dich aber ganz genau beschrieben. Soll ich ihn abwimmeln?"

„Hat er einen Namen genannt oder gesagt, was er will?", fragte Mariya.

„Nein hat er nicht. Er spricht astreines Englisch, ist aber Deutscher, glaub ich."

Mariya überlegte fieberhaft, welcher Deutsche wohl nach ihr fragen konnte. Ihr fiel nur der ältere Herr aus Wuppertal ein, der irgendetwas von ihr wollte. Sie hatte ihn gebeten sich an der Rezeption zu melden und nach ihr zu fragen. Sie ging aber davon aus, dass der sich sowieso nicht meldete.

„Wie sieht er denn aus?", wollte Mariya neugierig wissen.

„Na ja, er ist groß, schlank, hat kurze, an den Schläfen leicht graue Haare. Sicherlich ist er älter, als er aussieht. Eigentlich recht gutaussehend, wenn man auf diesen Typ Mann steht", setzte Anna mit einem leicht frivolen Unterton nach.

„Keine Ahnung, wer das sein soll. Ach, weißt du was, schick ihn doch los Richtung Stall drei. Ich komm ihm entgegen", erwiderte Mariya leicht abwesend. Sie überlegte immer noch fieberhaft, wer das wohl sein konnte. Sie hatte in den letzten Wochen weder Kontakt zu einem Deutschen noch zu jemandem mit einer anderen Nationalität, auf den die Beschreibung zutreffen würde.

Anna stimmte zu und legte auf. Mariya ging zurück in die Stallgasse und brachte Costello zurück in den Stall, bevor sie sich auf den Weg in Richtung Besuchercenter machte.

Kapitel 5 – Mætt

Mariya bog aus dem Stall auf den gepflasterten Weg, der in Richtung Verwaltung führte. Nebenbei sah sie auf das Display ihres Nokia-Handys, um zu schauen, ob sich Jochen vielleicht zu einer Nachricht herabgelassen hatte. Da war aber nichts.

Sie hob den Kopf und schaute in die Richtung, aus der der Fremde kommen musste. Gerade bog eine Person, offensichtlich eben dieser angekündigte Fremde, um die Ecke und lief direkt in ihre Richtung. Auf den ersten Blick hatte sie nicht die geringste Ahnung, wer da auf sie zukam. Sie ging ihm mit festen Schritten entgegen und war sich gewiss, dass sie, was auch immer dieser Typ wollte, ihn direkt abwimmeln konnte. Schließlich hatte sie ja noch einiges zu erledigen. Als sie ein weiteres Mal den Kopf hob, um zu schauen, ob sie den Mann erkannte, zuckte sie innerlich zusammen. Eine kurze Sequenz zuckte durch ihr Gehirn. Nichts Konkretes. Eine lange vergessene Erinnerung bahnte sich den Weg. Das konnte doch nicht sein! Sie verlangsamte ihren Schritt, hob ihre Hände überrascht zum Mund. Der Mann verlangsamte seinen Schritt ebenfalls und schaute ihr mindestens genauso forschend und zögerlich entgegen wie sie ihm. Dann, von einer Sekunde auf die andere, war sie sich sicher. Das war er! Sofort wollten ihre Beine loslaufen. Auf ihn zu. So schnell es ging. Sie widerstand, nur um Sekunden später wieder den gleichen Drang des Losrennens zu verspüren. Sie registrierte, dass auch er sie wohl erkannt haben musste. Dann standen sie sich gegenüber.

Keiner wusste, was er sagen und wie er sich verhalten sollte. Sie musterten sich sprachlos.

„Mætt!", brachte sie atemlos hervor, nachdem sie ihre Stimme wiedergefunden hatte.

„Mariya!", erwiderte er ähnlich zurückhaltend. Dann fanden sich wie schon vor ewigen Zeiten ihre Hände wie von selbst und sie fielen sich in die Arme.

„Das gibts doch nicht! Wie kommst du hierher? Wie hast du mich gefunden?", sprudelte es aus Mariya nur so heraus.

Er schob sie eine Armlänge von sich und betrachtete sie.

„Gut siehst du aus! Und groß geworden bist du!", feixte er, was ihm einen Knuff von Mariya einbrachte.

„Du, ich hab dich vor ein paar Tagen durch Koper fahren sehen. Du bist keine drei Meter von mir und Dimitri vorbeigefahren."

„Ach was, Dimitri ist auch da?", fragte sie erfreut.

„Ja, Bogdan auch. Also, nein, die sind schon wieder nachhause gefahren. Ich war mir sicher, dass du das warst, die da an mir vorbeigefahren ist. Ich musste einfach schauen, ob ich mich geirrt hatte", stammelte er aufgeregt auf Russisch. Sie hielten sich an beiden Händen, streichelten sich gegenseitig mit ihren Daumen die Handrücken und strahlten wie die Honigkuchenpferde.

„Komm mit, ich zeige dir, was ich hier so mache", forderte ihn Mariya auf und zog in mit sich in Richtung Costellos Stall. Immer noch hielten sie sich an der Hand, was sich für beide nicht falsch anfühlte. Im Gegenteil.

Er starrte sie permanent an. Beobachtete sie genau. Ihre Augen, ihren Mund. Sie starrte nicht minder intensiv zurück.

Sie kicherten albern, korrigierten sich, nur um noch mehr herumzustottern.

„Du bringst mich ganz schön aus dem Konzept", stammelte Mariya, „die Überraschung ist dir jedenfalls gelungen."

„Mir geht es nicht viel besser. Ich fühle mich, als wäre ich fünfzehn", erwiderte er schüchtern grinsend.

„Komm mit, ich zeig dir den wichtigsten Mann in meinem Leben. Ich arbeite hier auf dem Gut als Bereiterin von Costello."

Sie hatten diverse Gebäude durchquert, bogen jetzt in die Stallgasse des letzten Stalls ein und Mariya öffnete die Tür zu Costellos Box einen Spalt und schlüpfte hinein. Sie bedeutete Mætt ihr zu folgen. Als er drinnen war, schloss sie die Tür.

„Das ist Costello", erklärte sie stolz, „der Star einer jeden Lipizzanershow. Ich bin verantwortlich für seine Pflege und ich bereite ihn auch. Sein eigentlicher Bereiter, also auch der, der ihn in den Shows reitet und ihn regelmäßig bewegt, ist beruflich in Wien. Ich bin eingesprungen."

Sie führte ihn durch die Hengststallungen, erklärte dies, erklärte das. Ihr Herz klopfte bis zum Hals und sie benahm sich wie ein verliebter Teenager. Mætt konnte man auch deutlich anmerken, dass er neben sich stand.

„Wo wohnst du?", fragte sie um ein unverfängliches Thema bemüht.

„In Koper. Dort waren wir die gesamte letzte Woche. Dimitri, Bogdan und ich."

„Ich habe um fünf Feierabend", unterbrach sie ihn, „ich könnte um 19:30 Uhr in Koper sein. Musst mir sagen, wo ich hinkommen soll, dann treffen wir uns dort. Dann haben wir Zeit uns in Ruhe zu unterhalten. Wie klingt das?", fragte sie ihn und blickte in seine Augen.

Er begann direkt zu nicken. „Ja klar, das machen wir so. Hast du ein Handy? Ich schicke dir dann die Adresse, wo wir uns treffen."

Sie tauschten noch schnell Nummern aus, umarmten sich kurz, sie küsste ihn schnell auf die Wange und dann war er wieder weg. Er kehrte nochmals zurück, schaute in den Stall.

„Lass uns unser Wiedersehen entsprechend feiern. Kennst du das Capra in Koper, in der Pristanishka ulica?"

„Ui, das Schicke! Was gibt es denn zu feiern?", fragte sie mit kokettem Augenaufschlag.

„Also, um 19:30 Uhr dort. Ich mach uns einen Tisch klar", sprachs und war auch schon wieder weg.

Sie begann Costello wie wild zu striegeln, um sich wieder zu beruhigen. Mætt hatte sie gefunden. Krass, was das für ein Zufall war. Wäre sie nicht nach Koper gefahren, wäre das nie passiert. Jetzt könnte man diskutieren, ob es Zufälle überhaupt gab oder ob alles vielleicht doch vorherbestimmt war.

Die Routine mit Costello half ihr sich wieder zu beruhigen. Das musste sie Anna erzählen. Sie versorgte Costello fix und rannte um kurz nach fünf schnell zu Anna in das Besuchercenter. Die war gerade dabei zusammenzupacken. Komplett außer Atem berichtete sie Anna von dem Zusammentreffen mit Mætt.

„Das scheint dich ja gewaltig aus der Bahn geworfen zu haben. Ist das ein Ex-Lover von dir?", fragte Anna neugierig.

„Nein!", erwiderte Mariya brüsk, „es ist ein total wichtiger Mensch in meinem Leben gewesen. In den letzten Jahren hatten wir uns aus den Augen verloren und nun ist er völlig unvermittelt hier aufgetaucht. Er hatte mich vorgestern zufällig durch Koper fahren sehen und hat mich wiedererkannt."

„Das ist ja krass!", erwiderte Anna.

„Heute Abend treffe ich mich mit ihm in Koper. Gibst du mir bitte die Schlüssel vom Land Rover?"

„Na klar, will doch deinem Glück nicht im Wege stehen", antwortete Anna ihr zwinkernd.

Direkt nach Feierabend stürmte sie in ihre Wohnung. Sie duschte und dann begann die Odyssee durch ihren minimalistischen Kleiderschrank. Sie zog sich gefühlt hundert Mal um, bevor sie sich für ein ihren Körper betonendes, schwarzes, recht kurzes Kleid entschied. Sie schminkte sich dezent und hetzte los.

Den armen, alten Land Rover fuhr sie am Limit nach Koper, fand sogar direkt in der Nähe des Restaurants einen Parkplatz. Um Punkt halb acht auf die Minute pünktlich wurde sie von dem Kellner zu Mætt an den Tisch des Restaurants geleitet. Er konnte bei Mariyas Anblick nicht verbergen, dass ihm schier die Augen aus dem Kopf fielen.

Sie aßen zusammen, tranken Wein und redeten und redeten und redeten. Sie erzählten sich gegenseitig ihr Leben. Mariya begann damit zu erzählen, wie es, nachdem sie sich in Wien getrennt hatten, für sie weiterging. Sie wollte natürlich auch wissen, was er jetzt beruflich machte, wollte wissen, wie es für ihn weiterging, als er nachhause zurückgekehrt war. Natürlich wollte sie von seiner Tochter hören, die ja gerade erst geboren war, als sie sich kennenlernten. Wohlwollend nahm sie zur Kenntnis, dass er dem Militär den Rücken gekehrt hatte und in der Privatwirtschaft arbeitete. Mit einer ihr unbekannten Genugtuung hörte sie von seiner Trennung. Diese Gefühlsregung konnte sie an sich nicht nachvollziehen und schämte sich sogleich dafür. Sie fragte nach Bogdan und Dimitri und freute sich aufrichtig, dass die drei immer noch sehr engen Kontakt hatten.

Dann erzählte sie von ihrem Leben. Von Willi und Traudel. Wie sie aufgenommen wurde. Dass die beiden die wichtigsten Menschen in ihrem Leben waren. Dass sie täglich mit ihnen telefoniere. Sie erzählte von ihren Geschwistern und dass sie diese vier Menschen wirklich als Familie empfindet. Dann berichtete sie Mætt, der aufmerksam zuhörte, von ihrem Studium und dem Wunsch direkt danach auszubrechen und das Leben zu genießen. Sie schilderte, wie sie nach Slowenien, wie sie nach Lipica kam und vor allem warum sie ausgerechnet hier herkommen musste. Mætt trank einen Grappa aus dem nahen Italien, sie nippte an einem Cappuccino. Er lauschte ihr sehr aufmerksam, hing an ihren Lippen. Irgendwann hatten sie einen unsichtbaren Schalter umgelegt und sie unterhielten sich wie zwei alte Bekannte. Liebevoll, aufmerksam. Auch Mariya hing an Mætts Lippen, wenn er von seinem Leben erzählte. Die Zeit verflog. Sie waren schwerelos.

Irgendwann, sie hatte gerade Luft geholt, um etwas zu sagen oder zu fragen, stutzte sie mitten im Satz.

„Sag, fällt dir etwas auf?", fragte sie Mætt.

„Nein. Auf was spielst du an?", erwiderte er irritiert.

„Wir reden, seit wir uns heute Mittag wieder getroffen haben. Russisch miteinander."

Er zuckte mit den Schultern, wollte gerade etwas erwidern wie: „Das haben wir doch schon immer getan". Mariya hob die

Hand und er schwieg. Sie schluckte theatralisch, rollte mit den Augen, klopfte sich mit der flachen Hand auf den Hinterkopf, blinzelte Mætt übertrieben an und sprach mit akzentfreiem Deutsch weiter.

Das überforderte den guten Mætt komplett. Er schaute sie an wie eine Außerirdische. Eine Deutsch sprechende Mariya. Auch noch akzentfrei. Das war zu viel für ihn. Er starrte ständig auf ihren Mund. Fast so, als wollte er sich beweisen, dass die Lippenbewegungen nicht zu den Worten, die aus ihrem Mund kamen, passten.

Irgendwann kam der Kellner an ihren Tisch und bekundete, dass sie jetzt schließen würden. Daher beschlossen sie die schöne, laue Nacht zu nutzen, um noch an den Strand zu gehen. Sie verließen das Restaurant, gingen in Richtung Strand. Mariya hakte sich bei Mætt unter und spürte fast augenblicklich seinen warmen Körper und nahm seinen Geruch wahr. Auf eine sonderbare Weise empfand sie das betörend. Sie dachte nicht intensiver darüber nach, sondern erlaubte sich dieses Gefühl zu genießen.

Sie saßen dicht nebeneinander am Strand und redeten. Erzählten sich gegenseitig ihr Leben. Scherzten und lachten miteinander. Machten keinen Hehl daraus, wie sehr sie ihr Wiedersehen genossen. Schon bald musste sich Mariya verabschieden. Sie musste den Wagen zurückbringen.

„Hast du morgen Zeit?", fragte Mariya.

„Klar, ich bin doch im Urlaub", erwiderte Mætt schmunzelnd.

„Magst du vielleicht nach Lipica kommen? Ich hätte schon ab 15 Uhr Zeit. Ich kann dir dann die Gegend zeigen, das Gestüt, wenn du magst."

Mætt nuschelte noch etwas von „nicht auf die Nerven gehen wollen", nahm aber sehr gerne die Einladung an, als sie ihm versicherte, dass das absolut nicht der Fall sei. Im Gegenteil. Er begleitete sie noch zu dem alten, klapprigen Land Rover, den er auf Anhieb als den wiedererkannte, der an ihm vorbeigefahren war. Der, in dem er Mariya erkannt hatte.

Mit einem „Fahr vorsichtig! Bis morgen!" verabschiedete er sich und hatte sich schon halb umgedreht. Sie hielt ihn am Arm fest, drehte ihn wieder zu sich herum.

„Danke für den wunderschönen Abend, Mætt!", sagte sie auf Russisch zu ihm. Sie nahm seine beiden Hände in die ihren und zog ihn sanft an sich heran, blickte ihm in die Augen und küsste ihn zart auf den Mund. Heftig klopfte ihr Herz und genauso heftig spürte sie sein Herz klopfen.

„So, JETZT kannst du gehen. Ich freu' mich morgen auf dich!", sagte sie augenzwinkernd zu ihm.

Er war längst von dem Parkplatz verschwunden, sie saß immer noch in dem alten Land Rover und grinste vor sich hin. Was passierte da gerade? Sie hörte sehr genau in sich hinein, konnte aber die widersprüchlichen Signale, die sie da bekam, nicht wirklich deuten. Oder wollte sie nicht deuten. Sie würgte den Wagen zwei Mal ab, bevor sie es schaffte den Parkplatz zu verlassen. Das Gleiche passierte ihr an jeder Ampel. Die Stunde Autofahrt tat ihr gut, um sich wieder zu beruhigen. Sie kam zuhause an, stellte den Land Rover auf seinen Parkplatz und ging die kurze Distanz zu ihrer Wohnung. Dieses Gefühl, das gerade Besitz von ihr ergriff, war ihr fremd. Sie konnte sich nicht erklären, was da gerade in ihr vorging. Trotzdem genoss sie das sehr. Ihn wiederzusehen hatte etwas mit ihr gemacht. Sie war kein Teenager mehr. Er war ein verdammt gutaussehender Mann, zumindest empfand sie das so. Sie waren sich nach dieser langen Zeit sofort so nah, wie sie sich keinem anderen Menschen fühlte. Sogleich korrigierte sie sich selbst. Sie war ihm so nah, wie sie sich keinem anderen *Mann* fühlte.

Sie schminkte sich ab, wusch ihr dauergrinsendes Gesicht und ging ins Bett, umarmte die Bettdecke und schlief mit einem sehr wohligen Gefühl ein. Am nächsten Morgen traf sie sich mit Anna, um mit ihr zu dem See zum Baden zu radeln. Natürlich fragte die gute Anna sie nach jedem noch so kleinen Detail ihres gestrigen Abends.

Es sprudelte nur so aus ihr heraus. Sie erzählte alles. Jeden noch so kleinen Augenaufschlag. Was er gesagt hatte, wie er es gesagt hatte. Annas Grinsen wurde immer breiter. In einer kurzen Pause, in der Mariya Luft holen musste, sagte sie lapidar: „Klingt so, als hättest du dich Hals über Kopf verliebt, oder?" Mariya schnappte nach Luft, wollte etwas Gegenteiliges erwidern, verstummte aber. Sie hörte in sich hinein. Konnte es wirklich sein, was Anna da behauptete? In Mætt verlieben? Nein, sagte sie sich, das ist nur die Freude des Wiedersehens. Immerhin war sie ja verlobt. Da verbot es sich, sich in einen anderen Mann zu verlieben.

Der See war jetzt nicht so berauschend, wie sie sich das eigentlich erhofft hatten. Daher kehrten sie früher als geplant zum Gestüt zurück. Sie tranken noch eine gemeinsame Tasse Kaffee in Annas kleiner Wohnung, die ähnlich geschnitten war wie die von Mariya, dann verabschiedete sich Mariya von Anna. Die winkte ihr anzüglich grinsend hinterher und wünschte einen erfolgreichen Abend.

Mariya schaffte es sogar noch etwas Ordnung in ihre chaotische Wohnung zu bringen, bevor sie sich pünktlich um 15 Uhr mit Mætt auf dem Parkplatz des Gestüts traf. Sie sah ihn auf ihrem Weg zum Parkplatz überpünktlich eintreffen. Sie begrüßten sich mit einer Umarmung und küssten sich auf die Wangen. Wie man das halt so macht, wenn man sich mag. Bussi-bussi eben.

Sie tat das, was sie ihm am Tag zuvor versprochen hatte. Sie zeigte ihm das Gestüt. Sie erzählte von seiner Geschichte, erzählte von den Pferden, die hier schon seit dem 16. Jahrhundert gezüchtet wurden. Er hörte ihr interessiert zu, stellte Fragen. Man spürte, dass ihn das interessierte und er Anteil nahm. Er hatte zwar nicht die geringste Ahnung von Pferden, konnte auch nicht wirklich reiten, aber er war daran interessiert mehr von ihr zu erfahren. Das spürte sie ganz deutlich. Zwischendurch schweiften sie ab. Sie erzählte von ihrem Leben, er wieder von seinem. Sie stellten fest, dass sie in Deutschland etwas mehr als einhundert Kilometer voneinander entfernt lebten. Was sie dann zu einer lebhaften Diskussion darüber führte, ob es Zufälle überhaupt gibt oder ob alles vorbestimmt sei. Sie wechselten automatisch die Sprache zu Russisch, wenn es etwas Wichtiges, ein trauriges oder ernstes Thema zu besprechen gab. Diese Angewohnheit, so viel darf hier schon verraten werden, hielten sie ein Leben lang bei.

Sie waren lange auf dem weitläufigen Areal des Gestüts zusammen umhergelaufen. Sie hatten sich untergehakt und Mætt hatte Bereiche gesehen, die kein anderer Besucher jemals sehen würde. Es war bereits früher Abend und es war nicht klar, wie der weitere Abend verlaufen sollte. Alles, was vereinbart war, war, dass sie sich um 15 Uhr treffen wollten. Alles danach war nicht besprochen, nicht klar oder schlicht nicht bedacht.

„Hast du auch schon ein bisschen Hunger?", fragte sie Mætt. Als der nickte, fuhr sie fort.

„Ich kenne hier ein kleines Restaurant. Nichts Besonderes. Man bekommt einfaches, aber leckeres Essen, das die Wirtin eigenhändig dann kocht, wenn man es bestellt. Es gibt keine Speisekarte. Es gibt nur das, was die Wirtin im Kühlschrank hat. Ein leckeres Glas Wein bekommt man auch."

Mariya wurde von der alten Wirtin wie eine gute Bekannte begrüßt. Sie aßen zusammen eine Kleinigkeit, redeten und redeten. Irgendwann schlug Mariya vor, die Lokation zu wechseln, eine Flasche Wein mitzunehmen und in ihre Wohnung zu gehen. Dort wollten sie noch etwas zusammen trinken und weiter miteinander plaudern. Mætt stimmte zu. Sie zahlten, nahmen die Flasche Wein und machten sich auf den Weg zu Mariyas Appartement.

„Das ist nichts Besonderes", kommentierte Mariya, als sie ihre Wohnung im zweiten Stock eines zu dem Gestüt gehörenden Appartementhauses aufschloss. Es fühlte sich auch nicht falsch an einen Mann mit in ihre Wohnung zu nehmen. Nichts Verwerfliches war daran, befand Mariya.

Sie betraten die Wohnung. Mætt machte sich an der Küchenzeile daran, die Flasche Wein zu öffnen, und Mariya war im Badezimmer verschwunden. Musste bequeme Klamotten anziehen, sagte sie. Es war ein kleines Appartement. Ziemlich zentral stand da das Bett gegenüber einem ziemlich großen Panoramafenster, das den Blick auf die wunderschöne Karstlandschaft freigab. Mittlerweile war es schon recht dämmrig, kurz vor dem Dunkelwerden. Die sogenannte blaue Stunde. Ein magischer Moment. Eigentlich.

Mariya kehrte aus dem Badezimmer zurück, suchte die Weingläser im Küchenschrank und holte aus einem Nebenzimmer, der Rumpelkammer, wie sie das nannte, zwei riesig große Kissen. Diese warf sie auf ihr Bett und zündete noch eine Kerze an und löschte das elektrische Licht. Mætt stand immer noch unbeweglich an der Küchenzeile und verfolgte Mariyas Treiben mit den Augen. Er sagte nichts.

„Jetzt dauert es noch einen kleinen Moment, dann weißt du, was ich im Sinn habe", sagte sie zwinkernd zu Mætt und brachte die großen Kissen auf ihrem Bett in Position.

„Komm, setz dich zum mir", winkte sie ihn heran. Er stand etwas unschlüssig an der Küchenzeile. Nach Mariyas Aufforderung setzte er sich in Bewegung. Vor dem Bett streifte er seine Schuhe ab.

Er setzte sich neben sie und nahm dann den Ausblick auf diese wundervolle Landschaft wahr, die sich da vor ihnen wie auf einer Kinoleinwand darbot.

„Fuckin' romantic!", bemerkte er mit einem zynischen Grinsen, was ihm einen Stoß mit ihrem Ellenbogen in seine Rippen einbrachte. Er richtete sich neben Mariya auf dem Bett das Kissen so, dass er bequem sitzen und die Landschaft, die sich ihnen wie auf einer Leinwand präsentierte, beobachten konnte.

Er war wirklich unglaublich romantisch. Mætt war alles andere als unbefangen neben ihr auf dem Bett. Später irgendwann gab er zu, dass ihm das Herz bis zum Hals klopfte und er Angst hatte, dass Mariya das laute Klopfen seines Herzens hören konnte. Sie saßen aufrecht nebeneinander, schauten aus dem Fenster und schwiegen. Mariya roch Mætts dezenten Körpergeruch, konnte die Wärme seines Körpers neben sich spüren, obwohl sie sich nicht berührten. Zumindest bildete sie sich ein ihn zu spüren. Ihr Herz begann ihr bis zum Hals hoch zu klopfen. Ihre Hände zitterten leicht. Sie konnte Mætt jetzt nicht anschauen. Er würde sofort registrieren, was mit ihr los war. Wenn er nicht sowieso ihr Herz klopfen hörte. Er fühlte sich an, als wäre jedes Klopfen ihres Herzes so laut wie ein Paukenschlag. Aber was war denn auf einmal mit ihr los? Verstand sie es selbst nicht oder wollte sie es sich nur nicht eingestehen? Hatte Anna Recht? Sie war schon fast so wie Lara, die ohne Punkt und Komma plapperte, als diese damals aus dem Urlaub zurückkehrte, in dem sie Steve kennenlernte. So ein Quatsch, dachte sie, und schob die Gedanken, die auf sie einprasselten und sie so aus der Fassung brachten, kurzerhand auf die Seite.

Sie musste das Weinglas loswerden, bevor es aus ihrer zittrigen Hand fiel. Mit einem leisen „Klick" stellte sie es neben das Bett auf den Fliesenboden. Die Spannung, die da zwischen ihnen in der Luft lag, konnte man förmlich sehen. Sie erinnerte sich nicht, wann sich die normale Unterhaltung derart verändert hatte. Dieses Knistern. Bildete sie sich das nur ein? Spürte er das auch? Würde sie den bis hierhin wunderbaren Abend versauen, wenn sie ihn jetzt anschaute und er mit einem Blick erkennen konnte, was in ihr vorging? Sie wollte den Abend nicht verderben. Keiner der beiden sprach. Sie blickten angestrengt nach draußen, krampfhaft bemüht so etwas wie Normalität zu heucheln. Dass es dem guten Mætt haargenau so ging, sei hier nur am Rande erwähnt. Er wagte schier nicht zu atmen, nur um die Stimmung nicht mit einer unpassenden Annahme seinerseits zu verderben.

Wie beiläufig legte Mariya ihren Arm neben den von Mætt. Zögerlich, ganz zart tastete sie nach seinem Arm und berührte ihn vorsichtig. Nachdem er seinen Arm nicht wegzog oder zuckte oder was auch immer sie sich als ablehnendes Signal vorgestellt hatte, tastete sie sich weiter zu seiner Hand. Verharrte dort etwas. Ihre Sensoren suchten nach ablehnenden Signalen. Sie tastete sich weiter, bis sich ihre Hände fanden und sich ineinander verschränkten. Keiner atmete mehr. Sie schauten beide krampfhaft geradeaus aus dem Fenster. Zart begannen sie ihre Handrücken mit ihren Daumen zu streicheln. Langsam. Vorsichtig. Kam da vielleicht jetzt noch ein noch so kleines, ablehnendes Signal? Ihre Sensoren waren außerstande etwas Derartiges zu registrieren.

Mittlerweile war der Mond aufgegangen. Sanftes Licht lag draußen über der Landschaft und leuchtete auch in Mariyas Appartement. Weiches Licht erhellte das Zimmer. Wie auf ein geheimes Kommando schauten sich beide an. Man konnte in beiden von den Kerzen und dem Mondlicht beleuchteten Gesichtern die Anspannung, Unsicherheit und eine gewisse Verletzlichkeit deutlich erkennen. Sie wurden beide mutiger. Schauten sich zärtlich in die Augen, wollten nichts leugnen, wo es nichts zu leugnen gab, streichelten sich unglaublich zart ihre Unterarme. Vorsichtig, sie wollten nichts überstürzen. Dann, ganz langsam neigten sie ihre Köpfe zueinander und küssten sich sanft auf den Mund. Augen geschlossen. Noch einmal. Dann öffneten sie beide gleichzeitig die Augen, schauten sich lange an. Suchten im Blick des anderen nach einem Zeichen. Einer Aufforderung, einer Ablehnung. Dann war es vorbei mit der Zurückhaltung. Sie küssten sich wieder und wieder. Schauten sich an wie um sich zu versichern, dass das alles in Ordnung ist, wie es da gerade geschah, und ließen es geschehen.

Sie hörten nicht mehr auf sich zu küssen. Ihre Zungen erkundeten sich gegenseitig. Zärtlich. Vorsichtig. Fordernd. Zwischendurch schliefen beide ein. Hielten sich in den Armen. Lagen dicht beieinander. Wurden sie wieder wach, küssten sie sich wieder und wieder, bis es draußen langsam hell wurde.

„Ich muss aufstehen", sagte sie, „muss zur Arbeit. Normal hätte ich frei, ich Dussel habe aber mit einem Kollegen getauscht."

Mætt hielt sie fest in seinen Armen. Ganz dicht bei sich. Beide wollten nicht loslassen. Hatten Angst, dass es den Zauber nahm. Fordernd, doch verletzlich zugleich.

„Wenn du magst, dann komme ich heute gegen 18 Uhr nach Koper?"

„Und ob ich das mag! Komm, küss mich nochmal", forderte Mætt schlaftrunken mit geschlossenen Augen. Sie tat es, sprang sodann aus dem Bett und ging ins Bad.

Er zog sich an, lief immer noch irgendwie halb betäubt zu seinem Mietwagen und fuhr zurück in sein Hotel.

Bei Mariya half auch Kaltduschen nicht. Sie fühlte sich wie in Trance. Hellwach, aber trotzdem meilenweit entfernt. Ihr Körper glühte. Sie war das personifizierte Verlangen. Wollte ihn. Brauchte ihn. Ab und zu sprang Jochen in ihre Gedanken, der aber sofort verbannt wurde. Sie hatte weiche Knie, war geistig abwesend, lächelte blödsinnig vor sich hin. Lief kilometerweit neben der Spur. Im direkten Vergleich war Lara damals harmlos.

Anna registrierte das sofort. Grinste anzüglich und wollte wissen „ob es denn gut gewesen sei". Mariya war unfähig irgendwas zu erzählen. Ja ja, war super. Waren essen, sind dann zu mir Wein trinken. Bissel geknutscht. Alles halb so wild. Dass sich Anna nicht auf die Schenkel klopfte vor Lachen, war alles.

Mariya arbeite diesen Tag rein mechanisch. Nur Costello erzählte sie alles. Mit Costello sprach sie auch über den Gewissenskonflikt, den sie eigentlich empfinden sollte, weil sie ja verlobt war und mit einem anderen geknutscht hatte. Wo der sie überall berührt hatte und sie ihn! Aber das Schlimmste war, dass sie nicht im Geringsten das schlechte Gewissen hatte, das sie eigentlich haben sollte. Im Gegenteil, sie konnte es nicht abwarten, bis es 18 Uhr war und sie sich mit ihm in Koper treffen würde. Jochen spielte bei dieser Betrachtung nicht nur eine untergeordnete Rolle, sondern überhaupt keine. Sie versprach sich selbst, die Sache mit Jochen zu regeln, sobald sie dieses Verlangen losgeworden war. Jochen war jetzt nicht wichtig. Wichtig war stattdessen, dass diese verdammte Zeit nicht vergehen wollte. Wichtig war auch, dass sie haargenau wusste, dass sie genau diesen Mann haben wollte. Dass sie mit genau diesem Mann zusammen sein wollte. Alles andere würde sich schon finden. Eine Sekunde später verwarf sie diese Gedanken wieder und schalt sich selbst eine Närrin. Was wusste sie denn von Mætt?

Irgendwann war aber auch das geschafft. Seltsam ruhig und gefasst fuhr sie nach Koper. Sie war noch immer aufgeregt Mætt zu treffen. Sie wusste, was dann passieren würde. Sie wusste aber auch, was nicht passieren würde. Sie würden auf gar keinen Fall miteinander schlafen. Sie bildete sich ein, dass sie beide gespürt hatten, dass es dafür noch etwas Zeit brauchte. Der richtige Moment würde sich schon offenbaren. Dies bedeutete aber auch, dass es noch mehr als ein Treffen mit Mætt geben musste. Sie hatte auch dazu eine Meinung. Immerhin hatte sie den ganzen Tag Zeit über die unterschiedlichsten Aspekte des Zusammentreffens mit Mætt nachzudenken und vor allem sich selbst, vor sich selbst zu positionieren. Sie *wusste*, dass sie Mætt noch sehr, sehr oft treffen würde. Sie *wusste*, dass Mætt und sie eine gemeinsame Zukunft haben würden. Einzig woher sie dieses Wissen bezog, wusste sie nicht.

Um Punkt 18 Uhr überquerte sie den Marktplatz und steuerte das Café am Straßenrand an, wo er sie im Vorbeifahren erkannt hatte.

Mætt saß an dem Tisch an der Straße, an dem er in den letzten Wochen wohl immer saß, und strahlte sie schon von weitem an. Er stand auf, um sie zur Begrüßung zu küssen. Fasste sie an der Taille an, hob sie etwas hoch. Sie stand sofort in Flammen.

„Hast du Hunger? Magst du was essen?"

„Nein, eigentlich würde ich viel lieber mit dir auf dein Zimmer gehen und da weiter machen, wo wir heute Morgen aufgehört haben." Sie nuschelte dann noch etwas von „nackig machen" und blickte Mætt verlegen in die Augen.

Sie nahmen einen Umweg an der Hotelbar vorbei, Mætt nahm ein paar Flaschen kaltes Bier aus dem Kühlschrank, zeigte dem Barmann an, diese doch bitte aufzuschreiben, und dann verschwanden sie nach oben in sein Zimmer. Schon im Fahrstuhl begann sie sein Hemd aufzuknöpfen, was er geschehen lassen musste. Er musste ja das Bier festhalten. Im Zimmer angekommen, waren sie gefühlt Millisekunden später nackt und lagen auf dem Bett und machten tatsächlich dort weiter, wo sie am Morgen aufgehört hatten. Endlos. Ohne müde oder des anderen überdrüssig zu werden. Sie tranken in den wenigen Pausen, in denen sie sich erholen mussten, das von Mætt in weiser Voraussicht mitgenommene Bier. Kicherten wie die Kinder, wenn einer der beiden aufstoßen musste.

Später in der Nacht schlenderten sie durch die ausgestorbene Stadt und tranken in einer kleinen Strandbar, in der nur noch ein paar Nachtschwärmer abhingen, ein allerletztes Bier. Danach kehrten sie zum Hotel zurück, krochen gemeinsam ins Bett und schliefen nackt, eng umschlungen noch für ein paar wenige Stunden. Am nächsten Tag hatte Mariya keine Zeit, daher verabredeten sie sich für den Freitag, Mætts letztem Tag in Koper, in seinem Hotel.

Der Tag ohne Mætt verging unendlich langsam. Ihre Gedanken waren noch immer wild, überschlugen sich. Unendlich langsam breitete sich aber eine Art Sicherheit zuerst in ihren Gedanken, dann auch im restlichen Körper aus. Mehr ein Gefühl. Keine Worte, keine Erklärungen. Ein Gefühl, das ihr sagte, dass alles richtig ist und alles gut wird. Woher das kam, wusste sie nicht, sie war aber mehr als bereit dieses Gefühl als gegeben zu akzeptieren.

Als es endlich Freitag war, fuhren sie zusammen nach Piran in ein Restaurant, das Mariya kannte. Sie verbrachten einen äußerst entspannten Abend zusammen. Alles geschah irgendwie selbstverständlich, ohne dass es endlose Diskussionen gab, ob man das jetzt so oder so, aber nicht so, oder doch ganz anders machen wollte. Das fiel beiden auf und sie taten das auch kund. Sie genossen die gemeinsame Zeit, redeten miteinander, blickten sich forschend in die Augen. Sie hielten Händchen, küssten sich gefühlt alle paar Sekunden und zeigten ohne Scheu, wie gut ihnen die Zeit miteinander tat. Später, als sie nackt nebeneinander in Mætts Hotelbett lagen, begannen sie über ihre Wahrnehmungen zu sprechen. Tastend, um den anderen nicht zu überfordern

Ganz vorsichtig, aber auch das schien zu funktionieren. Sie konnten miteinander sprechen, ohne sich Gedanken darüber zu machen oder ob der andere das jetzt albern fand oder nicht. Für Mariya war das absolut wichtig, sich auf Augenhöhe mit dem Menschen zu befinden, den sie liebte. Oder glaubte zu lieben. Sie fragte Mætt, ob er denn traurig sei, jetzt ohne sie nachhause fahren zu müssen. Er verneinte das und sagte, dass er wisse, dass sie sich wiedersehen würden. Da sei er sich ganz sicher, entgegnete er ohne auch nur den geringsten Zweifel. Ihr ging das Herz auf.

Mariya verriet ihm, dass sie in einer Woche nach Deutschland fliegen wolle, um ihre Familie zu besuchen. Dass es eigentlich einen anderen, für sie nicht weniger wichtigen Grund gab, nach Deutschland zu kommen, verriet sie ihm zu diesem Zeitpunkt noch nicht.

Mætt freute sich aufrichtig und versprach sie in Basel vom Flughafen abzuholen und ihr sein Zuhause zu zeigen.

Sie hatten also einen Plan. Nach nur einer Woche ging es irgendwie ganz selbstverständlich weiter. Sie waren mitten in einer sehr ereignisreichen Zeit, in der sie beide die Weichen für eine gemeinsame Zukunft stellten. Nur wussten sie das zu diesem Zeitpunkt noch nicht.

Sie verbrachten also eine letzte „dieser Nächte" in Koper. Sie genossen die Nähe zueinander. Körperlich, aber sie waren sich auch emotional unbeschreiblich nah. Ob man das, was da zu diesem Zeitpunkt zwischen den beiden vorging, bereits Liebe nennen konnte, kann man nicht gesichert sagen. Dass sich daraus aber eben diese scheinbar unzerstörbare Liebe entwickelte, kann man als gesichert annehmen.

Am nächsten Morgen trennten sie sich, ganz so, als würden sie sich abends wiedersehen. Als wäre es das Normalste der Welt. Sie küssten sich, schauten sich liebevoll in die Augen. Mætt fuhr zum Flughafen, sie zurück zum Gestüt, wo ihr ganz normales Leben weiterging wie am Tag zuvor. Mariyas Herz war nicht schwer. Sie hatte Sehnsucht nach ihrem Liebsten, aber das war ja in Ordnung.

Anna wartete in der Kantine schon auf sie. Mariya sah zwar nicht zerzaust, dafür aber übernächtigt aus. Tiefe, dunkle Ringe zeichneten sich unter ihren Augen ab. Anna grinste sie wieder anzüglich an.

„Mein lieber Freund, der Typ scheint es in sich zu haben. Du siehst aus, als hättest du keine Sekunde geschlafen."

„Du hast absolut recht. Der Typ hat es in sich und ich habe sehr wenig geschlafen!"

„Dein Verlobter ist das aber nicht!", stellte Anna mit einer hochgezogenen Augenbraue fest und grinste sie verschwörerisch an.

„Stimmt. Mein Verlobter ist das nicht. Meinen Verlobten wird es in sehr naher Zukunft auch nicht mehr geben", führte sie mit einer Miene, die keinen Widerspruch erlaubte, aus.

„Mariya, nur weil du mal eine Nummer mit einem anderen geschoben hast, musst du doch deine Verlobung nicht lösen. Dein Verlobter hat noch nicht mal eine Ahnung davon, wenn du es ihm nicht erzählst", erwiderte Anna verständnislos.

„Das ist längst überfällig, ich habe nur auf den richtigen Zeitpunkt gewartet", erklärte Mariya. „Am Wochenende fliege ich nachhause, dort beende ich das mit meinem Verlobten."

„Krass. Triffst du dich mit dem Neuen?"

„Ja. Er holt mich vom Flughafen ab. Ich freue mich total auf ihn. Kann es jetzt schon kaum abwarten!"

„Ich will dir ja nicht zu nahe treten, aber der ist doch ein ganzes Stück älter als du. Stehst du auf Alte?"

„Ja, fünfzehn Jahre ist er älter als ich. Und nein, ich stehe nicht auf „Alte". Wie das klingt. Als würde ich zum Daten ins Altersheim gehen."

Entrüstet schüttelte Mariya den Kopf.

Anna erwiderte darauf nichts mehr weiter. Das mit dem Altersunterschied musste jeder für sich entscheiden. Für sie wäre so ein alter Sack jedenfalls nichts. Die beiden Freundinnen verabschiedeten sich. Anna ging zurück ins Besuchercenter, Mariya in Richtung Stall, um ihr Tagwerk zu beginnen. Während der

Arbeitszeit war ja alles erträglich. Sie hatte freiwillig ein ganzes Wochenende getauscht, damit die Zeit schneller vergeht. Mittlerweile war es Montag. Mætt war sicher zuhause. Er musste ja auch wieder arbeiten. Sollte sie ihn anrufen? Ihm eine Nachricht tippen? Dabei fiel ihr ein, dass sie sich außer mit ein paar Textnachrichten ja auch schon länger nicht mehr bei Traudel gemeldet hatte. Sie rief sie direkt an.

„Hallo Mama. Na, wie gehts?", eröffnete sie das Gespräch. Die beiden plauderten über dies und über das. Mariya fragte nach Willi, nach Lara und Sascha. Dann rückte sie mit der Sprache raus.

„Du, ich komme am nächsten Wochenende nachhause."

„Das ist aber schön!", erwiderte Traudel, „Wie lange bleibst du denn?"

„Das weiß ich noch nicht." Danach machte sie eine längere Pause.

„Kind, ist alles in Ordnung bei dir?", fragte eine plötzlich besorgt klingende Traudel.

„Ja Mama, es ist alles in Ordnung. Ich komme eigentlich, um die Sache mit Jochen zu beenden."

Sie hielt die Luft an. Was ihre Mutter wohl dazu sagen würde? Immerhin war sie mit Jochen verlobt. Das war streng genommen ein Heiratsversprechen.

„Na Gott sei Dank!", kam es erleichtert aus dem Hörer. „Wir dachten schon, du heiratest den am Ende wirklich!"

Traudel rief laut nach hinten, scheinbar ins Wohnzimmer: „Willi, Mariya trennt sich von diesem Jochen!"

Leise konnte man Willis Antwort vernehmen: „Na Gott sei Dank. Dann ist sie endlich aufgewacht!"

Mariya glaubte ihren Ohren nicht zu trauen. Warum hatte ihre Mutter nie etwas gesagt? Oder Willi? Sie hatten Redebedarf!

„Du, ich komme wahrscheinlich nicht alleine." Wieder hielt sie die Luft an.

„Oha. Hast du einen feschen Slowenen an Land gezogen?"

Fast schon ein frivoler Spruch von ihrer Mutter.

„Nein, ich habe jemanden wiedergetroffen, den ich schon länger kenne. Nur hat es dieses Mal gefunkt. Und wie, sag ich dir!"

„Das ist aber schön. Ist der von hier, oder woher kennst du ihn?"

Diese Frage hatte Mariya befürchtet. Belügen wollte sie Traudel nicht.

„Ach du, das ist eine lange Geschichte. Fast wie aus einem anderen Leben. Auf jeden Fall holt der mich vom Flughafen ab und ich komme wahrscheinlich am Samstag nachhause und bringe ihn mit. Wäre das in Ordnung?"

„Ja klar. Ich denke mal, dass es ein anständiger und vorzeigbarer Mann ist. Der ist bei uns herzlich willkommen. Bring ihn ruhig mit. Soll ich denn was Besonderes kochen?"

„Nee Mama, das ist lieb. Musst du aber nicht. Ich sag dir aber noch genau Bescheid, wann wir kommen. Denke mal zum Mittagessen, so gegen eins."

„Super. Da freuen wir uns aber. Sag, wie heißt er denn, dein Neuer?"

„Eigentlich heißt er Matthias, aber alle nennen ihn Mætt."

„Aha. Also, dann bis Samstag. Pass auf dich auf, mein Schatz."

Sie legten auf. Mariya saß noch minutenlag da und schmunzelte vor sich hin. Die Gespräche mit ihrer Mutter, auch wenn sie ihre Adoptivmutter ist, bedeuteten ihr wahnsinnig viel. Diese Sicherheit und Geborgenheit, die ihr Traudel mit ihrer Stimme geben konnte, war für sie unersetzlich. Sie wollte sie nicht missen.

Sie ging früh zu Bett und wachte am Dienstagmorgen viel zu früh auf. Sie fühlte sich beschissen. Sie vermisste Mætt. Sie hatte Sehnsucht. Sie haderte mit sich selbst. Sie würde ihm so gerne eine Nachricht schreiben oder nur kurz seine Stimme hören. Sie traute sich nicht. Sie wollte ihm nicht das Gefühl geben eine Klette zu sein. Ihn emotional überfordern. Sie ging lange vor der Zeit zum Gestüt, ergatterte eine Tasse Kaffee in der Küche der Kantine. Dann ging sie zu Costello und setzte sich in die Box und erzählte dem Pferd alles, was sie so bedrückte, auf Russisch. Ab und zu schnaubte das Tier und rieb auch seine weiche Nase an Mariyas Wange und blies ganz sachte Luft durch seine Nüstern. Ganz so, als würde Costello ihren Gemütszustand erfassen. Das machte sie noch trauriger. Sie raffte sich auf und begann ihre Arbeit zu erledigen. Misten, Reiten und Pferde versorgen. Das lenkte sie etwas ab. Nachdem sie mit allem fertig war und Feierabend hatte, ging sie nicht wie gewöhnlich direkt nachhause und duschte, sondern kehrte zurück und schaute ihren Kollegen noch eine kleine Weile dabei zu, wie sie ihre Pferde bewegten. Diese winkten ihr zu, konzentrierten sich ansonsten aber auf das, was sie taten.

Als es anfing zu dämmern, machte sich Mariya widerwillig auf den Heimweg. Sie räumte etwas auf, roch verträumt an dem Kissen, an das sich Mætt angelehnt hatte, und aß noch eine Kleinigkeit. Viel hatte ihr Kühlschrank nicht zu bieten. Sie sollte mal wieder einkaufen gehen.

Vielleicht konnte sie ja schlafen. Also legte sie sich ins Bett, rollte sich in die dünne Decke und versuchte einzuschlafen. Weit gefehlt. Sie wälzte sich hin und her, aber an Schlafen war nicht zu denken. Recht spät gegen 22 Uhr hielt sie es nicht mehr aus. Sie schnappte sich ihr Mobiltelefon und drückte die Kurzwahltaste, um bei Mætt anzurufen. Es klingelte eine ganze Weile. „Der schläft vielleicht schon längst. Hatte bestimmt einen harten Tag", dachte sie sich. Dann wurde abgenommen.

„Hallo?", sagte die ihr so vertraute Stimme.

„Mætt!", brachte sie mit belegter Stimme heraus.

„Mariya!", antwortete er und man hörte die Freude in seiner Stimme, in diesem einen Wort.

„Ich habe dich vermisst und jetzt habe ich es gar nicht mehr ausgehalten. Ich musste deine Stimme hören."

Dann sagte dieser Mensch am Ende der anderen Leitung etwas absolut Wunderbares. Nicht ein „stell dich nicht so an, du kommst doch schon am Freitag" oder ein „hast du deine Tage, was biste so emotional?".

Nein, er sagte: „Ich hab dich auch vermisst, mein Schatz. Eigentlich hab ich dich schon immer vermisst. Ich wusste es nur nicht."

„Das ist aber schön, was du mir da sagst. Jetzt kann ich bestimmt ganz wunderbar einschlafen. Schlaf du auch gut, mein Schatz."

Dann legten sie auf. Mariya lächelte glücklich in sich hinein. Dann, nur eine Minute später, fischte sie entschlossen ihr Handy von dem kleinen Holztisch, der neben ihrem Bett stand, und wählte kurz entschlossen noch einmal Mætts Nummer. Nach dem zweiten Klingeln nahm er ab.

„Ja? Hast du was vergessen?", fragte er und man konnte das Lächeln in seiner Stimme hören.

„Du, ich habe gerade einen sehr sentimentalen Moment, aber auch einen mutigen." Sie machte eine kurze Pause, holte tief Luft und sagte: „Ich liebe dich, Mætt. Schlaf gut." Danach legte sie auf, ohne eine Antwort abzuwarten.

Ihr Herz klopfte bis zum Hals. Sie war sich der Unmöglichkeit eigentlich bewusst. Sie hatten sich gerade mal ein paar Tage gesehen, hatten ein bisschen miteinander geredet, sich ihr Leben seit diesem Tag, an dem sie sich in dem Wiener Militärkrankenhaus getrennt hatten, erzählt. Die meiste Zeit hatten sie sich aber halbnackt oder nackt, wild knutschend im Bett miteinander gewälzt. Jetzt musste sie dieses „Ich liebe dich" loswerden? „Komm schon Mariya, hat das sein müssen? Du wolltest ihn nicht überfordern oder emotional unter Druck setzen, keine Klette sein. Na ja, Glückwunsch Mariya, das ist dir wohl gründlich misslungen."

Bei aller Selbstkritik schlief sie innerhalb von Minuten friedlich ein. Der Rest der Woche verging wie im Flug. Sie ermahnte sich selbst und verbot es sich noch einmal, bevor sie ihn wiedersah, so eine Dummheit von sich zu geben. „Es war aber keine Dummheit. Ich fühle das so. Ich liebe ihn!", sagte sie fast schon trotzig zu sich selbst.

Der Flug von Ljubljana nach Basel zog sich in etwa so wie sich wohl ein Flug nach Australien anfühlen musste. Sie war total hibbelig und konnte es kaum abwarten, bis sich nach der Landung die Flugzeugtüren öffneten. Es dauerte einen Moment, bis sie durch die Passkontrolle war, dann rauschte sie auf die Automatiktür zu, die sie wohl in den Ankunftsbereich des Flughafens Basel-Mulhouse-Freiburg brachte. Sie sah ihn sofort. Er stand da und sah genauso erwartungsvoll aus, wie sie sich fühlte. Sie flog um das Geländer herum, das die Fluggäste etwas in Richtung Wartehalle kanalisieren sollte, direkt in seine Arme. Er hielt sie fest, sie klammerte sich an ihn. Ganz dicht standen sie beieinander. Er hatte sie wieder an der Taille angefasst, was die gleiche Wirkung auf sie hatte wie schon vor ein paar Tagen. So standen sie erst einmal für einige Minuten. Keiner wollte sich bewegen.

„Komm, lass uns fahren. Ich habe auch ein Zuhause", scherzte er. Sie ließen sich los und küssten sich zur Begrüßung. Dann fassten sie sich an den Händen und gingen in Richtung Parkhaus.

Der Flughafen war nicht besonders groß, es war um die Uhrzeit, zu der sie ankam, nicht viel los, so waren sie in kürzester Zeit auf der Autobahn und fuhren zu ihm nachhause. Mariya hatte ihre linke Hand auf seiner liegen. Auch etwas, das sie heute, wenn sie gemeinsam im Auto unterwegs waren, ganz automatisch noch genauso machen.

Während der Fahrt sprachen sie über dies und das. Belangloses, doch wichtig sich auszutauschen. Was war in der Zwischenzeit in Mariyas Leben passiert, was in seinem? Mariya fragte ihn, ob er sie zu ihren Eltern begleitet, was ihn stocken ließ. Schmunzelnd stimmte er zu, obwohl er in einem Nebensatz bemerkte, dass ihn solche Situationen eigentlich überforderten. Sie bemühten sich um etwas wie Normalität, in dem Auto lag eine Spannung in der Luft, die man fast sehen konnte. Es war eine Mischung aus Verlangen, Sex, Freude und Vorsicht. Keiner wollte zu viel von seinen Gefühlen preisgeben. Keiner wollte den anderen irgendwie überfordern. Sie schauten sich ständig an. Ihre Hände streichelten sich ununterbrochen. Fanden keine Ruhe.

Mariya ziepte es jedes Mal, wenn sie in seine Augen schaute, im Unterbauch. Ihm ging es genauso.

Es waren etwas mehr als fünfundvierzig Minuten, die die Fahrt zu Mætt nachhause dauerte, fühlte sich aber an wie eine Ewigkeit.

Langsam rollten sie durch die schmalen Straßen der Kleinstadt, in der Mætt wohnte. Er fand zielsicher den Weg durch enge Gässchen in ein gewachsenes Wohngebiet. Sie fuhren an gepflegten Häusern und noch gepflegteren Vorgärten vorbei und hielten schließlich vor einem kleinen Haus mit braunen Holzfenstern. Mætt stellte den Motor seines Wagens ab. Mariya stieg aus und blickte sich um. Sie nahm sofort wahr, dass sich die Vorhänge der Nachbarn bewegten, und machte eine dementsprechende Bemerkung. Mætt lächelte nur und meinte etwas wie, dass Neugierde wohl die DNA dieser Gegend sei. Er nahm Mariyas kleine Tasche aus dem Kofferraum und stieg die drei steinernen Stufen zu der hölzernen Haustür hoch, die im gleichen Stil gebaut war wie die Fenster. Er schloss die Tür auf und bat Mariya einen Moment zu warten. Er ging schnell nach drinnen, stellte die Tasche ab und kehrte zurück. Wortlos schnappte er sich Mariya und trug sie über die Schwelle. Drinnen stellte er sie in dem kleinen Flur ab und schloss sachte die Tür. Das war der Startschuss. Sie fielen wie die Ertrinkenden übereinander her. Küssten sich, drückten sich und rieben sich aneinander. Keuchten. Sie hatte ihre Jacken, die Schuhe und Mariyas Umhängetäschchen längst von sich geworfen. Mariya schaute Mætt an. Atemlos.

„Zeigst du mir das Schlafzimmer? Wenn du das nicht tust, vergehe ich mich hier im Flur an dir!", sagte sie sehr bestimmt, sprang an ihm hoch und umklammerte mit ihren Beinen seine Hüften. Er hielt sie mit beiden Händen an ihrem Hintern fest und trug sie langsam die Holztreppe nach oben. Sie begann schon auf dem Weg nach oben sein Hemd zu öffnen. Im Schlafzimmer angekommen, dauerte es fünfzehn Sekunden, bis die beiden splitternackt im Bett lagen und das nachholten, auf was sie in der letzten Woche verzichten mussten. Zwei Stunden später war die erste Welle Verlangen erst einmal oberflächlich gestillt. Mariya stand auf, ging nach unten und holte ihre Tasche. Daraus entnahm sie eine Baumwollhose mit breitem Bund und ein weites Sweatshirt, das sie sich überzog. Auch Mætt stand auf, zog eine bequeme Baumwollhose mit entsprechend weitem Sweatshirt an und verschwand nach unten in die Küche.

„Willst du auch eine Tasse Tee?", rief er nach oben. Mariya war dabei das Badezimmer zu inspizieren und sich einzurichten.

„Was hast du anzubieten?", entgegnete sie.

„Bei mir gibt es nur grünen Tee ohne irgendwelche Aromen", gab er zurück. „Wenn du etwas anderes möchtest, dann müssen wir das morgen kaufen."

„Nein, Grüntee ist völlig in Ordnung. Ich brauch auch weder Zucker noch etwas anderes zum Süßen."

Mætt legte noch ein großes Holzstück auf dem Weg zur Couch in den Kaminofen mit der großen Glasscheibe nach. Als der Holzscheit Feuer fing, verstrahlte er ein heimeliges Licht. Mætt zündete noch ein paar Kerzen an und platzierte sich in der entgegensetzten Ecke der Couch, wo Mariya mittlerweile saß. Ihre Füße berührten sich und begannen miteinander zu spielen.

„Ich hätte nicht gedacht, dass du *so* wohnst!", eröffnete Mariya das Gespräch. Mætt hatte ihr eine große Tasse mit grünem Tee gereicht und hielt seinerseits eine ähnlich große Tasse in der Hand.

„Was hast du denn gedacht, wie ich wohne? Im Bunker? Hinter Stacheldraht?", fragte er grinsend.

„Nein, ich dachte nicht, dass du so bürgerlich wohnst. Keine Ahnung. Weiß auch nicht, was ich erwartet hatte."

Sie tranken schweigend den Tee, schauten sich an und füßelten.

„Hat dich mein ‚Ich liebe dich' am Dienstag eigentlich irritiert?", fragte Mariya, die für diese Frage all ihren Mut zusammengenommen hatte.

„Warum?", antwortete Mætt knapp und blickte in seinen Tee.

„Bitte Mætt, mach das nicht. Weich mir nicht aus. Das ist für mich sehr wichtig!", erwiderte sie und schaute ihm dabei direkt in die Augen.

„Nein hat es nicht!", gab er nach kurzem Zögern zurück und schaute sie zärtlich an.

„Warum nicht?"

„Weil ich genauso empfinde! Weil ich dich liebe und weil ich mich ohne dich unvollständig fühle."

„Mætt, ich war bis vor wenigen Tagen verlobt. Ich habe diese Verlobung gelöst und die Beziehung beendet."

„Okay", gab Mætt abwartend zurück.

„Ich habe das per Textnachricht und am Telefon getan. Ich weiß, dass das nicht in Ordnung ist, aber ich musste mich irgendwie befreien. Das Gespräch steht noch aus. Ich will das an diesem Wochenende hinter mich bringen."

Damit begann ein erstes ernstes Gespräch. So wie es wahrscheinlich zu Beginn einer jeder Beziehung auf irgendeine Art und Weise zwischen zwei sich Liebenden stattfindet. Mætt stand nur auf, um neuen Tee zu kochen, oder später dann Bier zu holen. Sie redeten stundenlang. Über alles. Vor allem über ihr Innerstes. Das war kein einseitiges Gespräch. Mætt legte seine Karten genauso auf den Tisch, wie Mariya das tat. Keinem gefiel alles, was der andere sagte, aber sie waren so ehrlich, wie man in dieser Situation eben nur sein konnte. Sie sprachen auch und sehr ausführlich über ihren Altersunterschied von knapp fünfzehn Jahren. Es stellte sich heraus, dass das für Mætt ein ernsteres Thema war als für Mariya. Er konnte für diesen Aspekt ihrer Beziehung auch keine Lösung anbieten, es sei denn, sie beendeten das, was gerade so vielversprechend begonnen hatte. Sie konnten diese Themen nur ansprechen, die Meinungen austauschen. Sie sprachen auch sehr lange über das Thema Kinderkriegen. Für Mætt war, er nannte das Familienplanung, dieses Thema abgeschlossen. Mariya war in dem Alter, in dem man begann über Familie und Kinder nachzudenken. Er konnte und wollte von ihr nicht verlangen wegen ihm auf eigene Kinder zu verzichten. Auch hier konnten sie nur eine Lösung finden, wenn sie getrennte Wege gingen. Das wollte aber keiner von den beiden.

„Ich hasse diese Art von Gesprächen!", sagte Mariya, nachdem sie seit Stunden miteinander geredet hatten.

„Das ist wichtig, wenn auch unbequem. Das muss man klären, damit man irgendwann auf einem potenziell gemeinsamen Weg nicht behaupten kann, von nichts gewusst zu haben", gab Mætt zu bedenken.

„Ja, hast schon recht. Mir reichts jetzt aber. Komm, lass uns ins Bett gehen. Mir raucht der Kopf."

Sie bewegten sich von der Couch weg, Mariya war auf dem Weg nach oben ins Badezimmer, als sie sich auf der Treppe nochmals umdrehte.

„Kommst du morgen mit zu meinen Eltern?", fragte sie grinsend.

„Eigentlich hasse ich solche Situationen, aber ich komme mit. Was wissen deine Eltern von uns und den Umständen unseres Kennenlernens?", entgegnete Mætt.

„Rein gar nichts. Meine Eltern sind in Ordnung. Du wirst sie mögen."

Mætt löschte noch die Kerzen, versorgte die leeren Bierflaschen und ging dann seinerseits ins Badezimmer. Mariya lag schon im Bett. Welche Seite „ihre" war, hatten sie schon bei ihrem Ankunftsintermezzo geklärt.

Mætt schlüpfte zu ihr unter die Decke. Er spürte ihren nackten, warmen Körper. Sie schmiegte sich an ihn und sie begannen ohne Hast dort weiterzumachen, wo sie vorher abgebrochen hatten. Mit einem Unterschied. Dieses Mal schliefen sie zum ersten Mal miteinander. Langsam, zärtlich, ganz vorsichtig versuchten sie einen gemeinsamen Rhythmus zu finden. Es dämmerte schon, als die beiden erschöpft engumschlungen einschliefen.

Gegen halb zehn wurde Mariya wach. Sie fasste neben sich und fand eine leere Seite, wo eigentlich Mætt liegen sollte. Dafür roch es im ganzen Haus unendlich lecker nach Kaffee. Sie öffnete die Augen und sah Mætt mit einer riesigen Kaffeetasse neben ihr, mit seinem Rücken an die Schlafzimmerwand gelehnt sitzen. Langsam kam sie von einer liegenden in eine sitzende Position. Sie spitzte ihre Lippen, um einen Kuss anzudeuten und tastete nach der Tasse. Sachte gab Mætt ihr die übergroße Kaffeetasse in die Hand. Mit noch geschlossenen, eigentlich mit wieder geschlossenen Augen nahm sie den ersten vorsichtigen Schluck des so wunderbar duftenden Getränks. Nach dem zweiten oder dritten Schluck öffnete sie ihre Augen, drehte ihren Kopf zu Mætt, um ihn zu küssen. Unter der Decke tastete sie nach dem Körperteil, mit dem sie in der Nacht zuvor so viel Freude hatte. Enttäuscht musste sie feststellen, dass er bereits diese triebdämpfende Freizeithose anhatte. Sie tranken den Kaffee miteinander. Redeten über dies und das. Begrüßten ohne Hektik den neuen Tag. Übrigens auch eine Zeremonie, die sie heute noch praktizieren. Morgens ein erster gemeinsamer Kaffee, dann kann der Tag beginnen.

Nach der Tasse Kaffee begaben sich beide unter die Dusche. Das heiße Wasser weckte ihre Lebensgeister. Die wurden derart nachhaltig geweckt, dass sie noch einen kleinen Umweg über das Schlafzimmer machten, bevor sie dann bereit für den Tag waren.

Gegen Mittag, so dass sie um Punkt 13 Uhr bei Mariyas Eltern waren, fuhren sie los. Mariya begann nervös zu werden, je näher sie ihrem Elternhaus kamen. Mætt registrierte das, nahm sich aber fest vor sich nicht anstecken zu lassen. Ganz gelang ihm das nicht, aber Mariyas Eltern machten es ihm nicht schwer und nahmen ihn unvoreingenommen auf.

Traudel registrierte sofort die Nervosität ihrer Tochter. Sie beäugte Mætt äußerst kritisch, musste aber irgendwann erkennen, dass die beiden wie „Arsch auf Eimer" zusammenpassten. Willi war da einfacher gestrickt. Nach dem Essen entführte er Mætt in sein Arbeitszimmer. Er öffnete die Schatulle mit seinen Schätzen. Obstbrände! Mætt bekam eine intensive Einweisung in das komplexe Thema „Obstbrände in der Ortenau" und hatte auch ansonsten interessante und kurzweilige Unterhaltungen zu den unterschiedlichsten Themen mit Mariyas Vater.

Irgendwann öffnete sich die Tür und Traudel steckte den Kopf in das Arbeitszimmer.

„Wollte mal nachschauen, ob die Herren noch leben", bemerkte sie mit einem verschmitzten Lächeln, „kommt ihr wieder zu uns?"

Willi nickte Mætt zu und beide erhoben sich und setzten sich in Bewegung. Mariya kam aus der Küche, umarmte Mætt, küsste ihn und fragte:

„Wollen wir etwas nach draußen gehen? Wenn du magst können wir auch zum Stall fahren. Dann stelle ich dir Baldur, den alten Herren, vor. Dort können wir uns auch die Füße ein bisschen vertreten. Was meinst du?"

„Dann lass uns das so tun", gab Mætt lächelnd zurück.

So lernte Mætt nicht nur Baldur kennen, den, nach Mariyas Bekundungen, wirklich wichtigsten Mann in ihrem Leben. Er lernte auch, dass man nicht nur mit Hunden, sondern auch mit Pferden spazieren gehen konnte.

Abends, auf dem Rückweg, wollte Mariya genau wissen, wie nun Mætt den Tag mit ihrer Familie empfunden hatte. Mætt hatte Sascha und seine Freundin kennengelernt, hatte sich nach der Rückkehr vom Spaziergang mit Baldur noch eine halbe Stunde mit Willi in dessen Arbeitszimmer zurückgezogen. Nach einem kurzen Imbiss – Traudel hatte aufgefahren, als würde eine ganze Fußballmannschaft zum Essen kommen – war es dann auch überstanden.

„Hast du bemerkt, wie dich meine Mutter gemustert hat? Ich denke, du hast echte Schwiegersohn-Qualitäten", frotzelte sie.

„Ich habe nur bemerkt, wie kritisch mich dein Bruder gemustert hat! Der passt auf seine kleine Schwester auf", entgegnete Mætt lachend.

Mætt hatte sich bei Mariyas Familie wohl gefühlt. Nach anfänglicher Unsicherheit hatte auch Mariya zu ihrem unbefangenen Umgang zurückgefunden. Sie küsste Mætt auch ohne Scheu im Beisein ihrer Eltern. Gewöhnungsbedürftig für Mætt und auch für Mariya. Jochen hatte sie nie geküsst, wenn ihre Familie in der Nähe war.

Bei Mætt angekommen, landeten sie ziemlich direkt auf seiner Couch. Mit einer Tasse Tee und einem knisternden Kaminfeuer schauten sie in der Garten und beobachteten, wie das letzte Tageslicht langsam schwand. Dieses zusammen auf dem Sofa zu liegen, die Landschaft zu beobachten und sich gegenseitig ihre Tagträume zu erzählen, wurde auch zu einer Art Ritual. Wenn Mariya von ihren Träumen erzählte, kamen da immer irgendwie Pferde vor. Bei Mætt waren es Hunde. Beide hätten gerne eigene Pferde und Hunde gehabt, sie waren sich aber einig, dass ihr momentanen Leben das nicht hergab. Doch man musste ja Träume haben. Immer wenn sie zusammen waren, der Durst an dem anderen nach einer längeren Phase, in der sie räumlich getrennt waren, gestillt war, kamen sie gemeinsam runter. Wurden ruhiger. Genossen es Zeit miteinander zu verbringen. Die Definition einer „längeren Phase" war variabel. Das war irgendwas zwischen ein paar Stunden und ein paar Wochen.

In der ersten Woche, die sie permanent miteinander verbrachten, nachdem sie sich in Slowenien wiedergetroffen hatten, redeten sie viel miteinander. Mariya brachte das anstehende Gespräch mit Jochen hinter sich, das sie im Beisein von Mætt nicht kommentierte. Sie fragte sich selbst insgeheim, was sie in diesem Menschen gesehen hatte. Dass sie das, was zwischen ihnen war, besser gesagt das, was da nicht war, so lange ausgehalten hatte, Jochen war geknickt, aber nicht am Boden zerstört. Natürlich wollte er das „Warum" wissen. Mariya erklärte ihm mehrmals in jedem Detail, dass für sie auf der gefühlsmäßigen Ebene zu wenig vorhanden war. Jochen konnte gleichwohl nicht nachvollziehen, was genau Mariya fehlte. Für ihn war das alles gut, so wie es war. Noch so viel reden, noch so viele Erklärungen halfen nichts. Sie trennten sich im Guten. Mariya wünschte ihm alles Gute und war erleichtert, dass sie das unbequeme Gespräch mit Anstand hinter sich gebracht hatte. Mætt erwähnte sie in diesem Gespräch allerdings nicht.

Mætt und Mariya begannen ihre Zukunft miteinander zu planen. Auch wenn sie das nicht so nannten. Mætt nannte es

„Planungssicherheit" und Mariya wollte schlicht und ergreifend wissen, woran sie war. Beide hatten keine große Lust auf eine Fernbeziehung, aber die paar Monate, die Mariya noch in Slowenien sein musste, würden sie schon hinkriegen. Da waren sie sich einig. Dass es nicht einfach werden würde, hatten sie auch in einem Nebensatz mal erwähnt. Insgeheim hofften aber beide, dass die Zeit schnell verging.

Als Mariya nach diesem alles verändernden Wochenende auf der Rückreise nach Lipica war, machte sie eine Art Bestandsaufnahme ihres Aufenthalts. Sie war nicht mehr mit Jochen verlobt. Das war ein für sie ganz wichtiger Aspekt. Normalerweise hätte sie betrübt sein müssen, weil ja etwas „nicht funktioniert" hatte. Wegen ihr „nicht funktioniert" hatte, kam erschwerend hinzu. In diesem Fall war sie aber froh. Unglaublich froh. Sie hatte stattdessen einen neuen Partner. Quatsch. Insgeheim, ganz für sich, erlaubte sie sich schon zu diesem frühen Zeitpunkt eine ganz andere Formulierung. Wenn sie an ihre Verbindung mit Mætt dachte, nannte sie es „ich habe meinen Mann getroffen". Sie war sich dessen in ihren Gedanken absolut sicher. Das war ihr Mann. Punkt. Also, sie hatte ihren Mann getroffen, sie hatte ihn zu ihren Eltern mitgenommen. Dort hatte er mehr als „bestanden". Traudel und Willi mochten ihn, Sascha fand ihn cool und Mætt fühlte sich wohl. Sie hatten ein Modell entworfen, wie sie die Zeit, in der Mariya in Lipica arbeitete, überbrücken würden. Sie lehnte sich in dem engen Flugzeugsitz zurück, streckte sich mit einem zufriedenen Lächeln. „Eine erfolgreiche Woche", sagte sie sich, und lächelte glücklich in sich hinein.

Gleichzeitig freute sie sich aber auch auf das Gestüt. Sie hatte ihre Arbeit vermisst, freute sich auf die Menschen, insbesondere auf Anna, mit der sie einige Textnachrichten ausgetauscht hatte. Anna war extrem neugierig und Mariya war gewillt ihre Neugierde zu stillen.

Anna hatte zugesagt, dass sie Mariya in Ljubljana vom Flughafen abholte. Es war spät abends, als sie ankam, daher wurde sie, nachdem sie gelandet war, direkt bei der Passkontrolle durchgewinkt. Gepäck hatte sie außer Handgepäck nicht. So saß sie knapp eine halbe Stunde später auf dem Beifahrersitz des alten Land Rover. Sie war noch nicht einmal angeschnallt, da wurde Anna schon ungeduldig.

„Los, komm schon. Erzähl! Wie ist es gelaufen?"

„Na ja,", begann Mariya schmunzelnd, „das Gespräch mit meinem Ex-Verlobten war kurz und schmerzlos. Es hat sich für mich das bestätigt, was mir schon viel früher hätte auffallen sollen. Es drehte sich immer alles um ihn. Um seine Befindlichkeiten, um sein Ansehen, um sein ... was auch immer. Er kann auch nicht nachvollziehen, dass mir etwas fehlen könnte. Für ihn war eigentlich alles bestens."

Anna nickte wissend. Wie aus der Pistole geschossen kam: „Wie ist es mit dem anderen Typen gelaufen?"

„Liebe Anna, der andere ‚Typ' heißt Mætt und hat verdammt gute Chancen, ein fester Bestandteil meines Lebens zu werden", entgegnete Mariya.

„Uijuijui!", sagte Anna lachend. „Bimbam, höre ich da die Hochzeitsglocken?"

Die kurze Fahrt verging wie im Flug. Die zwei jungen Frauen schnatterten die ganze Zeit. Mariya erzählte Anna alles haarklein, ohne indiskret zu werden. Auf Annas Frage, wie sie sich denn kennengelernt hatten, erwiderte Mariya nur mit wissendem Blick:

„Das war in einem ganz anderen Leben!"

Mætt hatte ihr dazu geraten. Die meisten waren damit zufrieden. Den wenigen, die nachfragten, konnte sie ja immer noch erklären, dass sie nicht darüber sprechen möchte. In ihrem Appartement angekommen, duschte sie noch schnell, schrieb Mætt eine Textnachricht, dass sie angekommen sei, dass sie jetzt schlafen gehe und dass sie ihn liebe. Sie kroch in ihr Bett, das noch genauso ungemacht war, wie sie es vor ihrem Flug nach Deutschland verlassen hatten. Mariya schnappte sich das Kissen, auf dem Mætt gelegen hatte, roch daran und bildete sich ein seinen Geruch wahrzunehmen. So schlief sie zufrieden innerhalb weniger Sekunden ein.

Am nächsten Morgen klingelte ihr Wecker wie gewöhnlich um 6 Uhr. Ihre erste Handlung war, Mætt eine Nachricht zu schreiben, dann sprang sie in ihre Kleider und begann mit einem schnellen Frühstück in der Kantine ihren Tag. Sie freute sich sehr wieder in Lipica zu sein. Eine gut gelaunte Mariya winkte jedem zu und hatte eine paar freundliche Worte auf den Lippen. Sie freute sich sehr, Costello wiederzusehen, der verhalten wieherte, als er ihre Schritte in der Stallgasse vernahm.

So fand sie sehr schnell in ihren gewohnten Rhythmus. Mit einer Ausnahme. Sie schrieb jeden Morgen und jeden Abend mindestens eine Textnachricht an Mætt. Mindestens einmal am Tag telefonierten die beiden. Sie versuchten das Beste aus der Situation zu machen, die sie eigentlich beide nicht wollten. Oft bekamen sie sich wegen blöder Missverständnisse am Telefon nach wenigen Sekunden in die Wolle. Sie schmollten dann ein, zwei, in besonderen Fällen auch mal drei Tage. Sie schrieben sich aber immer eine Guten-Morgen- und eine Schlaf-gut-Nachricht.

Es stand wieder eine große Gala an und Mariya durfte nicht nur mit Maestoso mitreiten, sie musste mit Costello die komplette Show, die einige neue Elemente beinhaltete, trainieren. Viel zu tun! Sie war sehr aufgeregt, selbst Teil einer dieser Shows zu sein, die sie immer ehrfürchtig beobachtet hatte, wenn die Gelegenheit dazu bestand. Sie war gefordert. Musste sich konzentrieren. Ihr Ehrgeiz war gefordert. Ihr Perfektionismus. Viele neue Elemente musste sie lernen, die komplett überarbeitete Choreografie sich antrainieren. Sehr komplex, aber nicht unmöglich.

An einem Nachmittag hatte sie gerade mit Costello die komplette Show geübt. Mit allen schweren und weniger schweren Elementen. Sie war sehr zufrieden mit dem Hengst – und mit sich selbst. Jetzt wollte sie ihn schnell zurück in seine Box bringen und Maestoso holen, damit sie auch mit ihm seinen Part üben konnte. Da nahm sie eine Person wahr, die von den unteren Zuschauerplätzen aufgestanden war, laut klatschte und Bravo rief. Irritiert schaute sie, wer das wohl war. Kurz zuckte sie zusammen, als sie sah, dass es Laszlo war. Er kam lächelnd näher und rief ihr schon von weitem zu:

„Das hat phantastisch ausgesehen! Der läuft ja wie ein Uhrwerk!"

Und nach einer kurzen Pause fügte er hinzu:

„Komm, ich helfe dir ihn zu versorgen. Wir müssen reden!" Mariya schwante nichts Gutes. Was gab es zu reden, außer dass sie Costello nicht mehr reiten sollte. Sie hatte sich aber getäuscht.

„In Wien ist es alles andere als gut für mich gelaufen", begann Laszlo für Mariya ungewohnt offen und ehrlich, „dieses Pferd, das ich reiten sollte, war so störrisch, dass es mich zwei Mal abgeworfen hat. Das ist mir schon Jahre nicht mehr passiert. Mir tut immer noch jeder Knochen weh."

Mariya überlegte, was sie wohl damit zu tun hätte. Laszlo fuhr fort.

„Ich dachte mir, dass du vielleicht mal schauen könntest, was der Zossen hat?", setzte Laszlo vorsichtig nach.

„Ich?", Mariya riss erstaunt ihre Augen auf!

„Na ja, ich habe gesehen, wie du mit den Tieren umgehst, und ich dachte mir, dass du vielleicht einen unabhängigen Blick auf ihn werfen könntest … Mit Dunja habe ich auch schon geredet. Sie fände das gut. Wenn du das machen willst, wirst du für zwei Wochen offiziell nach Wien entsendet."

Mariya hatte mit einem Mal eine trockene Kehle. Sie sollte „einen Blick" auf ein Pferd der Wiener Hofreitschule werfen? Wurde bezahlt und als offizielle Vertretung des Gestüts entsendet! Das übertraf ihre kühnsten Erwartungen und machte ihr gleichzeitig Angst.

„Klar, ich mach das!", sagte sie ihrem Bauchgefühl folgend, „kann aber nicht dafür garantieren, dass ich da etwas Wesentliches finden werde, was du nicht auch gefunden hättest."

„Das ist klar!", entgegnete Laszlo, „ohne Gewähr. Entweder findest du etwas, was mir entgangen ist, oder eben nicht. Niemand wird dir daraus einen Strick drehen."

„Wann soll es losgehen?", fragte sie etwas atemlos.

„Sobald du Zeit hast. Am besten … morgen?", entgegnete Laszlo grinsend, „ich habe schon alles arrangiert. Anna fährt dich nach Ljubljana zum Flughafen, du musst um 16 Uhr da sein, das Ticket ist dort hinterlegt und in Wien wirst du abgeholt. Die haben deine Unterbringung und alles andere geregelt."

Laszlo nahm Mariya in die Arme, drückte sie kurz, bedankte sich und war dann auch schon wieder weg. Mariya ritt noch mit Maestoso den Teil der Show, der für sie geplant war, und ging dann zu Anna in das Besucherzentrum. Anna begrüßte sie mit einem breiten Lachen.

„Du mutierst noch zum Vielflieger. Ich hole dich um Viertel vor drei morgen ab", erklärte sie lachend.

Mariya schlenderte zu ihrem Appartement. Sie war nicht sicher, ob sie glücklich sein sollte oder nicht. Sie würde auf jeden Fall mit Mætt reden. Der hatte zwar keine Ahnung von Pferden, aber er konnte ja seine Meinung dazu geben. Sie hatten zwar gestritten, aber das war eine gute Gelegenheit, den Streit beizulegen. Dieses Mal war es an ihr sich zu entschuldigen. Gesagt getan. Am Abend rief sie Mætt an. Nach dem zweiten Klingeln nahm er ab.

„Hallo mein Schatz!", begrüßte er sie, „warte, ich rufe dich zurück."

Das machte er meistens, damit sie das Guthaben ihrer Prepaidkarte schonen konnte. Sie begannen miteinander zu sprechen, redeten lange. Nachdem sie sich über ihren blöden, unnötigen Streit ausgetauscht und Mariya sich entschuldigt hatte, kam sie auf den Punkt. Sie wollte seine Meinung zu der „Entsendung" hören. Mætt fand das eine großartige Idee. Er dachte laut darüber nach, ob er nicht selbst nach Wien kommen sollte, was dann schnell beschlossene Sache war. Sie tauschten noch ein paar sehr zärtliche, russische Worte aus und beendeten dann das Gespräch.

Am nächsten Nachmittag machte sich Mariya auf den Weg. Anna fuhr sie zum Flughafen und sie hatten wieder einiges zu besprechen. Frauenthemen halt. Anna bestand darauf, dass Mariya ihr Mætt bei seinem nächsten Besuch in Lipica unbedingt vorstellen musste. Lachend stimmte Mariya zu.

In Wien wurde sie abgeholt und von sehr freundlichen Menschen äußerst angenehm untergebracht und umsorgt.

Pünktlich am nächsten Morgen um 7 Uhr traf sie sich mit dem Chefbereiter, der für eben diesen Hengst zuständig war. Das Tier stammte aus Lipica und dafür war scheinbar eine nicht unerhebliche Summe geflossen. Hans, der Bereiter, schilderte Mariya ganz genau, was der Hengst tat beziehungsweise nicht tat. Aufmerksam hörte sich Mariya seine Schilderungen an und schlug vor, zum Stall zu gehen und das Tier anzuschauen.

Alles in allem war nichts Auffälliges zu bemerken. Sie schaute sich die Hufe an, fragte nach dem Futter. Dann schlug sie vor das Tier zu satteln und in der Halle zu reiten. Danach könne sie ja vielleicht schon eine erste Einschätzung geben. Ehrlich gesagt hatte Mariya nicht die leiseste Ahnung, was dem Tier fehlen könnte.

In der Halle stieg sie in den Sattel und begann langsam und vorsichtig das Tier aufzuwärmen, zu biegen, damit die Muskeln geschmeidig wurden. Alles war unauffällig. Sie begann dann mit den ersten Übungsinhalten, die sie vorher mit Hans abgesprochen hatte. Alles unauffällig. Das Pferd war willig, freundlich und unauffällig. Dann, ganz unvermittelt, mitten aus der Bewegung heraus verschaffte das gute Tier der lieben Mariya eine Flugstunde. Sie konnte im Vorfeld keine Anzeichen bemerken. Na ja, in der Folge versuchte sie der Sache auf die Spur zu kommen. Sie fand sich sehr oft im Sägemehl der Reithalle wieder und hatte keine Erklärung, was zu dem Verhalten des Pferdes führte. Es war ein freundliches, dem Mensch zugewandtes Tier. Irgendwann am dritten oder vierten Tag, Mariya war gerade wieder im Staub gelandet, beschloss sie die Sattellage zu kontrollieren. Die war auch unauffällig. Einer Eingebung folgend schwang sie sich auf den ungesattelten Pferderücken und bewegte das Pferd nur mit Schenkeldruck. Es dauerte keine zehn Sekunden, da wurde sie wieder abgeworfen. Dieses Mal hatte sie aber eine Idee. Sie ließ es für den Tag gut sein, versorgte das Pferd in seiner Box und rief Laszlo an.

„Na, wie läuft es bei dir in Wien?", fragte er sogleich, als er Mariya begrüßt hatte.

„Nicht so toll", antwortete sie, „sag, kennst du einen, der sich mit Orthopädie bei Pferden auskennt? Einer, der einrenken kann?"

Laszlo überlegte lange.

„Ja, ich kenne da einen aus Kasachstan, der macht nichts anderes", entgegnete er, „ich weiß aber nicht, wo der sich gerade aufhält. Ich versuche ihn zu erreichen, dann melde ich mich bei dir, okay?"

„Den kannst du direkt schicken. Ich glaube, dass der Hengst einen oder mehrere verklemmte Wirbel hat. Wenn dein Kontakt verfügbar ist, soll er so schnell es geht herkommen. Wie gesagt, ohne Gewähr, aber für mich sieht es ganz danach aus."

So wurde es gemacht. Laszlo schaffte es den Spezialisten aus Kasachstan schon am übernächsten Tag einzufliegen. Aleksej war ein dicker Mann Anfang vierzig, mit tiefschwarzem Haar, einem leicht mongolischen Einschlag. Mit freundlichen Augen blickte er in die Runde. Er begrüßte die mittlerweile sehr skeptisch dreinschauenden Österreicher mit holprigem Englisch. Sie ließen das Pferd bringen. Ungesattelt, nur mit Zaumzeug. Auf Russisch erklärte Marija Aleksej in wenigen Worten ihren Verdacht. Der schätzte es sehr in seiner Muttersprache angesprochen zu werden.

Ohne viel Aufhebens trat Aleksej an das Pferd heran, tastete seine Wirbelsäule ab, drückte hier und dort. Dann ließ er Mariya mit dem Pferd in der Halle auf und ab joggen, blickte prüfend. Schaute dem Tier ins Maul, in die Ohren und in die Augen. Danach hatte er dann eine Diagnose. Drei verklemmte Wirbel. Wahrscheinlich ein schlechter Sattel. Mariya übersetzte. Er würde das Tier einrenken, danach sei es zwei, drei Tage nicht zu gebrauchen, danach sei dann alles wieder gut. Große Skepsis, aber die einzige Möglichkeit, die jetzt noch blieb. Kurzerhand wurden noch drei kräftige Männer geholt, dann begann Aleksej mit seinem Werk. Das Pferd zeigte so deutlich eine Reaktion auf Aleksejs Behandlung, dass Mariya sehr zuversichtlich war, dass die Ursache nun gefunden war. Mit hängendem Kopf wurde das Tier in seine Box gebracht und hatte Schonzeit über das Wochenende. Dass dies der Beginn einer langanhaltenden Verbindung mit Aleksej war, wusste zu diesem Zeitpunkt noch niemand. Wenn Mariya an irgendeinem Punkt im Beritt mit Pferden einen schwierigen Kandidaten hatte, rief sie Aleksej an. In den meisten Fällen konnte dieser helfen. Dazu später mehr.

Am Abend kam Mætt. Mariya freute sich wie ein Kind auf die vor ihnen liegenden Tage. Sie schlenderten durch die Altstadt von Wien, schauten sich dies und das an. Natürlich verbrachten sie viel Zeit miteinander hinter verschlossenen Türen und tankten so Kraft für einen weiteren Zeitraum, in dem sie getrennt waren.

Mariya erinnerte sich an Irenka. Vor vielen Jahren hatte sie die Aussagen, die Mariya zu den Vorfällen in Bosnien machte, übersetzt. Sie war einige Jahre älter und hatte einen sehr guten Draht zu der damals siebzehnjährigen Mariya. Zum Abschied schrieb sie ihr ihre Adresse und Telefonnummer auf und lud Mariya ein, sich bei ihr zu melden, sollte sie einmal nach Wien kommen. Mariya hatte vorsorglich den alten Zettel mit Irenkas Adresse mitgenommen und schlug Mætt vor zu schauen, ob sie noch immer unter dieser Adresse oder Telefonnummer erreichbar war. Abends fuhren sie zu der Adresse, einem Hochhaus in der Wiener Neustadt. Dort war an keinem der vielen Klingelschilder Irenkas Namen zu erkennen. Höchstwahrscheinlich hatte die Gute geheiratet und ihr Name war nun ein anderer. Wahrscheinlich war sie auch umgezogen. Bei der Telefonnummer hatten sie mehr Erfolg. Eine Kinderstimme meldete sich. Mariya fragte nach Irenka und ohne Kommentar wurde der Hörer weitergereicht.

„Ja, hallo?", meldete sich eine neutrale, weibliche Stimme.

„Spreche ich mit Irenka P.?, fragte Mariya auf Deutsch vorsichtig.

„Wer will das wissen?", kam als Antwort genauso zögerlich zurück.

Mariya fasste sich ein Herz, wechselte zu Russisch und erklärte genau, was und warum sie diese Irenka suchte. Als sie geendet hatte, war es still in der Leitung. Nach einer sehr langen Pause, in der nur das Rauschen in der Leitung zu hören war, kam eine zögerliche, russisch sprechende Stimme, die fragte:

„Mariya? Ich hatte vor vielen Jahren mal für eine Mariya übersetzt. Bist du das?"

„Ja, das bin ich. Du hast damals viel für mich getan, hast mir unglaublich geholfen in dieser schwierigen Zeit."

„Ich erinnere mich, dass ich dir zum Abschied meine Adresse gegeben habe. Ich habe ein, zwei Briefe von dir bekommen, dann aber nichts mehr von dir gehört. Wie geht es dir? Was machst du?", kam eine freudige Stimme vom anderen Ende der Leitung.

„Ich bin in Wien. Wenn du Zeit und Lust hast, könnten wir uns auf einen Kaffee treffen. Was meinst du?"

Schnell hatten sich die beiden für den nächsten Nachmittag bei Irenka zuhause verabredet. Wegen der Kinder war es ihr lieber, wenn Mariya zu ihr kam.

Mariya war vor dem Besuch bei Irenka total nervös. Mætt hatte darauf verzichtet mitzukommen, wollte irgendetwas anderes machen.

„Mach du das mal alleine", sagte er, „ich bin da nur ein Bremsklotz."

An der Adresse angekommen hatte Mariya einen kolossalen Kloß im Hals. Sie stieg aus dem Taxi und suchte mit ihren Augen das mittlere der fünf kleinen Reihenhäuser. Das Türchen des niedrigen Jägerzauns stand offen, Kinderspielzeug lag um die abgedeckte Sandkiste herum. Mariya machte den Schritt zur Eingangstür und streckte ihre Hand nach der Klingel aus. Während ihr Arm noch in Bewegung in Richtung Klingelknopf war, wurde die Tür von innen aufgemacht und eine Irenka, die immer noch aussah, wie Irenka ausgesehen hatte, stand da und schaute Mariya gespannt an. Mariya gefror zur Salzsäule. Sie konnte sich keinen Millimeter bewegen. Mit aufgerissenen Augen starrte sie Irenka an, die die Welt nicht mehr verstand. Mit einer nicht geahnten Wucht trafen die ganzen Erinnerungen von damals Mariya wie ein Donnerschlag. Sie sah ihre Mutter sterben, sie sah, wie ihrem Vater ohne Regung in den Kopf geschossen wurde. Sie spürte, wie verloren sie sich damals gefühlt hatte, wie hilflos und vor allem wie einsam sie sich fühlte. Mit einem Mal explodierten die Tränen in ihren Augen und sie stand da von einem Heulkrampf geschüttelt. Die arme Irenka wusste nicht, wie ihr geschah, und führte ihren Besuch, der herzzerreißend schluchzte, in die Küche und reichte ihr eine große Rolle Küchentücher. Sie nahm Mariya in die Arme, hielt sie fest, wie sie es vor mehr als zehn Jahren schon getan hatte, und redete leise und beruhigend auf sie ein. Nach einer Weile beruhigte sich Mariya wieder und die beiden konnten in das gemütliche Wohnzimmer wechseln. Mariya war ihr Ausbruch unendlich peinlich. Sie entschuldigte sich immer wieder bei Irenka. Aber auch das ging vorüber und den beiden gelang es das zu tun, was sie eigentlich vorhatten: sich zu freuen und sich gegenseitig zu erzählen, was in ihren Leben seitdem passiert war. Mariya blieb bis weit nach Mitternacht. Sie lernte Irenkas Mann Vasili kennen, der gegen 23 Uhr von der Spätschicht nachhause kam. Irenka zeigte ihr ihre beiden schlafenden Zwillinge, die ein paar Tage später vier Jahre alt wurden.

Als sie sich verabschiedet hatte und im Taxi zurück ins Hotel zu Mætt saß, fühlte sie sich ausgebrannt und leer. Sie verstand ihren Fast-Zusammenbruch nicht. Sie hatte den Schmerz schon längst hinter sich gelassen, dachte sie. Immerhin ging sie ja in der ersten Zeit bei Traudel und Willi zur Psychotherapie. Die Heftigkeit, in der diese Erinnerung über sie hereingebrochen war, beschäftigte sie.

Zurück im Hotel weckte sie Mætt und musste ihm das erzählen. Schlaftrunken setzte er sich auf und hörte ihr geduldig zu. Mehr konnte er auch nicht tun. Mariya war befremdet von sich selbst und wusste nicht, wie sie sich verhalten sollte. Beide dachten darüber nach, ob vielleicht nicht noch einmal ein paar Stunden Psychotherapie sinnvoll wären, vertagten aber eine Entscheidung auf zuhause. Sie wollten sich mit etwas Abstand nochmals etwas Zeit nehmen und über die Geschichte in Ruhe reden. Mariya wurde ruhiger und fühlte sich einmal mehr bei Mætt sehr gut aufgehoben und geborgen.

In dieser gesamten Anfangszeit redeten sie viel miteinander. Keiner versteckte sich vor dem anderen. Sie wurden zu so etwas wie offene Bücher füreinander. Sie planten ihr gemeinsames Leben so realistisch, wie es eben zu diesem Zeitpunkt möglich war. Dieses gemeinsame Leben war *das* große Ziel schlechthin, das im Raum stand. Alles sollte dann besser werden. Noch besser. Dann würden sie Zeit füreinander haben. Wie es aber wirklich weiterging, wenn Mariya ihren Vertrag in Lipica erfüllt hatte, wusste selbst sie noch nicht. Sie könnte sich genauso gut vorstellen, den Vertrag zu verlängern. Sie liebte ihre Arbeit mit den Pferden. Ein Zwiespalt, für den es jetzt im Moment keine Lösung gab. Die momentane Lösung war die Angelegenheit vor sich herzuschieben.

Gleichzeitig führte ihre Unentschlossenheit zu vermehrten Streitereien. Mætt kam nicht damit klar, dass sie sich nicht äußerte. Mehr noch, dass sie dieses Thema totschwieg. Er wollte „Planungssicherheit", wie er es nannte, und außerdem kotzte ihn die Fernbeziehung total an. Er verstand nicht, dass Mariya zu diesem Zeitpunkt selbst keine Idee hatte, wie es weitergehen sollte. Es war keine böse Absicht oder Hinhaltetaktik oder wie auch immer er es nannte, wenn er sauer war. Er selbst hatte einen Job, dem er gerecht werden musste und wollte. Seine Tochter forderte auch Zeit mit ihm ein und er wollte selbstverständlich mehr Zeit mit seiner Frau verbringen. Alles unter einen Hut zu bringen war sehr herausfordernd. Wenn dann Mariya nicht zu Potte kam, wie es weitergehen sollte, dann machte ihn das, je länger, desto mehr, fuchsteufelswild. Bekam die heile Welt erste Beulen? Waren sie aber zusammen, dann war alles gut. Ein schier unüberwindbar anmutender Berg, ganz zu Anfang ihrer Beziehung.

Die Ursache für das Verhalten des Wiener Pferdes war relativ schnell gefunden, nachdem Aleksej sich der Sache angenommen hatte. Mætt reiste Sonntagabends ab und Mariya blieb noch bis Mittwoch. Sie konnte vorsichtig einfache Teile der Übungen mit dem Hengst reiten, ohne dass sie im Staub endete. Mission completed! Sie hatte das gefunden, was Laszlo und allen anderen nicht gelungen war. Das tat ihrem Selbstbewusstsein außerordentlich gut.

Zurück in Lipica nahm sie ihre gewohnten Tätigkeiten wieder auf, bemerkte aber schon, dass man sie mit anderen Augen betrachtete. Man hörte auf das, was sie zu sagen hatte. Laszlo besprach sich mit ihr, wollte immer öfter ihre Meinung. Sie überlegten, wie man Chiropraktik für Pferde gewinnbringend auf Gut Lipica einsetzen konnte, und dachten laut über Naturheilkunde und Akkupunktur bei Pferden nach, lange bevor diese Behandlungsmethoden flächendeckend Einzug in die Tiermedizin hielten.

Zwei Wochen später flog sie wieder nach Basel, wo Mætt sie abholte. Auch bei ihren gegenseitigen Besuchen hatte sich eine Art Routine eingestellt. Wenn sie zu Mætt fuhr, verbrachten sie den Ankunftsabend immer gemeinsam auf der großen Couch, tranken Tee oder Bier. Manchmal hatte er auch Mariyas Lieblingswein besorgt. Rioja, im Eichenfass gelagert. Das waren die Momente, die beide unglaublich schätzten. So sollte es dauerhaft werden, wenn sie erst zusammenlebten. Schlaraffia im übertragenen Sinn. Sie wussten, dass ein derart hoher Anspruch nicht realistisch war, scherzten aber trotzdem oft über eine nie enden wollende Verliebtheit. Sie lachten herzlich bei der Vorstellung, dass Mætt noch mit achtzig Mariya drei Mal am Tag beglücken müsste.

An diesem Abend lagen sie wieder dicht beieinander auf der Couch. Ihr Ritual nach Mariyas Ankunft. Sie waren jetzt etwas länger als drei Monate zusammen. Sie hatte ihren Kopf auf Mætts Brust liegen, hörte sein Herz ruhig schlagen. Er streichelte zärtlich ihren Rücken. Er holte tief Luft und setzte an etwas zu sagen.

„Würdest du eigentlich meine Tochter kennenlernen wollen?", fragte er sie. Sie spürte, dass das für ihn ein ernstes Thema war.

„Ja klar. Ich dachte sowieso, dass es dafür so langsam mal Zeit wird", entgegnete sie.

„Na ja, ich wollte nichts überstürzen. Weder Leonie noch dich zu früh miteinander konfrontieren. Ich muss das mit Andrea besprechen. Keine Lust auf Drama", setzte er erklärend nach.

„Vielleicht können wir das ja für Sonntag einrichten. Wäre das in Ordnung für dich?", fragte er schläfrig.

„Na klar, ich bespreche das mit Andrea, dann passt das schon. Morgen möchte ich gerne meine Eltern sehen und Baldur besuchen. Kommst du mit?"

Mætt überlegte. „Ja, würde ich machen. Wenn wir halbwegs zeitig zurück sind. Wenn du länger bleiben möchtest, fährst du alleine. Kannst mein Auto nehmen."

„Super. Nee, lass uns zusammen fahren. Hab dich so lange nicht gesehen."

Sie genoss die alltäglichen Situationen sehr, genoss es, wie einfach man mit Mætt Absprachen treffen konnte. In der Regel keine endlos langen Diskussionen. Nicht immer, aber normalerweise überlegte er, entschied, so wurde es gemacht. Diskussionen gab es erst, wenn Mariya mit Mætts Entscheidungen nicht einverstanden war. Bei wirklich wichtigen Themen besprachen sie sich. Entschieden gemeinsam, fanden Kompromisse. Mal überwogen die Argumente des einen, mal die des anderen. Wie im richtigen Leben, pflegte Mariya zu sagen. Auf Augenhöhe, würden das andere nennen.

Der Tag bei Mariyas Eltern war ein wirklich entspannter. Mariya entschied direkt nach ihrer Ankunft zu Baldur in den Stall zu fahren, um nach dem Rechten zu schauen. Mætt hatte keine Lust sie zu begleiten. Willi war nicht zuhause, daher setzte er sich zu Traudel in die Küche. So hatten die beiden auch etwas gemeinsame Zeit, in der sie sich kennenlernen konnten. Absolut entspannt. Sie mochten sich. Im Prinzip läuft es doch immer ähnlich ab, wenn zwei Menschen zueinander gefunden hatten und sich gegenseitig ihre Familien vorstellten. Nur: Mætt kannte das nicht. Er kannte nicht, dass das auch entspannt ablaufen konnte. Damals bei Andrea hielt er permanent die Luft an, dass sein Vater sich nicht verplapperte, wenn sie bei seinen Eltern waren, und ihre Eltern konnte er auf den Tod nicht ausstehen. Jetzt mit Mariya war das komplett anders. Er mochte beide und auch die Geschwister waren offen im Umgang mit ihm. Mætt empfand das als eine Bereicherung. So ein bisschen wie nochmal eine Familie dazubekommen zu haben.

Traudel hatte ihn die komplette Zeit von Mariyas Abwesenheit gefüttert, was er gerne über sich ergehen ließ, da sie eine großartige Köchin war. Sie hatten Tee miteinander getrunken und Traudel hatte ein bisschen aus ihrem Leben erzählt. Natürlich wollte sie auch ihn kennenlernen, fragte nach seinem Job, seinen Lebensumständen, seiner Herkunft. Alles, was eine Schwiegermutter in spe halt so wissen will.

Später, auf dem Rückweg nachhause, bemerkte Mariya:

„Ich hatte das Gefühl, dass du die Zeit mit meiner Mutter genossen hast."

„Ja sehr!", gestand er. „Wir hatten zum ersten Mal die Gelegenheit, Zeit ohne jemand anderen miteinander zu verbringen. So etwas wie eine eigene Beziehung zueinander aufzubauen. Das fand ich schön. Sie kocht sensationell gut! Neugierig ist sie zwar auch, aber das ist völlig in Ordnung", erwiderte er augenzwinkernd.

Mariya mochte das. Unkomplizierter Umgang. Sich keine Gedanken über Selbstverständliches machen müssen. Das entschärfte den gesamten Ablauf. Sie musste nicht überlegen, was Mætt wohl sagte oder dachte. Sehr hilfreich in einem nicht einfachen Fernbeziehungsumfeld.

Zuhause bei Mætt angekommen endeten sie wieder auf der großen Couch. Tranken Bier oder Wein miteinander, hörten Musik. Manchmal lagen sie auch einfach nur da, jeder in seiner Ecke, und lasen. Ein Großteil ihrer gemeinsamen Zeit spielte sich auf der Couch ab.

Andrea hatte zurückgerufen und es war für sie in Ordnung, wenn Leonie die „Neue" von Mætt kennenlernte. Leonie wurde gefragt und sie hatte sich entschieden. Sie war jetzt dreizehn. Hatte durchaus ihren eigenen Kopf, was aber in Ordnung war. Das Kennenlernen war für den nächsten Tag geplant. Sie kam mit dem Bus und hatte einen eigenen Hausschlüssel. Mætt und Mariya hatten gerade voneinander abgelassen, da stand sie plötzlich im Flur. Mariya war im Badezimmer und Mætt hatte gerade eine Flasche Mineralwasser aus dem Keller geholt.

Mariya hörte, dass Mætt mit jemandem redete. Sie war sehr gespannt, wie sie von seiner Tochter aufgenommen würde und vor allem wie Mætt als Vater auf sie wirkte. Sie kannte ja einige von Mætts Persönlichkeiten, aber Mætt, der Vater, war neu. Sie wusste, dass die beiden sehr eng miteinander waren, viel Zeit miteinander verbrachten. So etwas zu hören ist das eine, es zu erleben das andere.

Auf der Treppe, fast unten im Erdgeschoss angekommen, sah sie noch, wie sich die beiden begrüßten. Zeitgleich drehten sich Mætt und Leonie um, als sie Mariya auf der Treppe nach unten kommen hörten. Mariya sah ein groß gewachsenes, schlankes Mädchen mit langen, mittelbraunen Haaren und großen braunen Augen. Sie hatte die Augenpartie ihres Vaters. Auch ließ sie keinen Zweifel daran, dass sie unendlich cool war! Mætt stellte die beiden einander vor und harrte der Dinge, die da jetzt wohl passieren würden oder auch nicht. Eigentlich eine Situation, deren Vorstellung alleine ihn schon überfordert hatte. Mit Mariya hatte er abgemacht, dass er sich zurückziehen und den beiden die Chance lassen würde, sich unabhängig von ihm kennenzulernen. Er hatte Mariya vorgewarnt, dass das liebe Kind sehr speziell sein konnte. Das hatte sie aber nicht abgeschreckt. Also verabschiedete sich Mætt, um Joggen zu gehen. Als er die Tür hinter sich zugezogen hatte, sagte Mariya zwinkernd:

„Na, das sah wohl so aus, als wenn er froh gewesen wäre uns zu entkommen."

Hatte sie sich eine wie auch immer geartete Reaktion erwartet, wurde sie jetzt enttäuscht. Das gute Kind drehte sich wortlos um und ging nach oben in ihr Zimmer. Damit war der Fall wohl für sie erledigt. Schulterzuckend drehte sich Mariya um und begann das wenige Geschirr abzuspülen, das vom Abend zuvor noch auf der Küchenzeile stand. Zu wenig für die Spülmaschine. Das ging von Hand schneller. Sie war ganz in Gedanken versunken, so dass sie Leonie gar nicht kommen hörte. Plötzlich stand sie neben ihr, hatte ein Geschirrtuch in der Hand und griff nach dem ersten Teller. Mariya zuckte unübersehbar zusammen, was von Leonie mit Genugtuung quittiert wurde. Dieses Anschleichen musste wohl in den Genen liegen. Mætt bewegte sich ähnlich. Schweigend begannen sie zusammen zu arbeiten. Leonie brach dann das Schweigen.

„Papa hat gesagt, dass du etwas mit Pferden machst?", eröffnete sie das Gespräch.

„Ja, ich bin Bereiterin bei einem Gestüt in Slowenien", gab Mariya in ähnlich belanglosem Ton zurück wie dem der Frage.

„Bereiter? Was macht man da genau?", kam die zu erwartende Frage zurück.

„Na ja, das Gestüt hat ungefähr dreihundert Pferde. Viele davon müssen jeden Tag geritten werden. Ein Bereiter hat die Aufgabe die Pferde zu bewegen und ihren Fähigkeiten entsprechend auszubilden."

„Wie viele Pferde? Dreihundert?", fragte Leonie ungläubig. So etwas wie Interesse war aus ihrer Antwort herauszuhören.

„Ja, so in etwa. Da sind die Fohlen mitgerechnet, natürlich die Stuten und vor allem aber die Hengste. Die werden in Shows geritten, aber einige werden auch an der Kutsche ausgebildet und bestreiten Wettkämpfe."

„Wahnsinn", gab Mætts Tochter zurück.

Danach kehrte erst einmal wieder für einen Moment Stille ein. Nur unterbrochen durch das Geklapper von Geschirr.

„Was für Shows reiten die Pferde denn?", kam die nächste Frage von Leonie.

„Das Gestüt, auf dem ich arbeite, züchtet Lipizzanerpferde.

Das sind so überwiegend weiße Pferde, die in Dressurshows gezeigt werden."

„Meinst du die der Wiener Hofreitschule?", fragte Leonie jetzt mit unverhohlenem Interesse.

Mariya hatte das Gefühl, dass Leonie jetzt hellwach war.

„Yep, genau die. Bei der Wiener Hofreitschule war ich vor ein paar Wochen. Die hatten da einen Hengst mit verklemmten Wirbeln."

„Und reitest du diese Pferde auch in den Shows?"

„Nein, eigentlich nicht. Ich trainiere die nur. Obwohl, in ein paar Wochen darf ich mit einem Junghengst, den ich ausgebildet habe, meine erste Show selbst mitreiten."

„Boah! Also, wenn Papa da zum Zuschauen hinkommt, will ich auf jeden Fall mit!", erklärte sie. Die Art und Weise, wie sie das sagte, ließ wenig Raum für Widerspruch. Das Eis war fürs Erste gebrochen.

„Eigentlich eine schöne Idee mir bei meiner ersten Show zuzuschauen", sagte sie eher halblaut vor sich hin. An Leonie gewandt meinte sie:

„Kannst ja deinen Vater mal fragen, ob er Zeit und Lust hat, nach Slowenien zu kommen. Wenn er das macht, dann bist du natürlich herzlich eingeladen."

„Kann ich dann auch mal den Stall besichtigen?"

„Ja klar. Ich zeig dir das ganze Gestüt. Je nachdem, wie lange ihr vorhabt zu bleiben, könntest du auch mal eines der Pferde reiten."

Damit war die Schlacht gewonnen. Von Mætt wusste sie, dass Leonie schon als Kleinkind vom Pferdevirus ihrer Mutter infiziert wurde. Das war wohl mit ein Grund gewesen, dass sich Mætts Interesse an Pferden in Grenzen hielt. Er nannte es „Eindimensionalität der Gesprächsthemen".

Es dauerte danach nicht mehr lange, da kam Mætt von seiner Joggingrunde zurück. Leonie lief ihm bis ins Badezimmer nach, um direkt klar zu machen, dass sie die „Neue" gefälligst bei der ersten Show, die sie ritt, besuchen sollten. Widerstand zwecklos.

So verlief der erste Kontakt zwischen Mætts Tochter und Mariya. Über die Jahre entwickelte sich zwischen den beiden eine tiefe Freundschaft, die mit kurzen Unterbrechungen bis heute besteht.

So kam es, dass der clevere Mætt mehrere Fliegen mit einer Klappe geschlagen hatte. Er hatte sich mehr Zeit mit seiner Frau verschafft, er hatte mehr Zeit mit seinem Kind und er war entspannt dabei.

Mariya genoss ihre „kleine Freundin", wie sie Leonie aber nur in deren Abwesenheit nannte. Sie unternahmen viel gemeinsam, sowohl in Lipica als auch zuhause. In Lipica dauerte es nicht lange, da war Leonie nur zum Schlafen zurück auf Mariyas Couch, den Rest der Tage ward sie nicht gesehen. Sie war irgendwo auf dem Gestüt unterwegs. Nach recht kurzer Zeit grüßten sie alle Angestellten des Gestüts mit dem Vornamen. Gelebte Integration in kürzester Zeit.

Kurz bevor sich ihre Zeit in Lipica dem Ende zuneigte, warf ihr Laszlo, wie er es nannte, einen „Stein in den Garten". Dass dies ein definitiver Wegweiser für Mariyas beruflichen Werdegang nach der Zeit in Lipica war, ahnte zu dem Zeitpunkt auch noch niemand.

Mariya war bei Mætt in Süddeutschland und lümmelte auf der Couch, als eines Abends ihr Handy klingelte. Sie erkannte Laszlos Nummer und nahm ab.

„Ich hätte da vielleicht etwas für dich", begann er ohne Umschweife.

„Um was geht es?", fragte Mariya neugierig.

„Erinnerst du dich an die Sache vor ein paar Wochen in Wien? Davon hat irgendein Araber Wind bekommen und hat bei mir angerufen und nach dir gefragt. Er sagte, dass er ein ähnliches Problem mit einem seiner Pferde hätte, und wollte dich vom Fleck weg buchen. Bist du interessiert?"

„Puh …", Mariya atmete lange aus, „ich weiß nicht. In Wien hatte ich einfach nur Glück gehabt, dass du mir Aleksej vermittelt hast."

„Pass auf Herzchen", sagte Laszlo, „es ist ganz einfach. Der Typ ist gerade in Zürich. Er wollte unbedingt deine Nummer, die ich ihm aber nicht gegeben habe. Dafür gebe ich dir jetzt seine. Wenn du interessiert bist, rufst du ihn an, wenn nicht, dann vergiss es."

Damit war das Gespräch in Laszlos Manier beendet. Mariya beriet sich mit Mætt. Der bot an mit ihr nach Zürich zu fahren und auf sie aufzupassen. Mariya stimmte zu und rief diesen ominösen Araber an.

Nach dem zweiten Klingeln wurde abgehoben und eine Stimme meldete sich auf Arabisch. Mariya sprach englisch und sofort wechselte die Stimme in ein angenehmes Englisch, mit stark britisch gefärbtem Akzent. Der Mensch, der sich als Scheich Ahmad vorstellte, hatte eine sehr angenehme Stimme und verabredete sich für den nächsten Abend mit Mariya in einem Züricher Nobelhotel. Sie ließ ihn direkt wissen, dass ihr Mann mit von der Partie sei, was ausdrücklich willkommen geheißen wurde.

Mariya war außergewöhnlich nervös, als sie am nächsten Abend nach Zürich fuhren. Mætt fand die Gelegenheit, Mariya etwas von der Stadt zu zeigen, die er selbst sehr mochte, ausgesprochen gut und freute sich sehr.

Sie betraten wie verabredet das noble Ambiente und meldeten sich an der Rezeption an. Dort war man informiert und geleitete Mætt und Mariya in das Restaurant. Sie steuerten auf einen Tisch zu, an dem ein Mann um die vierzig mit übereinander geschlagenen Beinen saß und Zeitung las. Als Mætt und Mariya sich näherten, erhoben sich vom Nachbartisch zwei sehr schick gekleidete Männer und steuerten auf Mætt und Mariya zu. Es war offensichtlich, dass sie ihnen, bevor sie den Tisch mit dem einzelnen Mann erreicht hatten, den Weg abzuschneiden gedachten. Bei Mætt gingen augenblicklich die Alarmlampen an und er schob Mariya mit seinem linken Arm hinter sich und machte einen sehr schnellen Schritt auf die beiden zu. Der einzelne Herr hatte die Szene verfolgt. Er hob die Hand und augenblicklich entspannten sich die beiden Anzugträger.

„Verzeihen Sie meine Reisebegleiter. Sie sind sicherlich Mariya und sie müssen der Mann der Dame sein, der sehr gut auf seine Frau aufpasst. Ich bin Scheich Ahmad. Kommen sie doch näher", wurden sie sehr freundlich mit einem offenen Lächeln von dem Herrn begrüßt.

Mætt beäugte die beiden Begleiter des Scheichs misstrauisch und wurde gleichfalls offen misstrauisch betrachtet. Man erkannte sich, wenn man in dem gleichen Gewerbe tätig war. Egal wie lange das in der Vergangenheit lag. Die beiden waren definitiv Ex-Militärs, darauf würde er ein Jahresgehalt wetten.

Er nickte Mariya zu, die langsam auf den Tisch des Scheichs zusteuerte. Mætt setzte sich freundlich lächelnd an den Tisch der beiden Begleiter und ließ die beiden nicht aus den Augen.

Mariya unterhielt sich sehr angeregt fast zwei Stunden mit Scheich Ahmad. Mætt polierte am Tisch der Reisebegleiter seine arabischen Grundkenntnisse etwas auf. Dann verließen sie gemeinsam wieder das Hotel. Alles in allem ein überraschend netter Abend. Die beiden Reisebegleiter des Scheichs waren in der Tat sein Personenschutz, die sich, nachdem sich die Situation geklärt hatte, als sehr angenehme Plauderer erwiesen. Mit Mætts Arabischkenntnissen hatten sie auch ein Thema.

Mariya hatte vereinbart, dass der Scheich ihr Videoaufnahmen vom Gangbild des fraglichen Pferdes schicken würde. Es lag bei diesem Tier nahe, dass es ein orthopädisches Problem hatte, dem man aber leider nicht auf die Spur kam. So hatte es Scheich Ahmad formuliert. Sie hatte ihm explizit erklärt, was sie brauchte. Aus welchen Perspektiven und Winkeln die Aufnahmen gemacht werden sollten. Wenn sie dann der Meinung war, dass sie helfen konnte, würde sie gerne vor Ort kommen. Der Scheich wollte beide noch zum gemeinsamen Dinner überreden, was sie aber dieses Mal ablehnten.

Das dies der Start von Mariyas beruflicher Karriere war, nachdem sie Lipica verlassen hatte, ahnte damals niemand. Das Mætt und Ahmad ab und an miteinander telefonierten und sich sogar einige wenige Male in Zürich trafen, wenn Ahmad dort geschäftlich zu tun hatte, hätte sich auch niemand nach dem holprigen Start des ersten Treffens vorgestellt. Aber manchmal sind die Wege des Propheten eben unergründlich.

Mætt und Mariya waren glücklich. Irgendwie schafften sie es die harte Zeit der Fernbeziehung zu überwinden. Wenn auch sehr oft die Fetzen flogen.

Irgendwann war Mariyas Zeit in Lipica abgelaufen. Der Vertrag war beendet. Sie hatte diesen nach heftigem Ringen mit sich selbst nicht verlängert. Sie wusste zwar noch immer nicht, was sie im Anschluss tun sollte, ihr war aber klar, dass das Modell, das sie die letzten Monate gelebt hatten, nicht funktionieren würde. Privat. In ihrem Kopf war eine riesige Blockade, wenn sie auch nur versuchte darüber nachzudenken, wie es beruflich weitergehen sollte. Am liebsten würde sie in Lipica bleiben. Mit Pferden arbeiten. Wenn sie an einen wie auch immer gearteten Arbeitsplatz in einem Büro dachte, wurde ihr übel. Mætt lief erwartungsgemäß Amok. Seine viel zitierte „Planungssicherheit" wurde seiner Meinung nach mit Füßen getreten. Sie einigten sich auf eine Art „Waffenstillstand". Wichtig war, und von allen Streitereien unbeeinträchtigt, dass sie ihre weitere Zukunft zusammen verbringen wollten.

Der Tag der Abreise aus Lipica rückte näher. Mætt hatte hinter Mariyas Rücken mit Anna vereinbart, dass er nach Lipica kommen und Mariya abholen würde. Von Slowenien aus wollten die beiden dann erstmal Urlaub machen. Zeit miteinander verbringen. Mætt hatte eine Route ausgearbeitet, auf der sie ganz hoch in den polnischen Norden, an die Ostsee fahren und in einem kleinen Hotel Zeit miteinander verbringen wollten. Mariya war komplett ahnungslos. Anna tat ihr Möglichstes, um Mariya vom Packen ihrer wenigen Habseligkeiten abzuhalten. Umso größer war die Überraschung, als Mætt am Abreisetag in aller Frühe mit einem Becher Kaffee an Mariyas Appartementtür klopfte. Der Kaffee war schrecklich, aber die Tatsache, dass Mætt sie mit seinem nagelneuen Audi A6 Kombi abholen kam, machte dies mehr als nur wett.

Kapitel 6 – Masuren

Sie fuhren bewusst langsam und in aller Ruhe in Richtung Norden. Sie hatten viel Zeit. Mætt hatte sich zwei Wochen freigeschaufelt und Urlaub genommen. Er hatte sogar sein Mobiltelefon zuhause gelassen, weil er die Zeit mit Mariya ungestört genießen wollte. Mariya hatte nur ihr kleines Nokia-Handy mit der slowenischen SIM-Karte, das sehr schnell, nach Verlassen des Landes, nicht mehr funktionierte. Kurz bevor sie in Lipica losfuhren, telefonierte Mariya noch mit Traudel und sagte Bescheid, dass es jetzt stiller werden würde, da aller Wahrscheinlichkeit nach ihr Handy hinter der slowenischen Grenze nicht mehr funktionieren würde. Dann wurde es Ernst.

Zum Abschied waren alle, die sie lieb gewonnen hatte, gekommen. Jeder nahm sie in den Arm, drückte sie, wünschte ihr alles Gute. Sogar Laszlo hatte so etwas wie einen feuchten Glanz in den Augen. Er wusste aber bereits, dass sie in Kontakt bleiben würden. Dunja offerierte ihr, jederzeit auf dem Gestüt willkommen zu sein. Es gäbe immer eine offene Tür. Anna und Mariya lagen sich in den Armen und weinten hemmungslos.

Als sie losfuhren, schniefte Mariya noch eine ganze Weile. Es kam keine Unterhaltung zustande. Jeder hing seinen Gedanken nach. Mætt gab ihr die Zeit, um Abschied zu nehmen. Aber schon als sie Ljubljana passierten, lächelte Mariya wieder tapfer. Sie fuhren auf die Grenze nach Österreich zu und wollten Tschechien durchqueren, danach Polen von Süden nach Nordosten.

Auf dem Weg zur Ostsee wollten sie einen Stopp in Prag und später dann noch einen kleinen Umweg über Krakau machen, bevor sie dann nach Danzig weiterreisten, wo sie ein paar Tage die Stadt unsicher machen wollten. Von Danzig aus sollte es weiter zur Masurischen Seenplatte gehen. Wenn möglich planten sie noch einen Abstecher in die Enklave Kaliningrad, das ehemalige Königsberg, das ja nun russisches Staatsgebiet war. Irgendwann einmal hatte Mariya den Wunsch geäußert, oder vielleicht hatte sie das auch nur einfach erwähnt, dass sie Trakehnen, den Ort, an dem die weltberühmten Trakehner Pferde gezüchtet wurden, gerne sehen würde. Mætt wollte schauen, ob sich nicht spontan ein Tagesvisum irgendwie organisieren ließ. Heute heißt der Ort Jasnaja Poljana (Ясная Поляна), was so viel wie „Gut Trakehnen" bedeutet. Weitestgehend waren die alten Anlagen des Gut Trakehnen verwahrlost und zerfallen. Angeblich gab es ein kleines Museum, das die Geschichte des einstigen Guts bewahrte. Pferde gab es dort angeblich aber keine mehr. Ob sich da ein Besuch überhaupt lohnte, war nicht sicher. Sie kamen überein, das spontan zu entscheiden.

Ihre erste Station war die „Goldene Stadt" Prag, die sie aber bereits nach einer Nacht wieder verließen. Viel zu überlaufen und zu teuer. Langsam ging es weiter Richtung Norden, nach Polen. Immerhin hatten sie fast zweitausend Kilometer zurückzulegen. Sie genossen das. Nicht unbedingt das Fahren, aber die Zeit, die sie miteinander hatten. Sie alberten herum. Mariya sang russische Schlager, an die sie sich noch erinnerte, und Mætt konterte mit deutschen Schlagern aus den 1970ern. Mariya wunderte sich, wie textsicher Mætt war. Wenn sein Gesang auch näher am Grölen als am Singen war, mochte Mariya die Texte von Marianne Rosenberg sehr. „Er gehört zu mir ..." oder „Eine neue Liebe ist wie ein neues Leben" liebte sie. Die Inbrunst, mit der Mætt sang, zauberte immer ein Lächeln auf ihr Gesicht.

So erreichten sie Krakau. Dort blieben sie zwei Tage. Mieteten sich in einem netten Hotel in Zentrumsnähe ein. Schauten sich die Altstadt ausgiebig an und aßen sehr lecker. Mariya mochte die schwere polnische Küche. Von Krakau fuhren sie direkt weiter nach Danzig. In Danzig hatten sie ein wunderschönes Hotel mitten in der Altstadt. Sie machten dort zwei Tage die Gassen unsicher, in denen es laufend etwas Neues zu entdecken gab. Danach ging es mit kurzen Stopps weiter Richtung Masuren. Dort hatte Mætt recht zentral an der masurischen Seenplatte ein kleines Hotel direkt am Wasser gebucht. Das sollte ihre Basis für Exkursionen in die Umgebung werden. Mariya kannte so in etwa den geschichtlichen Hintergrund und wusste, dass das ehemals deutsches Gebiet gewesen ist, bevor es am Ende des Zweiten Weltkrieges von der Roten Armee eingenommen und später Polen zugesprochen wurde. Sie wusste auch, dass der Landstrich wenig industriell geprägt war, dafür eher touristisch. Das lag an der weitestgehend intakten Natur. Viel Wald, viel Seen, unberührte Flecken Erde. Manche Menschen sagten „aus der Zeit gefallen", womit Mariya nichts anzufangen wusste.

Mariya und Mætt hatten sich vorgenommen, das ein oder andere touristische Highlight zu besuchen. Mariya war sehr an den Herrenhäusern, von denen es anscheinend jede Menge gab, interessiert. Alles in allem wollten sie es ruhiger angehen lassen. Vielleicht etwas wandern und auf jeden Fall gut essen. Zeit miteinander verbringen. Urlaub eben. Keine wirklichen Pläne, eher eine Sammlung von Dingen, die man „vielleicht machen könnte".

Relativ kurz nachdem sie Danzig verlassen hatten, wurden die Straßen immer schmäler. Sie fuhren etliche Stunden auf immer schlechter werdenden Sträßchen, nur unterbrochen durch kleinere oder größere Städtchen oder Dörfer. Kleine Häuser mit liebevoll gepflegten Vorgärten. Das, was am prägnantesten war, waren aber die unzähligen Storchennester auf fast jedem Telefonmasten. Unendlich viele Störche überall. Manchmal liefen sie sogar auf den Straßen umher. So langsam bekam Mariya eine Idee davon, was „aus der Zeit gefallen" bedeutete. Auf jeden Fall war sie seltsam angenehm berührt.

Nach einer schier nicht enden wollenden Fahrt kamen sie an dem offensichtlich neu erbauten Hotel an, das einem der früheren Herrenhäuser nachempfunden war. Sie fuhren durch ein großes, schmiedeeisernes Tor und konnten direkt vor dem Eingang zum Hotel parken. Ihnen kam eine korpulente Endsechzigerin entgegen, die sie auf Polnisch begrüßte. Mariya übernahm diesen Part. Im Haus trafen sie einen alten Mann, der Deutsch mit einem singenden, selbst für Mætt unbekannten Dialekt sprach. Sie lernten, dass das der hiesige ostpreußische Dialekt war, der hier früher einmal in der Bevölkerung gesprochen wurde. Sie lernten auch, dass der Herr, der diesen Dialekt sprach, im Februar 1945 als kleiner Junge mit seinen Eltern auf den großen Flüchtlingstreck gen Westen gegangen war, um den vorrückenden Russen zu entkommen. Mit ihm verstand sich Mætt auf Anhieb. Sie führten viele interessante Gespräche, die Mætts Blick auf die deutsche Geschichte des 20. Jahrhunderts nochmals veränderten.

Mariya und Mætt bezogen ein großes Zimmer im ersten Stock des Hauses mit Blick direkt auf den See. Zu dem Hotel gehörte ein Areal von circa einem Hektar Land in Form einer kleinen Landzunge, das sehr gepflegt war. Man hatte einen eigenen Zugang zum See. Ziemlich versteckt und nicht so leicht zu finden. Beide mochten das Hotel sofort. Von den Besitzern erfuhren sie auch, was man in der Umgebung unternehmen konnte. Wo es das beste Essen gab und wo man eine gute Tasse Kaffee bekam. Perfekt.

Am ersten Abend suchten sie eine Fischbraterei auf. Sie folgten damit einer Empfehlung. Das Restaurant hätten sie auf eigene Faust niemals gefunden und wenn doch, dann wäre das leicht heruntergekommene Etablissement wahrscheinlich nicht in die engere Wahl für ein Abendessen gekommen. Sie stopften sich derart mit absolut leckerem Fisch voll, dass auch drei Schnäpse keine Erleichterung bringen wollten. Der Bauch spannte noch bis zum nächsten Morgen.

Besonders gerne fuhren sie in das nicht allzu weit entfernte Allenstein, das jetzt Olsztyn hieß. Dort fühlten sich die beiden besonders wohl. Irgendwo in den Gassen der Altstadt fanden die beiden ein gemütliches, kleines Café mit besonders leckerem, hausgemachtem Kuchen. Nach der Besichtigung einer Sehenswürdigkeit oder einer kleineren Wanderung in dem im Übermaß vorhandenen Wald stoppten sie meisten in dem kleinen Café. So auch an jenem Tag, von dem jetzt berichtet werden soll. Sie waren in einer der Bunkeranlagen des Zweiten Weltkrieges ganz in der Nähe und wollten noch eine Tasse Kaffee und ein Stückchen Kuchen vertilgen, bevor sie weiter zum Hotel fuhren. Es war früher Nachmittag. Was dann dort im Hotel passieren würde, war auch Teil der sehr ausgiebigen Pflege der körperlichen Komponente ihrer Beziehung. Wenn man das mit unverfänglichen Worten ausdrücken möchte.

Mariya fischte sich eine Wochenzeitung von einem Stapel bunt durcheinander geworfenen Magazine, die da auf einem kleinen Regal in dem Café ausgelegt waren, und begann darin zu blättern. Sie war des Polnischen einigermaßen mächtig. Sie hatte ja vor Jahren ein Sprachzertifikat erworben. Mætt hatte sich bereits am zweiten Tag in Polen ein Mobiltelefon mit einer polnischen Prepaidkarte gekauft und tippte gerade eine SMS an seine Tochter. Mariya schob diese Wochenzeitung über den Tisch in Richtung Mætt und zeigte auf eine dreizeilige Anzeige.

„Schau mal", sagte sie und schaute Mætt lächelnd an.

Mætt schickte gerade die SMS ab und beugte sich über den kleinen Holztisch mit den eingetrockneten Kaffeerändern. Er runzelte die Stirn, hob den Blick, schüttelte den Kopf und sagte:

„Kann ich nicht lesen. Nicht mal im Ansatz. Übersetz doch bitte mal!"

„Ehemaliges Herrenhaus, direkter Seezugang, stark sanierungsbedürftig, völlige Alleinlage, 5 ha Wald und Wiese. Polnische Telefonnummer. Darunter der Hinweis: Wir sprechen Deutsch."

„Das klingt doch irgendwie verwunschen, oder?", fragte sie Mætt.

Mætt war nicht sonderlich begeistert. Er zog die Augenbrauen nach oben und nuschelte etwas wie:

„Du willst doch nicht allen Ernstes eine polnische Bauruine besichtigen?"

„Warum denn nicht? Vögeln können wir ja auch noch hinterher", antwortete eine schlagfertige Mariya, „komm, lass uns da mal anrufen!"

Träge schob Mætt sein Mobiltelefon über den Tisch. Hatte die gute Mariya erst einmal Witterung aufgenommen, war sie nur sehr schwer zu stoppen. Das wusste Mætt mittlerweile nur zu gut. Nach dem zweiten Freizeichen wurde das Gespräch entgegengenommen. Mariya packte ihr bestes Polnisch aus, aber ihr Gesprächspartner bemerkte sofort, dass Polnisch nicht ihre Muttersprache ist. Einen kurzen Moment später wurde die Unterhaltung auf Deutsch fortgesetzt. Der Makler dämpfte Mariyas Erwartungen. Er erklärte, dass das Anwesen eigentlich eine Ruine sei. Die Lage sei aber das Besondere. Mariya war nicht zu beirren und vereinbarte für den späteren Nachmittag einen Besichtigungstermin. Sie schrieb sich die Wegbeschreibung auf den Rand der Zeitung, bedankte und verabschiedete sich von dem Makler. Dann schaut sie Mætt triumphierend über den Tisch an. Der senkte nur den Kopf und schmunzelte in sich hinein.

Man müsse wohl sehr sorgfältig nach der Zufahrt zu dem Anwesen schauen, da es sehr versteckt sei. Mætt nahm das alles zur Kenntnis, maß der Geschichte aber keine besondere Bedeutung bei. Sie hatten Urlaub, konnten tun und lassen, was sie wollten. Warum also nicht auch eine polnische Ruine besichtigen. Sie tranken noch einen der mit Liebe zubereiteten Kaffees und machten sich, als die Zeit gekommen war, auf den Weg.

Mætt startete grinsend den Audi. Sprach Mariya mit „Hochwohlgeboren" und „Frau Gräfin" an und fragte, wo er das Burgfräulein denn hinkutschieren dürfe. Daraus entwickelte sich eine lustige Geschichte über Gespenster in alten Herrenhäusern und adlige Fräuleins. Sie lachten und alberten herum. Erst als sie schon zum dritten Mal erfolglos versucht hatten, die Zufahrt zu finden, sahen sie ein, dass etwas Konzentration vielleicht angebracht wäre. Tatsächlich fanden sie beim vierten Anlauf eine schmale Zufahrt.

Mætt fuhr sehr vorsichtig mit dem nagelneuen Audi in den schmalen, leicht abschüssigen Waldweg. Es dauerte nicht lange, da vermeldete ein lautes Knirschen, dass wohl das Fahrwerk Bodenkontakt hatte. Alle Versuche, den Wagen zu befreien, scheiterten. Das tat der guten Laune aber keinen Abbruch. Mætt schlug vor, zuerst den Termin mit dem Makler wahrzunehmen, danach konnte man ja immer noch schauen, wie man die Karre aus dem Dreck zieht.

Mariya öffnete die Beifahrertür und stieg mit Schwung aus. Sekunden später hallten russische Flüche durch das Unterholz.

„Ich glaube diese Art Flüche hatte man vor etwas mehr als siebzig Jahren hier auch schon hören dürfen", sagte ein zynisch grinsender Mætt und blickte Mariya herausfordernd an.

Mariya runzelte die Stirn. Verstand nicht auf Anhieb, was er meinte. Mætt kam um den Audi herum und sah, dass Mariya mit einem Fuß bis über den Knöchel in einem Morastloch stand. Mit einem schmatzenden Geräusch kam ihr Fuß, leider ohne den flachen, hellen Slipper, aus dem Matsch.

Das war zu viel. Mætt musste sich am Wagen festhalten, damit er vor Lachen nicht auf die Knie sank. Mariya tat irritiert.

„Mein armer Schuh! Welch grausames Schicksal", begann sie theatralisch, „verschollen im Osten!"

Das war eindeutig zu viel. Sie lagen sich in den Armen und konnten sich schier nicht beruhigen vor Lachen. Mariya musste den zweiten Schuh ausziehen, weil alles Stochern in dem Schlamm keinen Schuh zum Vorschein brachte. Zwischen ihren Zehen drückten sich Matschwürste hervor.

Sie fassten sich an den Händen und gingen glucksend weiter in den Wald hinein, um am Ende des Weges vielleicht das besagte, ominöse Herrenhaus zu finden.

Der Wald war großartig. Sie liefen auf einem dicken Teppich aus Moosen und trockenem Laub. Die Bäume waren riesig und in deren Schatten war es angenehm kühl. Unterschiedlichste Vögel zwitscherten und der Wald war voller Geräusche. Beide nahmen die Atmosphäre in sich auf und schauten sich erstaunt und glücklich an.

Schweigend folgten sie dem schmalen, ausgefahrenen Weg circa achthundert Meter. Aus einiger Entfernung konnte man sehen, dass der Wald endete und einer sehr großen Wiese Platz machte. Man konnte auch erkennen, wo sich ein Fahrzeug wohl kürzlich erst den Weg durch hohes Gras gebahnt hatte. Etwas weiter, hinter einer Gruppe wilder Büsche stand ein grüner Lada Niva mit einer Batterie Halogenscheinwerfer an einem Dachgepäckträger montiert. Nicht weit davon entfernt ein älterer Herr in Jagdkleidung. Das musste wohl der Makler sein. Er stellte sich mit starkem polnischem Akzent als Marek vor. Marek mochte so Ende sechzig sein, hatte eine sehr hohe Stirn und ein immer gerötetes, rundes Gesicht mit freundlichen Augen.

Mariya versuchte ihr Polnisch. Marek antwortete auf Deutsch. Die nächsten zwei Stunden schauten sie sich gefühlt jeden Halm und jeden Backstein des Areals an. Die Wiese war immens groß. Im Hintergrund konnte man einen Schilfgürtel erkennen, danach kam wohl der See. Ein auf die Seite gekippter, morscher Steg zeugte von dem Seezugang. Eines der Gebäude, das wohl ursprünglich zu dem Haus gehörte, war komplett zusammengebrochen und mit Gras überwuchert. Sie umrundeten eine Gruppe junger Bäume und der Blick auf das, was Marek Herrenhaus nannte, wurde freigegeben.

Mariya drehte sich zu Mætt um und sagte sofort: „Das ist kein Herrenhaus! Das ist ein Verwalterhaus!"

Was auch immer. Sie musste es wissen. Sie hatte die Architekturlektionen mit Willi. Danach war klar, dass das kein Herrenhaus im herkömmlichen Sinne war. Ganz davon abgesehen war das Haus auf den ersten Blick eine Ruine. Das Dach war mit Dachpappe notdürftig geflickt. Innen in den Zimmern hing an mehreren Stellen die Decke runter. Einige der Sprossenfenster waren mit Sperrholz vernagelt, andere fehlten komplett. Die Außenwände hatten zum Teil handbreite Setzrisse, der Dielenboden war an einigen Stellen verfault, an anderen Stellen fehlte er komplett. Mitten in dem großen Raum, der wohl am ehesten mit Wohnzimmer beschrieben werden konnte, wuchs eine armdicke

Birke. Das Haus hatte bestimmt zehn Zimmer auf einer Ebene. Das Dachgeschoss war gar nicht ausgebaut.

Mariya schaute sich das Haus mit echtem Interesse an. Vor der großen, alten massiven Haustür blieb sie stehen. Die Tür war stark verwittert, aber intakt. Zart strich sie über die Konturen. Lieblos war die Tür wohl einige Male überstrichen worden. Vielleicht hatte das ihr Leben gerettet. Farbe blätterte großflächig ab und gab den Blick auf die Fasern des Holzes frei. Solche Türen kannte Mariya nur aus Willis Büchern. Was für ein Juwel! Leise sprach sie mit der Tür, streichelte immer wieder über das Holz. Hätte jemand diese Szene beobachtet, hätte er wohl an dem geistigen Zustand von Mariya gezweifelt.

Das nächste Objekt, das ihr Interesse erregte, war ein riesiger Herd in der Küche. Der konnte mit Holz befeuert werden und zusätzlich verfügte er über elektrische Herdplatten. Eine massive Maschine, die dominant in der Küche thronte. Mariya kletterte fast in den Backofen hinein und stellte sich vor, wie dieser Ofen wohl aussah, als er noch funktionstüchtig war.

Mætt gesellte sich zu ihr und lächelte sie an.

„Na, klettert die böse Hexe freiwillig in den Ofen?", fragte er mit boshaftem Grinsen. Mariya ignorierte seinen Kommentar.

„Kann man einen solchen Ofen wieder zum Funktionieren bringen?", fragte sie stattdessen.

Mætt schaute sich das massive Teil genauer an und wiegte den Kopf.

„Ich denke schon. Das meiste ist ja Metall. Etwas rostig, aber Metall."

Er rüttelte an einer Klappe, die widerwillig nachgab. Schnell schaute er in den Brennraum, in dem er noch alte Asche und halb verbrannte Holzreste entdeckte.

„Die Schamottsteine müsste man austauschen, den Ofen komplett zerlegen, sandstrahlen und oberflächenbehandeln. Bei dem elektrischen Teil bin ich mir nicht sicher. Neue Kabel auf jeden Fall, ob man aber für diese alten Herdplatten noch irgendwo Ersatz bekommt, wage ich zu bezweifeln."

„Vielleicht kann man ja mit etwas Geschick ein Cerankochfeld integrieren?", erwiderte Mariya.

Mætt grinste in sich hinein. „Bevor das ein Thema wäre, müsste man erstmal so einiges anderes richten. Dach, Wände, Böden. Da existiert keine Bodenplatte. Von Estrich rede ich gar nicht. Elektro- und Wasserinstallation fehlt. Fenster. Türen. Das kommt einem Neubau gleich."

Mariya schaute aus den zerbrochenen Fenstern. Blickte über die Wiese, die sich bis zu dem Schilfgürtel erstreckte.

„Aber schau dir mal die Aussicht an! Das ist doch grandios! Komm, lass uns mal zum See gehen!"

Sie fasste Mætt an der Hand und zog ihn mit sich. Marek, der Makler, ließ die beiden gewähren. Sie liefen durch das fast hüfthohe Gras bis zu dem verfallenen Schilfgürtel mit dem seitlich geneigten, maroden Holzsteg. Der Schilfgürtel war bestimmt zehn Meter breit und musste auf jeden Fall ausgedünnt werden, wollte man wenigstens in etwa den See sehen. Mariya drehte sich um und blickte in Richtung Haus. Sie war sprachlos. Die Sonne ließ dieses alte, halbzerfallene Haus in einem Licht erstrahlen, das ihr den Atem nahm. Sie tastete nach Mætts Hand und deutete ihm nur, in ihre Richtung zu schauen. Mætt drehte den Kopf und hielt in der Bewegung inne. Sie fassten sich an den Händen. Keiner sagte etwas. Mariya konnte aus dieser Entfernung die Tür, ihre Tür, klar und deutlich erkennen. Groß und stattlich wie ein Bollwerk strahlte sie ihr entgegen.

Die zwei Stunden auf dem riesigen Areal vergingen wie im Flug. Sie hatten die ganze Welt um sich herum vergessen. Schauten hier, schauten da. Mariya war wie auf Wolken. Dieses alte Haus und das Gelände berührten sie sehr stark. Mætt lächelte still vor sich hin und sagte nichts. Keinen Kommentar darüber, wie zerfallen die „Bude" war, keine Bemerkungen über die „polnische Bauruine". Er lächelte still in sich hinein. Sagte kein Sterbenswörtchen.

Als sie alles gesehen hatten, kehrten sie zurück zum Haus mit dem davor wartenden Makler. Als Mariya und Mætt das Zeichen zum Aufbruch gaben, griff Marek zu seinem Telefon und rief einen befreundeten Bauern an, der mit seinem Traktor Mætts Audi bergen sollte. Langsam machten sich die beiden auf den Rückweg zum Auto. Sie fassten sich an den Händen, vermieden es aber sich in die Augen zu schauen. In dem Wald mit den mächtigen Bäumen hatten sie wieder das Gefühl in einer Kathedrale zu sein. Das Summen der Insekten, das Zwitschern der Vögel veränderte sich, trat in den Hintergrund und machte Platz für die Stille des Waldes. Irgendwie wurden beide von der besonderen Stimmung ergriffen.

Als sie sich dem Wagen näherten, nahmen sie ein weiteres Geräusch wahr. Das Tuckern eines Traktors. Ein kauziger Mann Ende fünfzig kam mit einem anscheinend prähistorischen Gefährt den schmalen Weg rückwärts auf Mætts Audi zugefahren. Breit grinsend stieg er ab. Mariya regelte alles mit ihm. In Windeseile war der Audi frei und wieder fahrbereit. Mætt und Mariya bedankten sich überschwänglich und wollten dem Bauern etwas für seine Mühen geben, was dieser aber strikt ablehnte.

„Man sieht sich immer zweimal im Leben!", übersetzte Mariya. Wenige Augenblicke später waren die beiden wieder auf der Straße und auf dem Weg in ihr Hotel. Mit Marek hatten sie vereinbart, dass sie sich im Laufe der nächsten Tage bei ihm melden wollten.

Jeder hing während der gesamten Fahrt seinen Gedanken nach. Niemand sprach auch nur ein Wort. Das war ungewöhnlich für die beiden. Sie schauten sich auch nicht an. Mariya schaute aus dem Fenster, schmunzelte verträumt vor sich hin und Mætt starrte angestrengt geradeaus auf die Fahrbahn vor sich. Er blickte freundlich, aber eine Regung oder besser ein Gesichtsausdruck, den man als Statement zu dem Haus interpretieren konnte, war nicht abzulesen. So fuhren sie auf den Parkplatz des Hotels. Der Audi war gerade so zum Stillstand gekommen, da war Mariya auch schon ausgestiegen. Mætt stieg langsam auf der anderen Seite aus, schloss die Wagentür und starrte Mariya durchdringend an.

„So mein Schatz, jetzt vögeln?", fragte er mit bierernster Miene quer über das Wagendach. Mariya hatte mit allem gerechnet, aber nicht mit dieser Frage. Ihr musste die Überraschung auf ihre Stirn geschrieben sein, denn Mætt prustete laut los und klopfte sich die Schenkel. Mal wieder. Der Schuh war auch noch abgängig, was ihn ziemlich belustigt hatte.

Er kam um den Audi herum, nahm Mariya in den Arm und küsste sie auf den Mund.

„Komm, lass uns eine kleine Runde zum See gehen. Ich hab so den Eindruck, als hätten wir beide ein bisschen Redebedarf."

Sie nahmen sich an den Händen und setzten sich von dem Parkplatz aus in Bewegung zu dem versteckten Steg am Ufer des Sees.

„Was sagst du zu dem Haus?", kam Mariya direkt zum Thema.

Mætt schaute sie von der Seite stumm an, zog sie an sich heran und legte seine beiden Arme um ihre Hüfte.

„Das war eine komplette Ruine – auf den ersten Blick. Ich denke, dass man da viel machen könnte. Wenn ich das alles mal so auf ganz hohem Niveau zusammenzähle, dann ist der Aufwand immens. Kommt wohl in etwa einem Neubau gleich. Wenn das reicht. Ich bin ja kein Experte, aber einen solchen müsste man da einmal einen Blick drauf werfen lassen", schloss er.

Mariya nickte. Das war keine „Urteilsverkündung" im Sinne von „Vergiss den Quatsch", es ließ sich an wie eine Diskussion. Also stieg sie mit einem Plädoyer für das Haus direkt sehr leidenschaftlich in die Diskussion ein.

„Allein die Lage ist gigantisch! Der Wald! Noch nie hatte ein Wald eine derartige Wirkung auf mich. Dann diese gigantische Wiese. Klar, die müsste gemäht werden, aber das ist wohl das Geringste. Und erst der Seezugang! Ich habe den See zwar nur mühsam durch das Schilfdickicht erkennen können, aber was für ein Potenzial."

Sie saßen weitere zwei Stunden auf dem Steg und diskutierten ihre Wahrnehmungen. Mariya war von der alten Eingangstür total fasziniert. Und von dem alten Herd. Als die Stechmücken penetranter wurden, traten sie den Rückweg zum Hotel an. Im Zimmer angekommen duschten sie und verschwanden dann bis zur völligen Dunkelheit miteinander im Bett. Ihr Liebesspiel war dieses Mal besonders intensiv. Das bemerkten beide dann beim Abendessen in der rustikalen Gaststätte mit süffisantem Grinsen. Mariya meinte, dass das Haus daran schuld sei. Sie war überzeugt davon, dass das Haus wolle, dass die beiden es kauften. Sie nannte es „die guten Geister des Hauses haben uns ausgesucht".

Mætt nahm einen großen Schluck von seinem lokalen Bier. Er schaute Mariya an und fragte rundheraus:

„Denkst du denn, dass wir das kaufen sollten?"

Mariya schaute vor sich auf den Tisch, schob ihre Pirogen durch die Käsesauce hin und her. Dann hob sie den Kopf, schaute Mætt lange in die Augen und nickte nur. Sie nickte sehr entschlossen.

„Was meinst du, was das kostet?", fragte sie mit bangem Unterton.

„Na ja, so teuer kann das Haus nicht sein. Also der Kauf. Ich denke aber, dass man da, bis es dann bewohnbar ist, unglaublich viel Geld investieren muss. Keine Ahnung. Ich kenne die Preise hier nicht."

Bevor sie sich versehen hatten, waren sie mitten in einer Diskussion darüber, wie sie das Haus renovieren würden, welche Art Fenster da am besten passen würden, welche Art Boden. Irgendwann schauten sie sich glücklich an, fassten sich über den Tisch hinweg an den Händen.

„Meinst du denn, dass wir das Wagnis eingehen sollen?", fragte Mætt ein weiteres Mal.

„Unbedingt!", kam es wie aus der Pistole geschossen von Mariya.

„Dann ist es beschlossen!", sagte Mætt feierlich.

„Gib mir mal dein Telefon, ich ruf direkt Marek an und mache einen Termin mit ihm für morgen", wurde Mariya sogleich aktiv. Bloß keine Zeit verlieren.

Gesagt getan. Man konnte Mareks Grinsen am Telefon förmlich hören. Mariya vereinbarte für den nächsten Vormittag einen Termin mit ihm, bei dem sie die Kaufformalitäten und vor allem den Preis besprechen wollten.

Über Nacht war die Beziehung von Mætt und Mariya in ein neues Stadium getreten. Für Mariya war die Entscheidung für das Haus gleichbedeutend mit einer Entscheidung für sie. Für Mætt war es die Verbindlichkeit, die er Mariya und sich selbst gab, dass ein wie auch immer geartetes Leben nur gemeinsam passieren würde. Mariya konnte nicht sagen, in welcher Form sich ihr Zusammensein verändert hatte. Eigentlich war ja gar nichts passiert. Sie sprach ja fast von Beginn an von „ihrem Mann". Mætt brauchte da ein bisschen länger, aber noch bevor das erste Vierteljahr ihrer Fernbeziehung beendet war, nannte er sie auch „meine Frau". Und er meinte das auch so. Trotzdem wurde ihr Umgang miteinander nochmals verbindlicher. Sicherer. Man hatte sich ja füreinander entschieden. Man „baute" ein Haus zusammen. Beide machte diese Tatsache ungeheuer glücklich.

Am nächsten Vormittag fuhren sie zu Mareks Büro. Seine Frau, deren Familie seit Generationen in Ostpreußen lebte, öffnete ihnen die Tür und hieß sie herzlich willkommen. Sie sprach auch diesen singenden deutschen Dialekt, der vor ewigen Zeiten in dieser Gegend gesprochen wurde. Sie wurden hereingebeten und direkt in Mareks Büro, in den Keller, geleitet. Der hatte sich gründlich vorbereitet. Er zeigte den beiden sämtliche alten Dokumente, die er zu dem Haus hatte. Sogar drei Schwarz-weiß-Fotografien, die schon ziemlich verblasst waren, gehörten zu den Unterlagen. Sie zeigten das Haus in voller Pracht, mit einer Gruppe Menschen davor, die sicher längst gestorben waren. Beide waren beeindruckt, wie prächtig dieses eigentlich schlichte Haus auf den Bildern wirkte.

Marek zeigte einen Auszug aus dem Grundbuch und erklärte den beiden, was alles zu dem Haus gehört. Das waren knapp acht Hektar Land, was ganze drei Hektar Wald beinhaltete. Der Verkäufer war die naheliegende Gemeinde und es gab keine Erben.

Auch musste abgeklärt werden, ob das Haus Teil einer jüdischen Enteignung war und zurückgegeben werden musste. Auch das war nicht der Fall. Die Summe, die Marek nannte, war mehr als anständig. Mætt verhandelte ein bisschen, aber nicht um den Preis zu drücken, sondern um zusätzliche Leistungen in den Vertrag mit aufzunehmen. Er wollte die Wiese noch vor dem Winter gemäht haben, der Zufahrtsweg sollte in einen befahrbaren Zustand gebracht werden, damit er sich seinen schicken Wagen nicht ruinierte. Zu guter Letzt wollte er noch die Bäume auf der Rückseite des Hauses zurückgeschnitten haben. Der Wald war stark auf dem Vormarsch und wollte sich sein Gebiet zurückerobern. Da war das Haus im Weg. Marek schrieb sich das alles auf und versprach bis zum nächsten Vormittag eine verbindliche Antwort einzuholen. Das wurde mit einem Handschlag zwischen den Männern und etlichen Wodkas für alle besiegelt. Dazu gab es Kaffee und Kuchen, den Mareks Frau nach einem alten ostpreußischen Familienrezept extra gebacken hatte. Mætt bat auch um Erlaubnis das Anwesen nochmals zusammen mit Mariya besuchen zu dürfen, was auch kein Problem darstellte.

Nachdem sie Marek verlassen hatten, fuhr Mætt direkt zu einem größeren Supermarkt. Mariya fragte sich, was er wohl kaufen wollte. Er nahm sie an der Hand und zerrte sie im Laufschritt durch den Laden. Sie kauften natürlich Bier, Mückenspray, einen Einweg-Grill, Putenschnitzel, französisches Weißbrot und eine letzte Picknickdecke war auch noch im hintersten Winkel eine Regals, scheinbar von der Sommersaison übrig geblieben.

So ausgerüstet fuhren sie schnurstracks zu ihrem neuen Zuhause. Mætt schaffte es, den Audi nicht wieder festzufahren und gelangte ohne Bodenkontakt bis an den Waldrand an die Wiese heran. Sie trugen alles zu einem bestimmten Punkt auf der Wiese und suchten sich den richtigen Winkel, von dem aus sie das Haus gut sehen konnten. Dort ließen sie sich nieder. Sie tranken in aller Ruhe ein Bier und streiften dann zusammen durch das alte Gemäuer. Sie schauten sich alles nochmals genau an. Sie ge-

nossen die letzten Sonnenstrahlen, tranken noch von dem mitgebrachten Bier und grillten das Putenfleisch, bevor sie überglücklich zurück zum Hotel fuhren.

Die restliche Zeit ihres Urlaubs verbrachten sie mit Besichti-
gungen von Sehenswürdigkeiten, fuhren aber jeden Nachmittag
zu ihrem Haus und lagen dort in der Sonne, tranken Bier oder
streiften durch das alte Gemäuer oder den angrenzenden Wald.
Sie fühlten sich wie Kinder auf einem Abenteuerspielplatz. Marek meldete sich tatsächlich direkt am nächsten Mittag telefonisch bei ihnen zurück und erklärte, dass der Vertrag so, wie ihn
Mætt sich wünschte, abgeschlossen werden konnte. Käufer waren Mætt und Mariya gemeinsam. Da bestand Mætt darauf. Mariya machte das zusätzlich glücklich, weil das ja nochmals die de-
finitive Rückversicherung war, dass er zusammen mit ihr alt
werden wollte. So wertete sie das jedenfalls.

Als die Zeit gekommen war, fuhren die beiden zurück in
Richtung Heimat. Mariya wollte zunächst mit zu Mætt kommen,
plante aber schon die meiste Zeit bei ihren Eltern zu verbringen.
Sie wussten, dass sie in vier Wochen zum Unterzeichnen des
Kaufvertrags wieder nach Polen kommen mussten. Dem fieber-
ten sie schon auf der Heimfahrt entgegen. Sie legten mit einem
kleinen Umweg einen Zwischenstopp ein und besuchten Dimitri
und seine Frau Karin. Das war immer etwas Besonderes. Mariya
kannte Dimitri genauso lange wie Mætt. Er war Teil der Einheit,
die sie vor etlichen Jahren in Bosnien gefunden hatten. Dimitri
sprach wie Mætt auch Russisch, weil er als Sohn von sogenannten Russlanddeutschen russische Wurzeln hatte. Mariya war von
Geburt an Russin. Das verband die drei auf eine besondere Art
und Weise. Sie berichteten den beiden von ihrer Absicht, ein
Haus zu kaufen, zeigten Bilder und waren sehr aufgekratzt.

Wieder zuhause angekommen, stürzten sich beide auf ihre
Weise in die Arbeit. Mætt verschaffte sich einen Überblick über
seine Finanzen. Sie konnten beide den Kaufpreis in bar aufbrin-
gen. So kamen sie überein, beide zu gleichen Teilen den Kaufpreis
bei notarieller Beurkundung in Polen an den Notar zu übergeben.

So sparten sie sich die Überweisungskosten ins Ausland. In Polen war es, anders als in Deutschland, üblich, bei Beurkundung des Kaufvertrags die Kaufsumme verfügbar zu haben.

Mætt war bei seiner Arbeit sehr eingespannt, so dass sie sich in der Zeit, bis sie wieder nach Polen fuhren, kaum sahen. Wenn dann sporadisch. Mætt musste des Öfteren in die Firmenzentrale. Diese lag auf dem Weg zu Mariya. Entweder schaffte er es bei ihr zu übernachten, oder sie trafen sich in Mætts Stammhotel. Kurze, dafür aber sehr schöne Momente.

In dieser Zeit versuchte er auch die von Marek empfohlenen lokalen Handwerker zu kontaktieren. Das war jedoch nicht von Erfolg gekrönt. Mætt war leicht frustriert und nahm sich vor bei seinem nächsten Vor-Ort-Besuch in Polen direkt mit ein paar Handwerkern zu sprechen und wenigstens ein paar Angebote einzuholen, damit er einen groben Überblick über die zu erwartenden Kosten bekam. Das nervte ihn. Keine Transparenz. Keine Planungssicherheit. Totaler Blindflug.

Dann war es so weit. Die beiden fuhren wieder nach Polen. Sie hatten das gleiche Hotel am See gebucht. Der Notartermin war sehr unkompliziert. Sie benötigten noch eine von einem vereidigten Übersetzer ins Deutsche übersetzte Vertragskopie, aber das war Formsache. Sie wollten ja wissen, was genau sie da unterschrieben. Zur Feier des Tages beschlossen sie nach Allenstein in ihr Lieblingscafé zu fahren und vorher noch ein paar Sachen einzukaufen, die sie in der Hektik ihrer Abreise vergessen hatten. Mætt brauchte Rasierzeug, Mariya Zahnpaste. Kleinigkeiten eben. Und wenn sie schon mal da waren, konnten sie auch noch von dem leckeren polnischen Bier kaufen.

Sie liefen in ihre Unterhaltung vertieft in den Supermarkt hinein. Dabei waren sie so abgelenkt, dass sie die beiden Menschen, die ähnlich in ihre Unterhaltung vertieft waren wie sie, nicht bemerkten. Mætt und der fremde Mann kollidierten frontal. So heftig, dass dem Gegenüber das meiste seines Einkaufs, das er in seinen Händen balancierte, um eine Einkaufstüte zu sparen, durch die Gegend flog. Zwei Tüten Haferflocken hatte er noch in seinen Händen behalten. Beide waren sie durch den Aufprall zurückgetaumelt und mussten sich, überrascht wie sie waren, erst neu sortieren.

Mætts Gegenüber war etwa einen Kopf kleiner, dafür kompakter und muskulöser als Mætt. Er trug seine Haare militärisch kurz, hatte einen Stiernacken und hellblaue Augen, die nicht sehr freundlich blickten. Breitbeinig stand er da und fixierte Mætt. Seine weibliche Begleitung, eine schlanke Frau mit langen, dunklen Haaren, stand etwas im Hintergrund und lächelte Mariya verhalten an.

Der Getroffene schaute Mætt abschätzend an, verharrte überrascht und brachte ein „Kurwa!" zwischen seinen Zähnen hervor. Danach auf Deutsch: „Scheiße, das gibts doch nicht!" Dann warf er die zwei Tüten Haferflocken auf Mætt und stürzte zeitgleich auf ihn los. Der ging seinerseits anscheinend zum Angriff über und stürzte dem gedrungenen Mann entgegen. Als sie sich gegenüberstanden, nahmen sie sich in die Arme und begrüßten sich überschwänglich. Klopften sich auf die Schultern, knufften sich und stießen Laute der Überraschung in Deutsch, Englisch und Polnisch aus. Beide Frauen schauten sich verständnislos an. Die beiden Jungs waren immer noch miteinander zugange. Mittlerweile saßen sie vor der Tür auf dem Boden, hatten sich die Arme um die Schultern gelegt und knufften sich weiter. Lachten hysterisch und schüttelten die Köpfe.

„Würdet ihr mich bitte aufklären, was die Nummer hier soll?", bat eine sichtlich genervte Mariya. Sie half der anderen Frau, die auf dem Boden verstreuten Lebensmittel aufzusammeln.

Mætt stand auf, zog den anderen auf die Füße. Dann verbeugte er sich vor der weiblichen Begleitung seines Kontrahenten und sagte auf Englisch zu Mariya:

„Darf ich vorstellen, das ist mein Freund Dariusz, den ich vor langer, langer Zeit kennen- und schätzen gelernt habe. Dariusz, das ist meine Frau Mariya."

Dariusz verbeugte sich seinerseits vor Mariya und sagte freundlich lächelnd:

„Nice to meet you! Die Frau, die da so verständnislos schaut, ist meine Gattin. Sie hört auf den Namen Katarzyna. Alle nennen sie aber Kati."

Dann lachten alle herzlich. Schnell war abgemacht, das sie zusammen in das Café gingen, in das Mætt und Mariya sowieso wollten. Dort saßen sie sehr lange zusammen und erzählten sich gegenseitig ihr Leben. Dariusz hatte auch die Armee verlassen und war jetzt im zivilen Leben angekommen. Während seiner militärischen Laufbahn war er Ausbilder bei der polnischen Spezialeinheit „GROM" (Grupa Reagowania Operacyjno-Manewrowego).

Für eine Militärparade, das musste irgendwann kurz nach dem Fall des Eisernen Vorhangs gewesen sein, wollten sie einen Einsatz aus extremer Höhe demonstrieren und sollten dabei von einem polnischen Kamerateam begleitet werden, das den gesamten Sprung von Beginn an live zu dem Veranstaltungsort übertrug. Schon beim Ausstieg aus knapp 10.000 Metern Höhe wurden sie von einem Team mit Kameras begleitet. Mætt, Dimitri und Bogdan waren damals eingesprungen, um den Einsatz einer kompletten Einheit zu demonstrieren. Mætt war damals mit einem Hund vor dem Bauch, beide (auch der Hund) beim Ausstieg mit Sauerstoffunterstützung, gesprungen. Zusammen mit den polnischen Kameraden hatten sie eine perfekte Landung und Vorrücken auf ein potenzielles Objekt am Ostseestrand demonstriert. Seitdem hatten alle zumindest sporadisch losen Kontakt zueinander. Mætt und Dariusz hatten aber schön länger nichts mehr voneinander gehört.

Nun saßen sie im Café und konnten es kaum fassen, dass sie im östlichsten Polen so mir nichts dir nichts ineinander gerannt waren. Im wahrsten Sinne des Wortes. Mariya und Kati verstanden sich auf Anhieb. Sie hatten bestimmt schon eine Stunde miteinander verbracht, als die Frage der Fragen kam:

„Was macht ihr eigentlich hier in diesem verlassenen Winkel der Welt?"

Mætt und Mariya schauten sich grinsend an.

„Wir haben vorhin ein Haus gekauft", antwortete Mariya und schaute in zwei überraschte Gesichter.

„Was für ein Haus um Gottes willen?", fragte Dariusz.

Mariya begann zu erzählen. Dariusz' Grinsen wurde immer breiter.

„Mætt, habe ich dir eigentlich erzählt, was *genau* ich mittlerweile beruflich mache, seit ich die Armee verlassen habe?", fragte Dariusz, lehnte sich zurück und schaute Mariya provokant an.

Mætt schüttelte den Kopf und nickte ihm auffordernd zu.

„Ich habe mich darauf spezialisiert Häuser zu renovieren. Teile der Arbeiten mache ich selbst. Ich habe fünf Leute angestellt. Andere Arbeiten, die ich nicht selbst machen kann, vergebe ich an mir bekannte Unternehmen. Für den Kunden ist das aber alles aus einer Hand. Du beauftragst mich und bekommst alle Gewerke geliefert. Du bezahlst auch nur mich. Ich sehe mich als eine Art Generalunternehmer plus Bauleiter und manchmal sogar braucht es mich als Architekt."

Mariya schaute Mætt triumphierend an. Klopfte ihm fest auf den Oberschenkel.

„Habe ich dir nicht gesagt, dass es keine Zufälle gibt, mein Schatz? Habe ich dir nicht gesagt, dass das Haus uns ausgesucht hat? Du siehst, alles fügt sich! Das Haus will das so!"

Mariusz und Kati lächelten sich an, als Mariya von Schicksal und Fügung redete. Ganz unbekannt schienen den beiden diese Betrachtungsweisen auch nicht zu sein. Schnell hatten sie besprochen, was es zu besprechen gab, und fuhren zu dem Haus. Mætt und Mariya nutzten die Fahrstecke, um die nächsten Schritte zu planen.

Dariusz und Kati standen schon vor dem Haus, als Mætt und Mariya eintrafen. Anscheinend hatten sie keine Probleme die Zufahrt zu finden. Die nächste Dreiviertelstunde redete Dariusz. Er machte Vorschläge, wies auf gewisse bauliche oder zustandsbedingte Auffälligkeiten hin, die besonders beachtet werden mussten. Er schlug vor, zuerst das Dach neu zu machen. Die Balkensubstanz sei bis auf ein, zwei Ausnahmen völlig in Ordnung.

Danach sollte man den Boden komplett herausnehmen und für eine Betonplatte vorbereiten. Dazu musste man sich darüber klar werden, welches der Zimmer das Badezimmer werden sollte. Auch musste das Haus einmal rund herum mit einer Drainage trockengelegt werden. Zudem brauchte es eine neue Sickergrube und ein Angebot für neue Fenster. Er würde sich das alles anschauen und dann ein Angebot machen. Mætt dachte nach und bat ihn, direkt die Kosten für eine neue Elektro- und Wasserinstallation mit in das Angebot aufzunehmen. Dann wüssten sie, was da in den nächsten Jahren an Kosten auf sie zukämen. Handschlag unter Männern. Das Vorgehen war besiegelt. Dariusz und Kati mussten los. Sie verabredeten sich für den nächsten Abend zum Essen bei den beiden zuhause.

Mætt und Mariya blieben noch etwas bei dem Haus und setzten sich auf das, was später die Terrasse werden sollte. Sie planten. Mariya hatte große Bedenken, dass das Geld nicht reichen würde. Mætt erzählte ihr von diversen Aktien, die er hatte und sehr gerne in ihre gemeinsame Zukunft investieren würde. Damit sah es schon etwas besser aus. Zumindest machte es nicht den Anschein eines von vornherein zum Scheitern verurteilten Unternehmens. Es musste ja auch nicht alles auf einmal finanziert werden. Sie konnten sich Zeit lassen und so, wie es der Geldbeutel zuließ, den Baufortschritt weiter vorantreiben.

Am nächsten Abend waren sie mit Dariusz und Kati verabredet. Die zwei Männer zogen sich direkt in Dariusz' Büro zurück und besprachen wahrscheinlich Geschäftliches. Die beiden Frauen tranken ein Gläschen Wein, kochten zusammen und lernten sich kennen. Irgendwann kamen die beiden Männer, jeder mit einem Bier in der Hand, dazu. Sie aßen sehr entspannt gemeinsam zu Abend und hatten eine tolle Zeit mit ihren neuen Freunden. Spät kamen sie zu ihrem Hotel zurück und sanken todmüde in ihr Bett.

„Mætt?", fragte Mariya, die sich ganz dicht an ihn gekuschelt hatte. Mætt brummte etwas.

„Was für ein Gefühl hast du, wenn du an unser Haus denkst? Geht es dir gut damit?"

Mætt drehte sich etwas und kam mit seinem Gesicht ganz dicht an das ihre.

„Ja, ich fühle mich sehr gut damit. Ich bin fast geneigt dir zu glauben, wenn du sagst, dass das Haus uns ausgesucht hat. Es läuft wirklich auffällig glatt. Alles fügt sich. Das ist fast schon ein bisschen unheimlich."

Mariya lächelte. Zärtlich streichelte sie unter der Decke Mætts Nacken.

„Ich habe dieses Gefühl, dass alles irgendwie vorherbestimmt ist, eigentlich seit dem Moment, als du da in Lipica um die Ecke gebogen bist und ich dich erkannt habe. Ich habe mich immer gefragt, warum ich das so stark empfunden hatte. Erklären kann ich dir das immer noch nicht, aber mit jedem Schritt, den wir zusammen weiter in eine gemeinsame Zukunft gehen, wird es irgendwie klarer, dass alles wohl einer Bestimmung folgt. Kannst mich ruhig für verrückt halten."

Mætt lächelte sie an, küsste sie zart auf den Mund und zog sie noch dichter an sich heran.

„Du bist so ziemlich das Beste, was mir in meinem ganzen Leben passiert ist. Manchmal weiß ich gar nicht, womit ich das verdient habe."

Die Zeit in Polen neigte sich schneller, als den beiden recht war, ihrem Ende zu und sie mussten wieder zurück in ihre alltäglichen Leben. Der Job rief. Mætt hatte viel zu tun, musste wieder reisen und auch Mariya wollte sich überlegen, wie ihr Leben nach Lipica jetzt weitergehen sollte.

Schneller als es ihnen lieb war, wurden sie von dem richtigen Leben um sie herum vereinnahmt. Mætt arbeitete mehr und mehr, reiste um den halben Erdball. Manchmal passte es und er nahm Mariya mit, manches Mal sahen sie sich aber auch ein, zwei Wochen gar nicht. Sie arrangierten sich damit. Machten das Beste daraus. Ihr Projekt in Polen stand im Vordergrund. Sie hatten das Haus gekauft und knapp zwei Wochen, nachdem sie wieder zuhause waren, kam das Angebot von Dariusz. Sie waren übereingekommen, dass er alles anbietet und sie die Leistungen je nach ihren Möglichkeiten abrufen. Gesetzt war, das Dach sofort, wie besprochen, komplett zu erneuern. Auch ein richtiger Boden musste gemacht werden. Diese beiden Leistungen riefen sie direkt ab. Ihnen verschlug es bei der Gesamtsumme die Sprache. Zum Glück musste das nicht auf einmal umgesetzt werden. Mætt war guter Dinge. Die Kosten für das Dach und die Betonplatten in den Räumen waren geringer, als er prognostiziert hatte, so dass die Sickergrube auch direkt realisiert werden konnte. Alles in allem lagen sie mit der Einschätzung, dass die Renovierung einem Neubau gleichkommen würde, gar nicht so falsch.

Sie waren wirklich guter Dinge, wenn man Mariya aber zu einem späteren Zeitpunkt fragte, zeigten sich schon damals erste Anzeichen von Mætts Erkrankung. Er klagte oft über Kopfschmerzen, bekam sehr häufig Nasenbluten und auch erste stärkere Stimmungsschwankungen waren zu beobachten. Alles bewegte sich indes noch im Rahmen, so dass es eigentlich keinen Anlass zur Sorge gab. Also keine wirklichen Anhaltspunkte für eine Erkrankung. Übel drauf war ja jeder irgendwann einmal. Deshalb war man ja nicht gleich krank. Im Nachhinein betrachtet hätte man damals jedoch schon eine Tendenz erkennen können. Wenn man das gewusst hätte, was man später gewusst hat. Hätte, hätte …

Mætt arbeitete wie besessen und Mariya dachte über ihre berufliche Neuausrichtung nach. Tatsächlich passierte bei ihr darüber hinaus nicht viel. Sie verbrachte die meiste Zeit bei ihren Eltern, was Traudel sehr freute. Abends saß sie oft mit Willi zusammen, redete, stellte Fragen und lernte über die sogenannte Backsteingotik. Immerhin war ihr Haus in genau diesem Stil erbaut und Mariya wollte die Architektur verstehen, damit bei der Renovierung zusätzliche Fehler vermieden werden konnten.

Als eine der ersten Handlungen hatten sie die große Eingangstür fachgerecht ausbauen lassen und zusammen mit dem massiven Herd auf einem Anhänger nach Deutschland geschafft. Irgendwo im Breisgau hatte Willi eine Firma ausfindig gemacht, die genau solche alten Türen renovierte und technisch auf den

Stand einer zeitgemäßen Tür brachte. Den Herd hatte Willi einem Bastler aus seinem Bekanntenkreis gegeben, der diesen in seine Einzelteile zerlegte, aufarbeitete und ihn so wieder funktionsfähig machte. Den Teil mit den Elektroplatten hatten sie beschlossen mit einer eigenen Konstruktion zu ersetzen, die ein modernes Cerankochfeld aufnehmen konnte. Als das fertig war, sah dieser mächtige, alte Herd so aus, als hätte er schon immer ein Cerankochfeld besessen. Eine gelungene Mischung aus alter Technik und modernen Errungenschaften. Sowohl Mariya als auch Mætt sahen sich an eben diesem Herd in ihrer polnischen Küche stehen und leckeres Essen zubereiten. In der kalten Jahreszeit konnte der Herd auch mit Holz befeuert werden und würde die Küche angenehm warm machen. Das gute Stück wurde in Willis Garage eingemottet und wartete darauf, bis das Haus so weit war, dass er wieder dorthin zurückkehren konnte.

Wann immer es Mætts enger Terminplan erlaubte, fuhren die beiden nach Masuren. Manchmal flogen sie auch bis Danzig und nahmen dort einen Mietwagen und fuhren die letzten Kilometer. Oft war Mariya auch alleine vor Ort und traf Entscheidungen, besuchte Ämter, suchte Materialien aus oder saß einfach in ihrem Haus und ließ es auf sich wirken. Sie war felsenfest davon überzeugt, dass das Haus sie ausgesucht hatte und sie eine tiefe Verbindung zueinander hatten. Oft sprach sie in Gedanken auch mit dem Haus und fragte es, wenn sie sich bei einer Entscheidung bezüglich eines Bauschrittes oder eines Materials nicht sicher war. Sie bekam immer eine Antwort.

Die Zusammenarbeit mit Dariusz klappte wie am Schnürchen. Er versprach nichts, was er nicht halten konnte. Oft verzögerten sich auch Dinge, was er aber direkt kommunizierte. Mætt war höchst zufrieden mit dem Ablauf. Generell ist ein Hausbauprojekt ja nichts für schwache Nerven. Bis auf wenig Unvorhersehbares hielten sich die Hiobsbotschaften aber in Grenzen. Nicht zuletzt war das Dariusz zu verdanken.

Mittlerweile konnte man den Fortschritt an dem Haus auch richtig erkennen. Zu Anfang wurden Mauern stabilisiert, die wenigen Decken- und Dachbalken ausgetauscht, bei denen das notwendig war, der Boden wurde tiefer ausgegraben, damit man in den einzelnen Räumen eine Betonplatte gießen konnte. Alles absolut notwendige Arbeiten, die man aber rein optisch von außen nicht registrierte. Jetzt aber war das Dach komplett erneuert, waren Dachrinnen montiert, deren Wasser in eine Zisterne geleitet wurde. Daraus sollten die Toilettenspülungen betrieben und auch die Bewässerung der Gartenpflanzen später zum Teil gedeckt werden. Mit dem neuen Dach sah das alte Haus großartig aus. Sie hatten nicht nur direkt eine Zwischendeckenisolierung realisiert, sondern zusätzlich zwischen den Sparren auch noch Isolierung verarbeiten lassen. Nur für den Fall, dass sie das Dachgeschoss auch irgendwann einmal bewohnbar machen wollten. Mætt und Mariya waren jedes Mal zutiefst beeindruckt, wie sich der Anblick verändert hatte, wenn sie nach einer gewissen Zeit der Abwesenheit wieder zu ihrem Haus zurückkamen.

Als nächster Bauabschnitt waren die Fenster an der Reihe. Das Haus hatte jede Menge davon und daher war dieser Posten finanziell nicht unerheblich. Mætt beschloss daher einen Teil seiner Aktien zu verkaufen. Das war dann genug für alle Fenster und auch für die Innentüren. Sie hatten sich für Sprossenfenster aus Holz entschieden. Dieser Typ Fenster war ursprünglich verbaut und sollte jetzt auch eben diesen zeitgenössischen Charakter des Hauses erhalten. Willi hatte vehement darauf bestanden. Man könne in ein solches Haus keine modernen Fenster einbauen. Am Ende gar weiße Plastikfenster, ereiferte er sich. Man musste seiner Meinung nach den Charakter, die Seele des Hauses mit Fenstern, die wenigstens nah am Original waren, erhalten. Dazu hatten sie eines der noch am besten erhaltenen Fenster demontiert und der Fensterbaufirma, mit der Dariusz arbeitete, als Muster überlassen. Basierend auf diesem Design sollten die anderen Fenster gefertigt werden. Schon der erste Prototyp konnte sich sehen lassen. Zusammen mit den Fenstern, die nach und nach eingebaut wurden, nahm das Haus Konturen an. Alles hatte noch Baustellenflair, war schmutzig, überall lag irgendetwas herum. Man konnte aber erahnen, wie das Haus einmal aussehen würde, wenn es fertig war. Ein langer Weg lag da noch vor ihnen.

So ging es an ihrer Baustelle voran und auch in ihrem gemeinsamen Leben.

Kapitel 7 – Flügge

Mariya saß bei Mætt in der Badewanne, als ihr Mobiltelefon klingelte. Mit spitzen Fingern fischte sie es von der Ablage neben der Wanne. Seltsame Ländervorwahl +973, die restliche Nummer kannte sie auch nicht. Daher entschied sie nicht ranzugehen.

Sie war den Fluten entstiegen und hatte gerade ihren weichen, weißen Lieblingsbademantel angezogen, mit einem Handtuch eine Art Turban gebunden, um ihre nassen Haare einzupacken, da piepte ihr Mobiltelefon wieder. Sie hatte eine SMS erhalten. Gleicher Absender mit der seltsamen Vorwahl.

Sie ging mit gerunzelter Stirn nach unten zu Mætt und zeigte ihm ihr Telefon.

„Das ist Bahrain. Kennst du einen Scheich?", fragte Mætt mit anzüglichem Grinsen. Zeitgleich fiel bei ihnen beiden der Groschen.

„Ahmad!", riefen sie im gleichen Moment. Mariya schlug sich mit der flachen Hand an die Stirn und öffnete die Textnachricht. Darin stand, dass er es jetzt endlich geschafft hatte, die von Mariya gewünschten Aufnahmen von dem Pferd zu machen. Leider seien die Dateien zu groß, um diese per E-Mail zu schicken, daher solle sie sich nicht wundern, wenn ein Kurier mehrere DVDs direkt zu ihr nachhause liefern würde. Er wollte kurz die Postadresse bestätigt haben.

Mariya antwortete umgehend und versprach sich sofort zu

melden, wenn sie die Aufnahmen gesichtet hatte. Danach rubbelte sie sich die Haare trocken, schüttelte sich und kroch zu Mætt auf die überdimensionierte Couch.

Mætt hatte seinen Laptop auf dem Schoß und war gerade dabei einen Lageplan ihres polnischen Hauses zu betrachten. Es ging um die Elektro- und Wasserinstallation. Dariusz hatte ihn gebeten einzuzeichnen, wo er denn die Lichtschalter, Steckdosen, Wasserhähne und Abflüsse hinhaben wolle. Das überforderte ihn heillos. Leise fluchte er vor sich hin, weil er so gar nicht zurande kam. Das waren Fragen, die ihn noch nie in seinem Leben auch nur im Ansatz interessiert hatten. Mariya und er kamen überein, dass es sowieso wieder Zeit für einen Vor-Ort-Besuch war und sie dann zusammen mit Dariusz direkt an den Wänden die Lage der Steckdosen und Wasserhähne markieren könnten. Zufrieden mit dieser Entscheidung klappte er seinen Laptop zu.

Mariya lächelte ihn an und kam in die Ecke der Couch gerobbt, in der er saß. Sie kuschelte sich an ihn und kitzelte ihn mit ihren feuchten Haaren an der Nase. Seine Hand öffnete wie beiläufig den lose gebundenen Gürtel ihres Bademantels.

„Ui!", sagte er frivol grinsend, „du hast da ja gar nichts drunter. Da muss ich aber mal genauer nachschauen."

Sogleich machte er sich daran sie an Stellen anzufassen, von denen er genau wusste, dass sie dort total kitzelig war. Quickend und zappelnd versuchte sich Mariya zu entziehen. Nach diesem kurzen Intermezzo fielen sie übereinander her und setzten das Geschehen dann im oberen Stockwerk im Schlafzimmer fort. Zufrieden schliefen sie unter der großen Decke ein.

Das gemeinsame Leben lief gut. So etwas wie eine Routine stellte sich ein. Mariya lebte überwiegend bei ihren Eltern. Sie verbrachte viel Zeit mit Traudel, hatte viele lehrreiche Gespräche über die Architektur des 19. Jahrhunderts mit Willi. Die Wochenenden und wann immer es auch unter der Woche passte, verbrachte sie bei Mætt. Obwohl sie dort nicht wohnte, bekam das Haus so etwas wie eine „Mariya-Note". Ein Blümchen hier, ein Vorhang da. Wenn Mætt das überhaupt registrierte, behielt er es für sich und ließ sie gewähren.

Ein paar Tage später kam der Kurierdienst mit den DVDs von Prinz Ahmads Pferden. Mariya schaute sich die professionell gedrehten Filme wiederholt an. Sie konnte hier und da eine leichte Auffälligkeit erkennen, wollte aber Alekseys Meinung dazu hören. Wenn sie vor Ort ging, dann musste Aleksej sowieso mitkommen. Sie konnte kein Pferd einrenken. Sie bat Mætt die DVDs, insgesamt drei Mal, zu kopieren, was der sogleich tat. Mariya telefonierte mit Aleksej und informierte ihn, dass sie da wohl seine Hilfe brauchen würde. In Bahrain. Sie brachte ihrerseits die DVDs mit einem Kurierdienst auf den Weg zu ihm. Jetzt musste sie abwarten, was der „Pferdeguru" dazu sagte. Danach konnten sie die weiteren Schritte vereinbaren. Schnell beantwortete sie die SMS von Ahmad und konzentrierte sich dann wieder auf ihr alltägliches Leben.

Es dauerte fast zwei Wochen, bis Aleksej sich bei Mariya meldete. Als Mariya ans Mobiltelefon ging, begann er ohne Begrüßung ansatzlos zu reden.

„Das sieht eindeutig aus. Da ist mindestens ein Wirbel verklemmt, drückt auf einen Nerv. Sehr schmerzhaft für das Tier. Das kannst du dem Scheich sagen." Es folgte eine langwierige Erklärung, was man woran sehen kann, welche Ursachen, welchen Einfluss ein leichter Beschlag haben könnte und wie man da am besten vorgeht.

Mariya wiederholte alles brav, machte sich Notizen und verabredete mit Aleksej, dass sie sich das Geschehen vor Ort anschauen würden. Sie stimmten kurz mögliche Termine ab und quatschten dann über alles Mögliche. Mariya genoss es mit Aleksej Russisch zu sprechen. Dieses Raue und trotzdem Melodische, was nur ein Muttersprachler auf diese Weise sprechen konnte, hatte etwas sehr Vertrautes für sie. Nachdem Mariya aufgelegt hatte, öffnete sie ihr Notebook und schrieb Prinz Ahmad eine Nachricht, in der sie alles haarklein wiedergab, was Aleksej ihr zu der Symptomatik erklärt hatte. Sie beschrieb detailliert ein mögliches Vorgehen und machte auch zwei Terminvorschläge für einen Vor-Ort-Besuch und schloss mit der Bitte um Bestätigung des am besten passenden. Danach schaltete sie den Computer wieder aus und ging nach oben zu Traudel ins Wohnzimmer. Willi war an diesem Abend in seinem Schachclub und die beiden Frauen saßen zusammen und genossen die Zeit, in der sie ungestört miteinander reden konnten.

Mariya erzählte Traudel von dem bahrainischen Prinzen und dem potenziellen Auftrag. Ihre Mutter war recht erstaunt, dass sich mit „so etwas" tatsächlich Geld verdienen ließ. Sie tranken ein Glas von Mariyas Lieblingswein, einem schweren spanischen Rioja.

Nach etwa zwei Stunden piepte Mariyas Mobiltelefon. Prinz Ahmad hatte eine Kurznachricht geschickt und einen der beiden Termine bestätigt. Er würde zwei Tickets nach Bahrain hinterlegen und wollte wissen, von wo Mariya und Aleksej fliegen würden. Mariya bestätigte schnell den Termin, nannte die Flughäfen und zeigte Traudel grinsend die Kurznachricht.

Ein paar Wochen später flogen sie also nach Bahrain. Sie und Aleksej. Direkt hinein in eine Welt, in der Geld anscheinend keine Rolle spielte. Wo alles scheinbar mühelos erreichbar war. Die Pferde standen in klimatisierten Ställen, hatten Personal Trainer. Futter nur vom Besten. Sie blieben knapp drei Wochen. Sie kurierten mehrere Pferde des Prinzen und Mariya legte so den Grundstein für ihre Existenz und einen nicht nur bescheidenen Wohlstand. Nachdem sie wieder zurück waren, vergingen ein, zwei Wochen, dann erlebte sie, was Mund-zu-Mund-Propaganda ausmachen konnte. In diesen Kreisen nannte man das eine „Empfehlung". Ihr Telefon stand nicht mehr still. Mariya und Aleksej waren im Geschäft.

Mætt schüttelte ungläubig den Kopf. Nie hätte er das für möglich gehalten. Mariya saß nur noch im Flugzeug. Hatte mit Menschen Kontakt, die man aus den Nahost-Berichterstattungen und aus den Nachrichtensendungen kannte. Sie machten sich einen Namen und verdienten unverschämt viel Geld. Nicht dass ihr das zu Kopf stieg, sie war aber in ihrer eigenen Welt. Sie schaute permanent, wie sie sich verbessern konnte, telefonierte täglich mit Aleksej und verschlang Bücher, deren Titel sich Mætt schon nicht erschloss.

Zunächst unbemerkt veränderte sich Mætts Gemütszustand ein weiteres Mal. Er war aufbrausend und abweisend. Kalt und im gleichen Augenblick wieder voller Liebe. Manchmal wechselte das im Minutentakt. Anfangs maß Mariya seinen Stimmungsschwankungen keine Bedeutung bei, irgendwann konnte sie es aber nicht ignorieren oder gar entschuldigen. Sie führten viele intensive Gespräche, die aber genaugenommen gar nichts brachten. Wenn Mætt von seinen Teufeln geritten wurde, war er nicht zu bremsen. Das bescherte Mariya viele hässliche Momente.

Trotzdem entwickelte sich ihr gemeinsames Leben überwiegend positiv, wenn man von den Aussetzern, die Mætt in unregelmäßigen Abständen heimsuchten einmal absah. Mætt arbeitete hart und war außerordentlich viel unterwegs. Mariya und Aleksej unwesentlich weniger. Über Nacht war für beider materielle Sicherheit gesorgt. Auch wenn man in seinem Wesen nicht auf Materielles ausgerichtet ist, tut eine gewisse monetäre Absicherung gut. Wenn das Polster dann ein bisschen üppiger ausfiel, konnte das auch nicht schaden. Die Renovierung ihres „Nests" ging im Augenblick trotzdem nur schleppend voran. Viele Widrigkeiten verhinderten plötzlich den Fortschritt. War die letzten Wochen noch alles bestens gelaufen, klappte jetzt auf einmal gar nichts mehr. Hauptsächlich lag es daran Baustoffe, die man brauchte, zeitnah zur Baustelle, die ja mitten im Nichts lag, zu liefern. Wenn dann etwas geliefert wurde, kam es nicht an. Oder es kam Wochen später, oder es war beschädigt. Oftmals eine Mischung aus allem. Trotz all dieser Widrigkeiten schafften sie es die gemeinsame Zeit zu genießen. Sie fuhren zusammen in Urlaub, sie besuchten Konzerte, sie schufen sich aber auch Freiräume, die ausschließlich für ihr Beziehungsleben genutzt wurden. Darüber hinaus fuhren Mætt und seine Freunde einmal im Jahr zusammen in ihren wohlverdienten „Männerurlaub". Meistens nutzte Mariya diese Zeit und fuhr mit Karin, Dimitris Frau, in eine Art Wellnessurlaub. Beide fühlten sich zu dieser Zeit sehr wohl. Alles lief prächtig, alles war gut.

Im Spätjahr 2005 kaufte Mætt einen riesigen alten Wohnwagen, den sie nach Ostpreußen schleppten, damit sie eine feste Bleibe hatten, solange ihr Haus noch nicht bewohnbar war. Die Fahrt mit dem altertümlichen Gefährt am schicken Audi angehängt dauerte gefühlt ewig. Erst einmal an Ort und Stelle war das etwas heruntergekommene Mobile Home fast ein vollwertiges Zuhause. Nach anfänglichen Berührungsängsten mit dem Inbegriff deutscher Spießigkeit der 1970er und 80er lernten es beide so richtig zu schätzen. Fortan konnten sie auch spontan entscheiden nach Polen zu fahren und mussten nicht erst noch ein Hotel buchen. Schon eine Bereicherung. Und ganz ehrlich, so übel war dieses Camping-Ding auch nicht.

Zu Beginn der Jahres 2006 sollte sich ihrer beider Leben ein weiteres Mal unverhofft verändern. Nachhaltig. Mariyas Periode blieb aus. Zunächst keine große Sache. Entweder konnte man bei ihrem Zyklus die Uhr danach stellen oder verzögerte sich ihre Blutung manchmal sogar um mehrere Wochen. Nichts, worüber Mariya sich zu Beginn größere Sorgen gemacht hätte. Als es ihr morgens nach dem Aufstehen aber zunächst nur übel war, was dann aber recht schnell über der Kloschüssel endete, wurde sie doch nachdenklich. Mætt erzählte sie natürlich nichts davon. Ganz am Anfang ihrer Beziehung hatten sie das Thema Familienplanung besprochen und entsprechend verhütet. Mariya vertrug die Spirale gut und somit war dieses Thema eigentlich geklärt. Für Mætt war das Thema Familienplanung abgeschlossen. Er fühlte sich zum einen zu alt, um nochmals den Ansprüchen an eine Vaterschaft gerecht zu werden, zum anderen hatte er nach eigenen Angaben als Vater in seiner ersten Beziehung kein allzu gutes Bild abgegeben.

Mittlerweile musste sich Mariya sehr regelmäßig am Morgen erbrechen, hatte es aber bisher geschafft es vor Mætt zu verbergen. Was ihr bei Mætt gelang, klappte bei Traudel noch nicht einmal zwei Tage lang. Dann sagte diese ihrer Tochter auf den Kopf zu, dass sie wohl schwanger ist. Das brachte Mariya völlig aus der Fassung. Natürlich stritt sie das vehement ab, aber Traudel schmunzelte nur.

In dieser Situation stand eine gemeinsame Fahrt nach Masuren an. Mætt war zuvor in einem nicht enden wollenden Stimmungstief, was Mariya entgegenkam, da sie ihn da nicht sehen musste. Sie zog es vor das Vorüberziehen seiner Scheißlaune zuhause bei ihren Eltern abzuwarten. Besser als eine Breitseite nach der anderen von ihm abzukriegen. Jetzt aber auf engstem Raum in einem Auto nach Polen zu fahren, war anders. Sie konnten sich nicht aus dem Weg gehen. Sie stieg schon übellaunig zu Mætt in den Wagen. Mætt schien das zu Beginn der Fahrt nicht zu registrieren, oder zeigte es zumindest nicht. Es wollte aber auf der endlos langen Fahrt keine rechte Stimmung aufkommen. Mariya war schweigsam, fast schon wortkarg. Vielleicht schob das Mætt auch auf seine Stimmungsschwankungen, die Mariya vor ein paar Tagen noch komplett auszubaden hatte. Auf dieser Fahrt also keine russischen oder deutschen Schlager, kein „ich sehe was, was du nicht siehst" oder irgendwelche anderen albernen Spiele, die man auf endlosen Reisen mit dem Auto spielen konnte, um sich die Zeit zu vertreiben. Auch Mætts Fragen zu ihren Einsätzen in den verschiedensten Ställen, in denen sie in den letzten Monaten gekommen war, blieben nur vage beantwortet. Irgendwann reduzierte sich jegliche Kommunikation auf ein Minimum, was sogar Mætt auffiel.

„Na ja", dachte er sich, „wenigstens liegt es dieses Mal nicht an mir."

Besagtes Schweigen setzte sich auch noch in der ersten Nacht im Wohnwagen fort. Mætt dachte sich, dass er Mariya am besten in Ruhe lassen sollte. „Sie kriegt sich schon wieder von alleine ein", dachte er sich.

Mariya hingegen war mitten in einer ernsthaften Krise. Sie musste ihre morgendliche Übelkeit und das Erbrechen vor Mætt verbergen. Keine einfache Geschichte auf zwölf Quadratmetern mit dünnen Wänden. Sie trug einen Schwangerschaftstest in ihrer Handtasche mit sich, konnte sich aber bisher noch nicht überwinden diesen auch zu benutzen und sich so Gewissheit zu verschaffen. In ihrer Vorstellung war es danach dann sowieso gelaufen. Für sie stand fest, dass Mætt sie „davonjagen" würde, weil sie sich nicht „an die Abmachung gehalten hatte". Nie würde er ihr glauben, dass sie trotz Verhütung schwanger geworden war. Das war es dann gewesen mit der Liebe ihres Lebens, dem Seelenverwandten. Davonjagen würde er sie. Mætt registrierte durchaus die sich permanent verschlechternde Stimmung, machte sich aber nicht allzu viele Gedanken. Also keine Gedanken im Sinne von „Endzeitstimmung" zumindest.

In der zweiten oder dritten Nacht im Wohnwagen wurde Mariya wach, weil es ihr kotzelend war. Sie schaffte es gerade noch so, in das enge Badezimmer mit der klappernden Falttür zu verschwinden und sich einigermaßen geräuschlos zu erbrechen. In einer der Pausen entschied sie sich dazu nun doch den Schwangerschaftstest zu machen. So konnte es ja nicht weitergehen. Sie war gerade ein weiteres Mal auf ihre Knie gesunken, um sich zu übergeben, da klopfte es an die Tür.

„Mariya, bist du da drinnen? Ist alles okay bei dir?", fragte ein besorgt klingender Mætt.

Mariya rappelte sich auf, versuchte den Schwindelanfall zu überwinden und spülte sich schnell den Mund aus, bevor sie die Falttür öffnete. Im Halbdunkel stand da ein besorgter Mætt, der merklich zusammenzuckte, als es Mariyas aufgequollenes Gesicht und ihren sauren Atem registrierte.

„Schatz, was ist mit dir los? Hast du etwas Falsches gegessen?"

Wortlos warf ihm Mariya den Plastikstreifen auf den Tisch und begann hemmungslos zu weinen. Alles brach aus ihr heraus. Der gesamte Schmerz, die Angst, die Anspannung der letzten Wochen, ihren Zustand vor ihm und allen anderen zu verbergen. Mætt verstand zunächst einmal nichts. Rein gar nichts. Er konnte mit den beiden parallelen Strichlinien auf dem Plastikteil nichts anfangen. Abwechselnd blickte er von dem Schwangerschaftstest zu Mariya, versuchte zu verstehen, was sie ihm mit tränenerstickter Stimme in einer Mischung aus Deutsch und Russisch zu sagen versuchte. Der Rotz, der in dicken Strömen aus ihrer Nase tropfte und sich auf dem kleinen Klapptisch verteilte, machte die Verständigung nicht einfacher. Mætt reichte ihr eine komplette Haushaltsrolle. Mariya wischte sich ihr Gesicht ab und schnäuzte sich mehrere Male kräftig. Dann schaute sie Mætt aus verquollenen Augen an.

„Ich bin schwanger du Idiot! Jetzt kannst du mich gerne davonjagen", sagte sie tonlos.

Mætt stand da wie vom Donner gerührt und brachte kein Wort heraus. Er kam auf Mariya zu, nahm sie in die Arme und führte sie ins Schlafzimmer und schob sie sanft zurück ins Bett. Dort legten sie sich ganz dicht nebeneinander.

„Warum denkst du, dass ich dich jetzt davonjagen würde?", fragte er irritiert, nachdem er seine Stimme wiedergefunden und seine Gedanken zunächst einmal grob geordnet hatte.

Das war zu viel für Mariya. Wieder brach eine Flut an Tränen aus ihr heraus, die Nase lief ohne Unterlass und zu verstehen war nur jedes dritte Wort, bevor sie Luft holen musste. Mætt stand auf und holte die Haushaltsrolle mit den Papiertüchern vom Tisch des Wohnwagens.

„Deine Familienplanung ist abgeschlossen, hast du gesagt. Du willst keine Kinder mehr. Wir haben verhütet und trotzdem bin ich schwanger. Ich weiß, dass du mir das nie glaubst."

Dann ging das laute Heulen in ein stilles Schluchzen über, das ihren gesamten Körper beben ließ. Mætt saß mit dem Rücken an die Wand gelehnt da und streichelte zärtlich über Mariyas Schulter.

„Aber Mariya, deshalb jage ich dich doch nicht davon! Was für ein Quatsch! Wie kommst du denn auf sowas?"

„Ich werde das Kind nicht abtreiben!", schrie sie ihn an, und bekam keinen weiteren Ton mehr heraus. Verschluckte sich und musste husten.

„Das verlangt doch auch niemand von dir. Das Letzte, was mir in den Sinn käme."

Er legte sich ganz dicht hinter sie, streichelte ihren Arm, ihren Oberschenkel. Sie hatte sich ganz klein zusammengerollt. So lagen sie endlos lange da. Keiner sprach, in beiden Köpfen überschlugen sich die Gedanken.

Nachdem Mariya sich halbwegs beruhigt hatte, sprachen sie sehr lange ganz ruhig miteinander. Mætt hatte genauso Angst wie Mariya. Angst davor wieder zu „versagen", wie er es nannte. Angst davor seiner Rolle nicht gerecht zu werden, überfordert zu sein. Mariya tat es gut all das, was sie seit einigen Wochen mit niemandem teilen konnte, endlich auszusprechen. Ihr tat es gut seine Position zu hören. Am allermeisten tat ihr aber gut, dass es noch nicht einmal im Ansatz das Beziehungsaus bedeutete. Im Gegenteil.

So wendete sich das Blatt einmal mehr. Die Aussicht darauf, dass die beiden Eltern wurden, ließ sie noch enger zusammenrücken. Mætts Stimmungsschwankungen traten vorübergehend in den Hintergrund und ihr Miteinander wurde schon fast schon kitschig schön.

Mætt mutierte zu einem Vorzeigevater, nachdem ihr Kind, ein Junge, nach einer langen und heftigen Geburt das Licht der Welt erblickte. Mariya entschied, dass er Lennox heißen sollte, weil sie ihm Leonid, in guter, russischer Tradition nach ihrem Großvater, nicht zumuten wollte.

In den nächsten Monaten lief also alles bilderbuchmäßig. Dann, quasi über Nacht, kehrten Mætts Stimmungsschwankungen zurück. Heftiger als je zuvor. Während sie sich zofften, lag Klein-Lennox in seinem Kinderbettchen, nuckelte an seiner Gummiwarze, wie sie den Schnuller nannten, und schlief den Schlaf der Gerechten. Von den Schwierigkeiten seiner Eltern bekam er nichts mit.

Mætts Stimmungsschwankungen und vor allem sein Verhalten nahmen zu dieser Zeit aber derartig heftige Züge an, dass Mariya entschied mit Sack und Pack nachhause zu Willi und

Traudel zurückzukehren. Sie hatte es satt wegen nichts zu streiten. Hatte diese Unberechenbarkeit satt und verstand sowieso nicht, warum das alles passierte.

Traudel genoss das Oma-Sein, nur Mariya war es alles andere als wohl. Sie war am Boden zerstört. Es machte den Anschein, dass sie jetzt alleinerziehend war. Über Nacht, ohne Vorwarnung. Etwas, das sie nie wollte. Mætt hatte sich abgewendet. Der Mensch, den sie über alles liebte, hatte sie verlassen. Die Gründe dafür konnte sie nicht nachvollziehen. Sie tauchte ab, nahm kein Telefon mehr ab und beantwortete auch keine Textnachrichten mehr von Mætt.

So ging es die nächsten Monate weiter. Zwischendurch machten die beiden den ein oder anderen Versuch wieder zusammenzufinden. Doch kein einziger Anlauf war von dauerhaftem Erfolg gekrönt. So wuchs Klein-Lennox überwiegend bei der Oma auf oder begleitete seine Mutter bei deren Arbeit, die sie irgendwann wieder aufnahm, in unterschiedlichen Ställen. Sie mussten ja von etwas leben und sie weigerte sich Geld von Mætt anzunehmen. Das sollte er sich sonst wo hinschieben, pflegte sie zu sagen. Ein paar Wochen waren sie auch in Lipica, wo der Kleine zum Star mutierte und durch sämtliche Stallgassen gereicht wurde. Alles in allem war es aber ein Leben, das Mariya so nicht wollte. Nicht ohne Mætt, aber nicht so unberechenbar, wie der drauf war. Aber auch nicht mit irgendeinem anderen Mann. Fragte man Mætt, dann wollte er das, wie es gerade mit den beiden lief, auch nicht, aber wirklich einsichtig war er nicht. Auf die Idee, dass mit ihm etwas nicht stimmen konnte, kam er schon gar nicht. Deutete das irgendjemand auch nur an, wurde er fuchsteufelswild. Dann tauchte er ab und ward für lange nicht mehr gesehen. Auch seine Freunde kamen nicht mehr an ihn heran.

Mariya arrangierte sich zwangsläufig mit der Situation. Dann war sie eben alleinerziehend. Immer noch besser als einen unberechenbaren Erzeuger im Schlepptau. Finanziell lief alles bestens, so dass Mætt selbst da außen vor blieb. Traudel und Willi gingen auf in ihrer Rolle als Großeltern und ließen die gesamte Familie nochmals zusammenrücken.

Lennox wurde ein Jahr alt und sein Vater ließ sich zur Geburtstagsfeier noch nicht einmal blicken, rief noch nicht einmal an. Im Verlauf seines zweiten Lebensjahres traf er, wenn es hoch kommt, zwei Mal auf seinen Erzeuger. Mætt bot zwar immer wieder an, auch mal ein Wochenende für sein Kind da zu sein. Wann immer es aber wirklich notwendig gewesen wäre, war Mætt irgendwie nicht verfügbar. Entweder war er beruflich irgendwo im Ausland unterwegs oder er war einfach nicht erreichbar. So liefen die ersten Jahre im jungen Leben von Lennox halt ohne seinen Vater ab. Ab einem gewissen Punkt entschied sich Mariya dazu höchstoffiziell die Beziehung zu Mætt zu beenden. Etliche Male versuchte sie ihn erfolglos telefonisch zu erreichen. Wollte ihn treffen, um mit ihm zu reden, was nie zustande kam. Sie schrieb E-Mails und bat um ein Gespräch – ohne Resonanz. Schlussendlich schrieb sie ihm einen etliche Seiten langen Brief, um ihre Sicht der Dinge zu erklären, ihm verständlich zu machen, warum es für sie nicht mehr gemeinsam weitergehen konnte. Seine einzige Reaktion darauf war eine SMS mit zwei Buchstaben: Ok. Damit schien für ihn die Sache erledigt zu sein.

Mariya fand sich in vollständig in ihrem alleinerziehenden Leben ein. Sie renovierte Laras ehemaliges Zimmer und hatte so einen etwas größeren Bereich für sich und Lennox. Ganz tief in ihrem Inneren hatte sie die Hoffnung, dass irgendetwas passierte und doch noch alles gut werden würde, immer noch nicht aufgegeben. Danach sah es im Augenblick allerdings gar nicht aus. Im Gegenteil.

Kapitel 8 – Viviane

Nach Mariyas Brief, in dem sie das Ende ihrer Beziehung erklärt hatte, und Mætts Zwei-Buchstaben-Antwort trat erst einmal Ruhe in beider Leben ein. Sie und der Kurze, wie sie ihn liebevoll nannte, fanden sich mit der Zeit in ihrem neuen Leben ein. Oma und Opa unterstützten Mariya, so gut es ging, mit großer Freude. Mariya, die ja sehr eng mit Dimitris Frau Karin befreundet war, besuchte die beiden immer mal wieder. Dimitri und Lennox verstanden sich prächtig. Onkel Dimi nannte er ihn, als er dann sprechen lernte. „Dimi" durfte ihn außer Lennox niemand nennen. Er hasste diese Verniedlichung seines Namens schon seit Jugendzeiten aus vollem Herzen.

Mariya sprach viel mit Karin, die Mætts Verhalten auch nicht nachvollziehen konnte. Dimitri konnte sich ebenfalls keinen Reim darauf machen, was seinen Freund derart aus der Bahn geworfen hatte. Eine andere Frau schloss er zu diesem Zeitpunkt kategorisch aus. Das hätte er ihm erzählt, behauptete er. Er tat aber gut daran den Kontakt mit Mariya und Lennox vor Mætt zu verheimlichen. Das hätte Mætt nicht verstanden oder verstehen wollen. Als Reaktion war zu befürchten, dass das die Distanz noch mehr verstärkt hätte.

Nach mehreren Monaten Funkstille war es Zeit für die jährliche Herrenpartie. Bogdan und Dimitri waren sich sehr unsicher, ob Mætt überhaupt mitkommen würde. Beide hatten in dieser Zeit keinen regelmäßigen Kontakt zu ihm. Dimitri rang sich durch ihn anzurufen und auf die anstehende Herrenpartie anzusprechen. Wie zu erwarten wollte Mætt nicht mitkommen. Es gehe ihm nicht gut, ließ er verlauten. Dimitri jedoch schaffte es ihn zu überzeugen, dass eine kurze Auszeit seiner Depression keinen Abbruch täte. Einmal überzeugt beschlossen sie dann, sich dieses Mal einen längeren Urlaub zu gönnen. Im Januar, wenn es in Europa kalt und ekelhaft war. Sie konnten alle drei bequem aus ihren Jobs ausbrechen und es sich genüsslich auf der Südhalbkugel gut gehen lassen. Es sollte dieses Mal nach Südafrika gehen. Tauchen und in der Sonne abhängen, ein paar Bierchen trinken und grillen. Mariya war schon etwas neidisch, als sie von dem Ziel der drei hörte. Bogdan hatte es auch in diesem Jahr wieder geschafft allerlei Equipment und Gerätschaften zu besorgen, die den großen Jungs den Aufenthalt versüßten und die es nicht unbedingt auf dem freien Markt zu kaufen gab. Um diese „Goodies" so zu verschiffen, dass sie pünktlich zum Urlaubsbeginn ankamen, dafür setzte er Himmel und Hölle in Bewegung. Zusammen mit dem Wetter, Strand, tiefblauem Meer, besagten Goodies und entsprechenden Mengen Dosenbier war ein großartiger Urlaub quasi vorprogrammiert.

Dimitri hatte Mariya versprochen mit Mætt einmal unter vier Augen zu sprechen, wenn der Zeitpunkt günstig war. Mætt konnte schon ungehalten reagieren, wenn man ihn auf dem falschen Fuß erwischte. Den Urlaub riskieren wollte niemand.

Von Zeit zu Zeit bekam Mariya diskret die neuesten Neuigkeiten aus Südafrika von Karin berichtet. Wie gerne wäre sie dabei gewesen. Die Sonne, die angenehmen Temperaturen, der Strand hätten sicher dazu beigetragen, dass sie hätte mit Mætt reden können und zu ihm auch durchgedrungen wäre. Dachte sie zumindest. Besser gesagt hoffte sie das.

Als Dimitri dann zurück war, hatte er nicht nur Gutes zu berichten. Im Gegenteil. Die gemeinsame Zeit sei super gewesen, aber Mætt war auffällig oft mit seinem Mobiltelefon zugange. Ganz zum Schluss ihres Aufenthalts konnte man ihm entlocken, dass er mit irgendeiner Frau aus Deutschland am SMS-Schreiben war. Er flog auch nicht mit seinen Kumpels zurück, sondern verlängerte noch um eine Woche. Hatte sogar ein super-romantisches Hotel gebucht, weil die Dame für eine Woche nach Afrika kam. Sie hatte wohl gerade so einiges zu verkraften. Das Allerbeste war, dass Mætt sie noch nie gesehen hatte. Ein sogenanntes „Blind Date" also. Mariya verstand die Welt nicht mehr. Sie war hin- und hergerissen zwischen glühender Wut, Zorn und einem Häufchen Elend. Alles hätte sie für möglich gehalten, aber so etwas nicht. Sollte er sich doch mit der Schnalle vergnügen, dachte sie sich. Dann, gefühlt eine Sekunde später, war sie rasend eifersüchtig und heulte vor lauter Wut und Zorn. Karin war sich nicht sicher, ob es eine gute Idee war ihr das alles zu erzählen. Früher oder später hätte sie es aber sowieso mitbekommen.

Die nächste Hiobsbotschaft war, dass Mætt und die besagte Dame, die auf den Namen Viviane hörte, ihre Liaison in Deutschland fortsetzen wollten. Also nichts mit Urlaubsromanze, Hörner abstoßen und zur Tagesordnung übergehen. Selbst Dimitri war entsetzt, als er das hörte. Als die gute Viviane dann ein paar Monate später auch noch bei Mætt einzog, konnte das niemand mehr nachvollziehen. Sie zog dort ein, wo gefühlt kurz zuvor Mætt noch mit Mariya glücklich gewesen war. Sie schlief wahrscheinlich im gleichen Bett, am Ende auf der gleichen Seite, wie es Mariya getan hatte. Nach den spärlichen Informationen, die durchsickerten, musste es wohl die ganz große Liebe zwischen den beiden sein. Mariya verstand die Welt nicht mehr. Als sie dann versuchte, mit Mætt Kontakt aufzunehmen, weil sie wollte, dass er endlich beginnt, sich um seinen Sohn zu kümmern, stellte der sich tot. Dimitri musste vermitteln, damit dieser Idiot überhaupt ans Telefon ging, wenn die Mutter seines Kindes anrief. Mariya war außer sich. Was war denn nur geschehen, dass Mætt, ihr geliebter Mætt, ein solches Verhalten an den Tag legte? Oft lag sie nachts wach und weinte, weil sie das nicht verstehen konnte. Sie war todunglücklich. Eine Horrornachricht jagte die andere und sie war zur Untätigkeit verdammt. Konnte weder mit Mætt reden noch mit der Neuen. „Moment. Warum eigentlich nicht?" Sie würde der anderen einmal stecken, was sie da für einen Typen an Land gezogen hatte. Oder noch besser, sie würde der anderen mit einem Baseballschläger gehörig Bescheid sagen. Sie sollte sich gefälligst aus ihrem Leben verpissen. Dies und noch wesentlich wüstere Gedanken schlichen durch ihr Gehirn. An manchen Tagen war es aber auch in Ordnung. Da war es eben, wie es war. Mætt war weg und mit einer anderen zusammen. Damit musste sie klarkommen.

Irgendwann siegte die Neugierde und sie rang sich dazu durch, an die ihr nur zu gut bekannte Adresse zu fahren und dann doch ein vernünftiges Gespräch mit eben dieser Viviane zu führen. Wenn die schon mit ihrem Mann lebte, dann sollte sie auch wissen, was sie damit kaputt gemacht hatte. Traudel erzählte sie davon nichts. Sie sagte ihr, dass sie einmal etwas anderes sehen müsse und ausgehen würde. Traudel verstand das nur zu gut und hütete Lennox nur zu gerne.

Je näher Mariya Mætts Haus kam, desto mehr fragte sie sich, ob das eine gute Idee war. Die Neue saß anscheinend fest im Sattel. Mætt hatte sich für sie entschieden. Was außer Häme sollte dieses neue Pferd im Stall für die Ausgemusterte Ex-Freundin übrighaben? Mætt war nicht da, das wusste sie. Traudels Kleinwagen parkte sie auf einem unbefestigten Parkplatz ganz in der Nähe von Mætts Wohnung. Es war dunkel, zwar nicht allzu spät, aber irgendwie eine besonders dunkle Nacht. Es gab ja solche Nächte. Kein Mond, keine Sterne und irgendwie ganz besonders dunkel. Passend zu ihrer Stimmung. Als sie zu Fuß in Mætts Straße einbog, verlangsamte sie ihren Schritt. Wurde zögerlich. Ging einfach ein Stück weiter, an Mætts Haus vorbei in der kleinen Straße. Rundherum waren bei den Nachbarn alle Rollläden bereits heruntergelassen. Nirgendwo auch nur ein Anzeichen von Leben. So stand sie da und beobachtete das Haus, in dem sie so lange glücklich ein- und ausgegangen war. Konnte sich nicht durchringen zu klingeln. Sie hatte zwar noch einen Schlüssel, würde aber nie wagen, sich auf diese Art und Weise Zutritt zu verschaffen. Dazu hatte sie kein Recht – mehr.

Sie beschloss um das Haus herum in den Garten zu gehen und nachzuschauen, ob sie vielleicht einen schnellen Blick hinein ins Wohnzimmer erhaschen konnte. Sie musste nur aufpassen, dass sie nicht von dem rauchenden Nachbarn, der gerne im Dunkeln stand und genau das tat, was sie jetzt zu tun vorhatte, erwischt wurde. Vorsichtig schaute sie um die Hausecke herum. Noch konnte sie gehen, aber ihre Neugierde siegte. Aus dem Inneren ihres Hauses dröhnte laute Musik. Irgendetwas Klassisches. Eine Arie. Diese Art Musik war ihr suspekt. Die Menschen, die solche Musik hörten, waren ihr noch suspekter. Eigentlich waren sie und Mætt sich da einig.

Die Rollläden am Nachbarhaus waren heruntergelassen, der Nachbar rauchte ausnahmsweise mal nicht. Sie huschte um die Hausecke und konnte nur von dünnen Vorhängen geschützt einen verschwommenen Blick ins Innere werfen. Zuerst sah sie niemanden. Dann kam sie, scheinbar mit einem Glas Wein in der Hand, aus der Küche und näherte sich der Couch – ihrer Couch. Die gleiche Couch, auf der sie so viele schöne Momente mit Mætt verbracht hatte. Gänzlich unbeobachtet wähnte sich Viviane und bewegte sich so, als wäre sie schon immer dort zuhause gewesen. Das war zu viel für Mariya. Diese hässliche Musik dröhnte in ihren Ohren, verspottete sie, dann noch diese Frau. Ihre Augen füllten sich mit Tränen und sie musste gehen. Am liebsten wäre sie gerannt. Als sie über den kleinen Zaun stieg und auf die Straße zurückkehrte, begegnete ihr wohl irgendein Nachbar, der seinen Hund spazieren führte. Sie senkte den Kopf und ging grußlos an dem Menschen vorbei, der auch keine Reaktion zeigte. Zurück im Auto ließ sie ihren Gefühlen zunächst freien Lauf und weinte bitterlich. Als sie sich beruhigt hatte, startete sie Traudels Wagen und fuhr langsam zurück nachhause. Sie fühlte sich wie ein Häufchen Elend. Mit einer warmen Bettflasche auf dem Bauch kroch sie erschöpft in ihr Bett. Schlafen konnte sie auch nicht sofort, denn zu viele Gedanken kreisten in ihrem Kopf. Hässliche Gedanken. Sie fand irgendwann einen unruhigen Schlaf mit wirren Träumen und fühlte sich am nächsten Morgen wie gerädert.

Traudel sagte nichts, als sie Mariya beim Frühstück in der Küche sitzen sah. Sie konnte sich ihren Teil wohl denken. Mehrere Wochen vergingen, in denen nichts wirklich Aufregendes passierte. Sie musste ein, zwei Mal mit Mætt telefonieren. Zu ihrer Überraschung nahm er auch direkt sein Telefon ab. Sie klärten, was zu klären war, in einem freundlichen Ton. Am Ende des Gesprächs zögerten beide aufzulegen. Zumindest zögerte sie, weil sie seine Stimme so gerne hörte.

Irgendwann war die hässliche Jahreszeit vorbei. Es wurde wärmer und vieles wirkte zumindest freundlicher. Sie hatte einen Auftrag und wusste, dass sie für eine Woche in einem Stall in Italien sein würde. Das ließ sie etwas optimistischer in ihre eigentlich graue Zukunft blicken. Bella Italia. Im Frühling. Ein Lichtblick, sagte sie sich. Vorher wollte sie aber noch Dimitri und Karin besuchen. Sie musste mit normalen Menschen sprechen.

Dort angekommen spürte sie sogleich, dass irgendetwas anders als sonst war. Dimitri war still und in sich gekehrt. Wortkarg. Nachdenklich. Es war überwiegend in seinem „Herrenzimmer" im Keller und kam nur zum Essen heraus. Von Karin erfuhr Mariya, dass Mætt wollte, dass Dimitri seine neue Flamme kennenlernte. Sie hatten etwas eingefädelt, so dass es ein unbefangenes Kennenlernen werden konnte. Mætt wollte wohl Dimitris Meinung zu der neuen Frau an seiner Seite hören. Genaueres wusste Karin aber nicht.

Dimitri spielte mit und kam hell entsetzt von diesem Kennenlernen zurück. Er verschwand sofort im Keller und kam erst Stunden später wieder hoch. Mit deutlicher Alkoholfahne und noch wortkarger, als er die Tage zuvor schon gewesen war. Was genau er Karin erzählte, wusste Mariya nicht, er sagte lediglich, dass man dem Verblendeten die Augen öffnen müsste. Ein paar Tage später hatten sich die beiden Freunde zum Essen verabredet. Mætt wollte seine „Absolution" für seine neue Herzdame abholen. So formulierte das Dimitri. Das Treffen endete, wie nicht anders zu erwarten, in einem Fiasko. Mætt wollte weder verstehen noch akzeptieren, was Dimitri ihm zu berichten hatte. Das Ende vom Lied war, was niemand erwartet hatte, dass Mætt die Freundschaft zu Dimitri aufkündigte. Ganz großes Kino musste das in dem Nobelrestaurant gewesen sein. Dimitri erzählte nicht viel. Dementsprechend niedergeschlagen war seine Verfassung. Weder Karin noch Dimitri verstanden Mætt. Eigentlich sollte er dankbar sein, dass sich jemand um ihn sorgte, ihm auf jede erdenkliche Art helfen wollte. Er aber warf alles über Bord und kündigte die Freundschaft zu einem der wenigen Menschen auf, die seit unglaublich langer Zeit loyal an seiner Seite standen. In dessen Hände er mehr als nur einmal sein Leben gelegt hatte und der jederzeit das seinige Leben in Mætts Hände legen würde. Ohne Zögern.

„Dieser Idiot", schrie Dimitri in einem ersten Wutausbruch, „wegen einer Frau! Unglaublich!"

Dann warf er mit Gegenständen um sich. Er beruhigte sich zwar wieder, hatte aber schwer an dem Bruch der Freundschaft zu tragen. Noch Tage später fing er unvermittelt an verständnislos den Kopf zu schütteln. Das hatte ihn schwer getroffen.

Mariya war alarmiert! Irgendetwas mit gewichtiger Bedeutung musste passiert sein, wenn Mætt seine Freundschaft zu Dimitri aufs Spiel setzte. Ausgerechnet die beiden. Mariya fasste sich ein Herz und beschloss die Initiative zu ergreifen und mit Mætt zu sprechen. „Angriff ist die beste Verteidigung", sagte sie sich. Manchmal musste man die Menschen auch zu ihrem Glück zwingen. War das nicht eine Lebensweisheit? Dazu kontaktierte sie Leonie, Mætts Tochter, um herauszufinden, wann ihr Vater wieder in seinem Stammhotel in der Nähe seines Firmenhauptsitzes abstieg. Willig versprach Leonie, die gewünschte Information zu liefern. Sie ließ im Gespräch mit Mariya durchblicken, dass Papas Neue so gar nicht ihr Fall war. Zu laut, zu schrill, zu schräg. Sie hatte sich das eine Weile angeschaut und dann beschlossen ihren Vater nur noch dann zu besuchen, wenn er alleine war. Da der gute Mætt aber scheinbar einen Narren an Viviane gefressen hatte, bekam man die beiden nur im Doppelpack.

Was auch die Zeit, die Mætt mit seiner Tochter verbrachte, erheblich reduzierte.

Irgendwann zu Beginn des Frühlings, als die Tage schon schön warm waren und die Nächte noch ein bisschen abkühlten, war der Moment gekommen. Mætt war für eine komplette Woche am Hauptsitz seiner Firma beschäftigt. Also war er auch mit Sicherheit in seinem Stammhotel abgestiegen. Wann immer er in die Zentrale musste, stieg er dort ab. Fast ein zweites Zuhause. Das Hotel war ruhig, zentral und doch etwas abseits am Feldrand gelegen. Mætt hatte feste Joggingstrecken und kannte die Infrastruktur in puncto Gastronomie im Umkreis sehr gut. Das war der Moment, auf den Mariya gewartet hatte. Sie selbst war etliche Male zusammen mit Mætt in dem Hotel abgestiegen und kannte daher den ein oder anderen Angestellten. In einer ersten Überlegung wollte sie sich Mætts Zimmer öffnen lassen und dort auf ihn warten. Sie verwarf diesen Gedanken aber sogleich wieder. Es konnte eher von Nachteil für ihr Vorhaben sein, wenn sie sich das Zimmer öffnen ließ und Mætt mit der Neuen zurückkam. Ein Klassiker! An dieser Art Überraschung hatte Mariya kein Interesse. Im Hotel angekommen, sprach sie kurz mit dem alten Nachtportier, den sie von ihren früheren Aufenthalten kannte, und setzte sich in der Empfangshalle im Hintergrund in einen Sessel, um auf Mætt zu warten. Die Beleuchtung war nicht allzu üppig, daher war es unwahrscheinlich, dass sie bemerkt wurde, sollte Mætt bei seiner Rückkehr nicht alleine sein.

Sie saß eine ganze Weile in dem Sessel, war auch schon ein, zwei Mal eingenickt, als Mætts Audi in eine Parklücke navigierte. Er stieg aus und war alleine. Innerlich atmete sie auf. An seiner vertrauten Art sich zu bewegen erkannte sie, dass er in gelöster Stimmung zu sein schien. Die Rezeption war unbesetzt, Mætt betrat das Foyer, blickte sich blitzschnell um und bog ab in Richtung seines Zimmers.

„Hallo Mætt!", sprach ihn Mariya auf Russisch an.

Mætt gefror in der Bewegung, drehte sich um und kam langsam näher. Da die Rezeption heller beleuchtet war als das restliche Foyer, dauerte es einen Moment, bis sich seine Augen an das Dämmerlicht gewöhnt hatten und er etwas erkennen konnte.

„Mariya!", erwiderte er tonlos und kam näher. Dicht standen sie sich gegenüber. Mariya roch seinen Atem. Zögerlich nahmen sie sich in die Arme, standen ganz dicht beieinander und hielten sich fest. Sie spürte Mætts Hand an ihrem Hintern, spürte seinen Atem in ihren Haaren, die Wärme seines Körpers, was sie unglaublich erregte.

„Träume ich und halte den alten Nachtportier in den Armen, wenn ich jetzt die Augen wieder öffne?", fragte Mætt mit einem Lächeln in der Stimme leise auf Russisch.

„Dann wäre es an der Zeit, dass du deine Hand von seinem Hintern nimmst", erwiderte Mariya grinsend ebenso leise.

„Woher weißt du, dass ich hier bin?", fragte er.

„Das erzähle ich dir alles nachher. Lass uns jetzt auf dein Zimmer gehen!", flüsterte Mariya ihm ins Ohr.

Kaum dort angekommen, waren sie auch schon aus ihren Kleidern. Sie fielen mit einer unglaublichen Leidenschaft übereinander her. Sie liebten sich bis in den frühen Morgen. Alles fühlte sich richtig an. Unglaublich schön. Zutiefst befriedigend. Beruhigend. All die schlechten Gedanken, die Sorgen, das Ungewisse waren wie weggeblasen. Alles war gut. Mariya bewegte sich auf einer Wolke von Geborgenheit, fühlte sich begehrt und geliebt.

„Mætt, ich kann ohne dich nicht sein", flüsterte sie ihm ins Ohr.

„Ohne dich bin ich nicht vollständig. Mit dir leide ich aber unsäglich, weil du so unberechenbar, so mies und gemein mit mir umgehst. Mit mir! Mit mir! Mit dem Menschen, der dich am allermeisten liebt."

Mætt begann still zu weinen. Er schaute sie stumm an und weinte. Konnte gar nicht mehr aufhören zu weinen. Schluchzte. Sie lagen ganz dicht aneinandergepresst, schauten sich an und Mætt weinte sich in den Schlaf. Sie hatte ihn getröstet, fast so, wie sie Lennox tröstete, wenn der unglücklich war. Mariya schlief auch noch ein paar Stunden, stand dann leise auf, um ihn nicht zu wecken, zog sich an und schrieb ihm ein paar Zeilen auf Kyrillisch. Er sollte sie anrufen, wenn es ihm danach sei. Mehr nicht. Sie wusste aber sehr wohl, dass er so gut wie kein Kyrillisch lesen konnte, und musste schmunzeln. Danach schlich sie sich aus dem Zimmer, aus dem Hotel und fuhr innerlich ganz ruhig und zufrieden zurück nachhause. Nach dieser Nacht bestätigte sich für sie das, was sie noch nicht einmal zu hoffen gewagt hatte. Ihre Herzen schlugen nach wie vor noch füreinander. Nicht mehr, nicht weniger.

Alles an ihr roch nach Mætt. Wenn sie die Augen schloss, konnte sie noch seine Hände auf ihrem Körper spüren, konnte ihn in sich spüren. Alle Last war zumindest vorübergehend von ihr abgefallen. Eine seltsame Zuversicht ergriff Besitz von ihr.

„Alles wird gut", dachte sie sich, „keine Ahnung warum, aber ich spüre genau, dass alles gut wird!"

Von diesen Gedanken gestärkt ging sie zur Tagesordnung über. Es dauerte noch eine ganze Weile, bis sie Neuigkeiten von Mætt zugetragen bekam. Anfang Mai erzählte ihr Karin, dass Mætt und Viviane sich wohl nach größeren Differenzen getrennt hatten und Viviane wieder dorthin zurückgekehrt sei, wo sie nur ein paar Monate vorher hergekommen war. Sie war froh, das zu hören, wartete aber vergebens darauf, dass sich so etwas wie Genugtuung einstellte. Einzig die Tatsache, das Mætt jetzt wieder solo war, bedeutete gar nichts. Er musste an sich arbeiten, der Ursache seiner Beschwerden auf den Grund gehen. Sie war felsenfest davon überzeugt, dass das mit dem Einsatz in Bosnien zu tun hatte, bei dem sie sich vor mehr als einem Jahrzehnt kennengelernt hatten. Mætt war wohl schwerer am Kopf verletzt, als alle dachten. Keine Ahnung, was passiert war, dass diese Wesensveränderung als Resultat dieser Verletzung in den letzten Jahren so geballt zutage getreten war. Es war auch nicht ihre Aufgabe das herauszufinden. Das musste Mætt selbst in Angriff nehmen. Wenn er in dieser Richtung nichts unternahm, dann wollte sie keine Neuauflage ihrer Beziehung. Das machte unter solchen

Vorzeichen keinen Sinn. Es war dann nur eine Frage der Zeit, bis sich die alten Mechanismen wieder einstellten und sie was auch immer auszubaden hatte.

Natürlich war sie neugierig. Wollte wissen, ob er etwas unternahm oder ob er einfach so weitermachte wie bisher. Weder von Dimitri noch von Karin war etwas zu erfahren. Es war immer noch Eiszeit zwischen Dimitri und Mætt. Es schien, dass er sich nach Polen zurückgezogen hatte und Dariusz beim Renovieren ihres Hauses half. Es war immer noch „ihr" Haus. Ihr gemeinsames Ding. Gerne hätte Mariya den Baufortschritt gesehen, wenn es denn einen gab. Hinfahren und sich selbst ein Bild machen wollte sie aber auch nicht. Sollte der Depp ruhig merken, dass er jetzt am Zug war etwas zu unternehmen, wenn er wollte, dass sie wieder zusammenfinden sollten.

Dann, wieder etliche Monate später, schon im neuen Jahr klingelte ihr Mobiltelefon. Sie erkannte Karins Nummer.

„Hi Mariya. Ich muss es kurz machen. Vor circa zweieinhalb Stunden ist Mætt hier angekommen. Er bleibt zum Essen. Seitdem ist er mit Dimitri in seiner Höhle verschwunden. Dimitri kommt nur zum Kaffeeholen heraus. Sie scheinen eine Menge zu bereden zu haben."

„Ist das ein gutes oder ein schlechtes Zeichen?", fragte eine verunsichert klingende Mariya.

„Na ja, er sieht total scheiße aus. Bleich, abgemagert, übernächtigt. Muss wohl direkt aus Polen kommend in einem Rutsch bis zu uns durchgefahren sein. Für mich ist das ein gutes Zeichen, dass er zu Dimitri kommt. Sie reden. Das ist immer gut."

„Ich wünsche mir so sehr, dass das mit uns wieder in die Spur kommt. Dafür muss er aber was tun", erwiderte Mariya mit leicht resigniertem Unterton.

„Ich muss auflegen. Die beiden kommen aus dem Keller. Ich halte dich auf dem Laufenden", schloss Karin und damit war das Telefonat auch schon beendet.

Zwei Tage später berichtete Karin, dass die beiden Jungs sich wieder vertragen hätten. Große Aussprache, Entschuldigung von

Mætt inklusive. Mætt hatte wohl von Dariusz einen Tritt in den Hintern bekommen, weil er gesoffen hatte wie ein Dromedar und nichts mehr auf die Reihe gekriegt hatte. Jetzt war er erstmal abstinent und hatte noch mit den Nachwirkungen zu kämpfen. Laut Karins Bericht hatte Mætt eingesehen, dass er ein Problem hat und seinen Stimmungsschwankungen, den Wesensveränderungen auf den Grund gehen musste. Eigeninitiativ. Was das „Wie" anging, war er komplett ratlos, aber Dimitri half ihm auf die Sprünge, indem er ihm von dem Gespräch mit Olaf, dem Psychologen, erzählte, der sofort nach den Berichten von Dimitri, Karin und Mariya auf PTBS (Posttraumatische Belastungsstörung) getippt hatte. Er wollte dazu aber nochmals recherchieren und sich melden. Mætt war nach ihren Gesprächen aufgebrochen, um nachhause zu fahren. Er wollte seinerseits irgendwelche Kontakte, die er noch hatte, um Rat beziehungsweise um Hilfe bitten.

Alles in allem sind das gute Nachrichten, dachte Mariya. Melden könnte er sich aber schon einmal bei ihr, befand sie. Seit ihrem Treffen in dem Hotel, in dem sie die Nacht miteinander verbracht hatten, war die Kontakt wieder nahezu abgerissen. Sie hatten ein, zwei Mal miteinander telefoniert. Mehr aber auch nicht. Es blieb still. Weitere Wochen und Monate vergingen ohne eine Nachricht von Mætt.

Kapitel 9 – Alles ist gut?

Mariyas Leben ging auch ohne Mætt weiter. Lennox wurde älter und kam in einen Hort. Für Mariya ein großer Schritt, den Kleinen doch ein Stück weit loszulassen. Seiner Entwicklung würde es sicher gut tun von anderen Menschen, vor allem von Gleichaltrigen, umgeben zu sein. Lennox war alles andere als unkompliziert, daher würde hoffentlich ein Entwicklungsschub mit dem Hort und dem Kontakt mit anderen Kindern einhergehen. Mariya hatte dadurch, dass Lennox am Vormittag im Hort war, plötzlich Zeit gewonnen. Zeit für sich. Nachdem sich das schlechte Gewissen, ihr einziges Kind in einen „Kindergulag" abgeschoben zu haben, gelegt hatte, lernte sie die neue, alte Freiheit wieder zu schätzen. Sie machte Dinge für sich, fing wieder mit dem Joggen an, bummelte in aller Ruhe entweder durch die nahe Kreisstadt oder durch das etwas weiter entfernte Freiburg.

Sie begann auch sich mit Männern zu treffen. Nicht weil sie auf ein Abenteuer aus war, sondern weil sie ein anregendes Gespräch mit einem intelligenten Mann zu schätzen wusste. Wenn der denn etwas zu sagen hatte. Schon in der Vergangenheit kam sie besser mit Männern als mit Frauen zurecht. Die meisten Exemplare aus der Gattung Mann hatten aber lediglich eine, dafür eindeutige Absicht, die sie noch nicht einmal verbergen wollten oder konnten. Diese Treffen kamen meist erst gar nicht zustande und wenn doch, dann endeten sie abrupt. Sie lehnte es ab Männer im Internet kennenzulernen, sondern beschränkte sich auf

das „richtige Leben". Meistens waren das Zufallsbekannt-
schaften. Den einen lernte sie beim Abholen von Lennox aus
dem Hort kennen, den anderen traf sie beim Sport im Fitness-
center. Nichts Verwerfliches also. Bei einem dieser Exemplare
ließ sie sich auf eine wilde Knutscherei im Auto in den nahen
Weinbergen ein. Das Ganze eskalierte dann, als der Herr ihr
massiv an die Wäsche wollte und sich auch von einem wieder-
holten „Nein" nicht stoppen ließ. Nachdem sie ihm dann unmissverständlich klar gemacht hatte, dass daraus nichts würde,
musste sie ganze fünf Kilometer bei Nacht und eiskaltem Wind
zurück nachhause laufen. Der Stolz des Mannes hatte wohl derart Schaden genommen, dass er sie an Ort und Stelle aus dem
Wagen warf.

Georg war anders. Ihn lernte sie in einer Buchhandlung in
Freiburg kennen. Sie war gerade dabei nach Pferdeliteratur zu
stöbern, als er sie auf eine höfliche und unaufdringliche Art an-
sprach. Sie fanden sich nett und verlegten ihr Gespräch direkt
aus der Buchhandlung in ein schickes Café in der Freiburger Altstadt. Georg war ein charmanter Plauderer, erwähnte sofort, dass
er verheiratet ist und schien über einen gewissen Grad an Bildung zu verfügen. Alles ohne Hintergedanken, schien es. Georg
war wohl Mitte vierzig, groß, schlank und trug schlechtsitzende,
dafür aber teure Anzüge mit stilistisch unmöglichen Krawatten.
Mariya war das egal. Aus dieser zufälligen Begegnung entsprang
eine lose Bekanntschaft. Sie schrieben sich unverfängliche Nachrichten und trafen sich auch das ein oder andere Mal an wechselnden Orten auf einen Kaffee, plauderten und gingen danach
ihrer Wege. Mariya fiel schon auf, dass Georg großen Wert auf
Exklusivität legte. Er war mit teurem Schmuck und wohl täglich
wechselnden Uhren der oberen Preisklasse behängt. Sein Auto
war eindeutig aus dem Segment der Luxuskarossen und er
machte auch keinen Hehl daraus, dass er zumindest gut situiert
war. Er ließ das nicht auf eine übertriebene Art und Weise her-
aushängen, er pflegte ein gewisses Understatement, aber es
schien ihm schon wichtig dies zu betonen. Auch nach etlichen

Treffen hatte er nie Anstalten gemacht Mariya auf die Pelle zu rücken. Das hatten die beiden von Anfang an geklärt. Mariya sagte geradeheraus, dass sie an ihm als Mann nicht interessiert sei, und er betonte wiederholt, dass er gut und vor allem gerne verheiratet sei. Für Mariya war das Thema geklärt und sie genoss seine unaufdringliche Art und die netten Gespräche. Georg ließ auch keinen Zweifel daran, dass er Mariya als sehr attraktiv empfand und sparte nicht an Komplimenten. Ab und an brachte er zu einem ihrer Treffen, die bis dahin ausschließlich am Nachmittag stattgefunden hatten, auch Blumen mit. Welcher Frau tut so etwas nicht gut? Bei einem ihrer Treffen lud er Mariya für das kommende Wochenende in ein sehr angesagtes, teures Nobelrestaurant ein, dessen Küche ein oder zwei Sterne hatte. Mariya war in diesem Restaurant schon einmal vor Jahren mit ihrer Familie gewesen.

Er hatte Mariya gebeten sich für diesen Abend in Schale zu werfen, weil der Abend ja etwas Besonderes sein sollte. Sie würden sich jetzt zwei Monate kennen und das sollte man eben besonders, eben mit einem Essen in nicht alltäglichem Ambiente, würdigen. Georg holte sie zuhause mit seinem Luxusschlitten ab. Mariya kam es so vor, als würde er heute besonders nach einem sicherlich teuren Parfum riechen. Auch blickte er scheinbar besonders intensiv in Mariyas Augen und berührte öfter als notwendig rein zufällig Mariyas Hand. Sie registrierte das sehr wohl, maß dem aber keine besondere Bedeutung bei. Er war ja sonst auch immer in Ordnung, was den Umgang mit ihr betraf. Ein Kavalier eben, hätte man früher gesagt.

In dem Restaurant angekommen, hielt er Mariya galant die Tür auf. Vom Maître nach der Reservierung gefragt wurden die beiden von diesem zum Tisch geleitet. Mariya wurde der Sessel, in dem sie am Tisch saßen, sehr professionell unter ihren Hintern geschoben. Sie bekamen von dem für ihren Tisch zuständigen Kellner, sie hatten einen eigenen, die Speisekarte vorgelegt und die Empfehlungen des Hauses vorgetragen. Georg entschuldigte sich kurz und kam nach wenigen Minuten wieder. Georg bat auch darum für Mariya bestellen zu dürfen, was in dieser Kategorie Restaurant üblich zu sein schien. Natürlich suchte er einen entsprechenden Wein zum Essen aus. Sie plauderten miteinander in gelöster Stimmung, während sie auf die Vorspeise warteten, denn Mariya war alles andere als von dem Setting eines Sternerestaurants beeindruckt. Sie kannte das bereits von diversen Essen mit ihren Geschäftspartnern. Die luden nach erfolgreicher Arbeit in ähnliche Etablissements. Also alles nichts Neues für Mariya und auch nichts, was sie vor Ehrfurcht hätte erstarren lassen.

Sie hatten eine leichte Vorspeise. Irgendeine geräucherte Forelle, die sicherlich einen unglaublich vornehmen Namen trug. Georg war charmant, lobte ihr Kleid und sparte auch sonst nicht mit Komplimenten.

Als dann der Hauptgang kam, kostete er professionell den entsprechenden Wein, wartete, bis der Kellner seinen Spruch zum Wein und zum Essen aufgesagt hatte, und schaute dann Mariya besonders lange in die Augen. Er räusperte sich dezent und sagte:

„Mariya, es freut mich ganz besonders, dass wir diesen besonderen Abend hier miteinander verbringen dürfen. Lass uns das Besondere doch nach dem Essen in einem der Zimmer des angeschlossenen Hotels noch gebührend feiern."

Dezent schob er ihr eine Schlüsselkarte, auf deren Etui in geschwungenen Ziffern die Nummer Zwölf vermerkt war, über den Tisch. Mariya hatte gerade die Beilage in die zarte Sauce, die kunstvoll über dem Hauptgang verteilt war, getunkt. Sie glaubte sich verhört zu haben. Ihre Hand, die die Gabel führte, verharrte auf dem Weg zu ihrem Mund.

„Entschuldigung Georg, wie meinst du das?", fragte sie mit in Furchen gelegter Stirn.

„Na ja,", erwiderte der mit samtener Stimme, „du willst das doch auch, oder? Wir kennen uns doch jetzt schon eine ganze Weile und wenn ich das richtig deute, dann hast du doch mehr als nur ein platonisches Interesse an mir."

„Du glaubst jetzt also allen Ernstes, dass ich nach dem Essen mit dir hoch in eines der Zimmer komme und mit dir vögle?", fragte Mariya mit unschuldigem Gesicht und in einer Lautstärke, die dem Etablissement definitiv nicht angepasst war. Georg zuckte merklich zusammen, konnte nichts Sinniges antworten und wusste gleichzeitig, dass er zu hoch gepokert hatte. Dieser Abend würde definitiv nicht so enden, wie er sich das sicherlich ausgemalt hatte.

„Du willst mich also für einen Fick mit einem Drei-Gänge-Menü bezahlen? Weiß deine Frau davon?", fuhr Mariya fort und ließ die restlichen Gäste an ihrer Unterhaltung teilhaben.

Georg hob beschwichtigend die Hände und nickte entschuldigend den Gästen zu, die interessiert zu ihrem Tisch schauten.

„Weißt du was Georg? Fick dich selbst! Kauf dir irgendeine billige Nutte, die sich von deinem Getue beeindrucken lässt. Ich bin da definitiv nicht die Richtige."

Mariya lächelte ihn an, stand auf und schüttete den gesamten Hauptgang inklusive Teller auf Georgs Schoss und kippte den Wein hinterher. Georg erstarrte und brachte keinen Ton heraus.

Mariya ging in aller Seelenruhe an ihm und den anderen Gästen vorbei. Eine ältere Dame klatschte laut Beifall und zwinkerte Mariya verschwörerisch zu.

Auf dem Weg nach draußen nickte sie dem unverhohlen grinsenden Kellner zu und bestellte sich ein Taxi. Den horrenden Preis bis nachhause zahlte sie gerne.

Von Georg hörte sie nichts mehr und verlor nach dieser Begebenheit auch die Lust an weiteren Männerbekanntschaften.

Die Zeit schlich. Sie hatte einen Job in einem recht bekannten Gestüt in der Gegend um Oldenburg. Sie beschloss Lennox mitzunehmen und den Auftrag mit dem Besuch bei Dimitri und Karin zu verbinden. Das war ein kleiner Umweg, den sie gerne in Kauf nahm, wenn sie die beiden sehen konnte.

Dimitri und Karin freuten sich über den Besuch. Lennox mochte Onkel Dimi sehr gerne, weil der immer Sachen mit ihm machte, die er zuhause nicht durfte. Feuer machen zum Beispiel.

Sie saßen im Garten und hatten den Holzkohlegrill angezündet und ein paar Steaks und Würste gegrillt. Entspannte Stimmung, super Wetter, was wollten sie mehr. Als Dimitris Mobiltelefon klingelte, hob er es in die Höhe, damit man den Namen des Anrufers sehen konnte. Mætt!

Alle waren mucksmäuschenstill, als er abnahm. Aus dem Gerät kam ein aufgeregter Redeschwall. Man verstand jedes einzelne Wort von Mætts aufgeregter Stimme, auch ohne dass der Lautsprecher zum Mithören aktiviert wurde. Man konnte einen aufgekratzten Mætt hören, der von der Wüste, den irdenen Farben fabulierte und dessen pathetisches Schwärmen schier kein Ende fand.

„In drei Tagen bin ich bei dir!", beendete Dimitri den Anruf.

„Jetzt muss ich telefonieren!", entschuldigte er sich bei Karin und Mariya.

„Was war das jetzt?", fragte Mariya mit Blick auf Karin.

„Mætt ist seit einigen Monaten in den USA und lässt sich behandeln", erklärte Karin. „Er hat wohl einen Spezialisten gefunden, der auf diese Art Traumata spezialisiert ist. Dort haben die ihn in den letzten Wochen durch die Mangel gedreht."

„Wie lange ist er da schon?", fragte Mariya.

„Soweit ich weiß, schon seit knapp drei Monaten. Er wurde körperlich intensiv untersucht. MRTs vom Gehirn, um zu schauen, ob es da tatsächlich einige Schäden hat von damals. Eine PTBS wurde diagnostiziert und begonnen zu behandeln. Jedenfalls hat er den Rat von einem der Psychologen oder Psychiater bekommen, sich seinen Ängsten zu stellen. Er soll wieder anfangen Fallschirm zu springen. Dimitri hat ihn davon überzeugt, das auf jeden Fall zu tun. Hat ihm versprochen mit ihm zu springen, wenn er seine Lizenz erneuert hat. Wenn ich den Redeschwall richtig deute, scheint das gerade passiert zu sein."

Mariya nickte still vor sich hin.

„Meinst du das hilft? Was verspricht man sich davon?"

„Laut Dimitri ist Mætt seit dem Einsatz damals in Bosnien nicht mehr gesprungen. Kein Wunder bei dem, was er da erlebt hatte. Aber Dimitri wäre nicht Dimitri, wenn er nicht einen Plan hätte. Er hat seine Beziehungen spielen lassen und mit alten Kameraden von damals eine Wiederholung des Sprungs, der so schief ging, vereinbart. Frag mich nicht, was das genau bedeutet. Anscheinend ein Nachtsprung aus großer Höhe. Keine Ahnung. Jedenfalls hat er Bogdan mobilisiert, der mitkommt. Sie wollen das so detailgetreu wie möglich nachstellen. Danach wollen sie Mætt nach Bosnien an die Originalschauplätze von damals schleppen und ihn so dazu nötigen sich mit dem Erlebten endlich auseinanderzusetzen. Ihm so helfen abschließen zu können, wenn es da noch etwas Unverarbeitetes gibt. Vor allem wollen sie ihn an die Landezone von damals schleppen. Keine Ahnung, ob das was bringt. Von all dem weiß er noch nichts. Sie wollen ihn überrumpeln und so seine Gegenwehr auf ein Minimum reduzieren. Du weißt ja, wie er sein kann, wenn er etwas partout nicht will."

Mariya blies laut Luft aus ihren geblähten Backen. Schüttelte den Kopf, zuckte mit beiden Schultern.

„Ein Versuch ist es jedenfalls wert", kommentierte sie Karins Ausführungen.

Wieder vergingen mehrere Wochen, ohne dass sie irgendein Sterbenswörtchen von Mætt gehört hatte. Von Dimitri beziehungsweise von Karin wurde ihr berichtet, dass die Rechnung anscheinend voll aufgegangen sei. Sie hätten den Sprung nachgestellt und seien im Anschluss nach Bosnien zu den Schauplätzen ihres Einsatzes von damals geflogen. Mætt habe nach anfänglicher Gegenwehr kooperiert und alle seien sehr zufrieden gewesen, nachdem er sich überwunden hatte. Er sei jetzt wieder zuhause, würde ein recht anspruchsvolles Programm aus Psychotherapie und Sport absolvieren und wolle sich alle sechs Monate in den USA den Spezialisten stellen. Arbeiten würde er auch schon wieder und abstinent sei er auch schon seit Monaten. Mætt ohne Bier? Das konnte sich Mariya so gar nicht vorstellen. Wenn er doch zurück war und halbwegs auf dem Weg der Besserung, warum meldete er sich nicht? Auf gar keinen Fall wollte sie den ersten Schritt machen und ihn kontaktieren. Sollte er sich doch melden, wenn ihm etwas an ihr lag!

Zwischenzeitlich eskalierte die Situation mit Lennox im Kindergarten. Er war ein ziemlich schlaues Kerlchen, dessen körperliche Entwicklung im Vergleich zu den anderen Kindern seiner Altersklasse aber weit hinterherhinkte. Dafür konnte er bereits etwas lesen, ein bisschen rechnen und bezeichnete sich selbst als wesentlich schlauer als der Rest seiner Altersgenossen. Die Leiterin des Kindergartens hatte Mariya schon des Öfteren einbestellt und ihr vom auffälligen Verhalten ihres Sohnes berichtet. Er mobbe die Kinder, die er als „dumm" bezeichne. Schuldbewusstsein zeige er nicht im Ansatz, auch wenn er direkt auf die Unmöglichkeit seines Verhaltens angesprochen werde. Die Kindergärtnerin sprach Lennox einen sehr großen Mangel an Empathie aus und bezeichnete ihn als ein im Umgang mit anderen charakterlich grausames Kind. Sie riet Mariya unbedingt einen Spezialisten zu konsultieren und den Jungen untersuchen zu lassen. Mariya war durch diese Nachricht erwartungsgemäß niedergeschmettert. In den Abschnitten, wenn es mit Lennox nicht rund lief, wenn sie nicht wusste, wie sie reagieren sollte, oder wenn sie einfach nur eine zweite Meinung gebraucht hätte, fühlte sie sich von Mætt völlig im Stich gelassen, was nicht im Geringsten verwunderlich war.

An einem Freitagnachmittag warf sie ihren Vorsatz über Bord, Mætt nicht zu kontaktieren. Sie rief ihn direkt auf seinem Mobiltelefon an. Nach dem zweiten Läuten ging er ran.

„Einen Moment bitte, ich muss schnell den Raum verlassen", meldete er sich mit professionellem Ton, scheinbar ohne zu registrieren, wer am anderen Ende war. Nach einigen Sekunden, Türklappern und Rascheln meldete er sich wieder.

„So, jetzt ist es besser. Hallo. Mit wem spreche ich denn?"

„Hallo Mætt", sagte Mariya mit neutraler Stimme.

Sekundenlang herrschte Schweigen.

„Hallo Mariya", antwortete Mætt krächzend. Scheinbar hatte Mariya ihn kalt erwischt.

„Du, ich würde mich gerne mit dir treffen. Es gibt da das ein oder andere zu bereden. Hättest du Zeit für mich?", fragte sie ihn sehr direkt in betont neutraler Tonlage. Mætt stotterte, musste sich laufend räuspern und hatte Probleme zusammenhängende Sätze zu formulieren. Jedenfalls kamen sie am Ende überein sich noch am gleichen Abend gegen 20 Uhr bei ihm zuhause zu treffen. Er sagte zu, über alles, was es zu reden gab, zu reden. Zufrieden legte sie auf. Hatte doch geklappt, dachte sie sich. Man darf ihm einfach keine Chance lassen sich zu entziehen.

Mariya hatte Lara gebeten auf Lennox aufzupassen und in Aussicht gestellt, dass sie vielleicht ein, zwei Tage über Nacht weg sei. Lara grinste wissend, aber als Mariya ihr erklärte, dass sie sich mit Mætt zum Reden treffen würde, nickte sie nur mit ernster Miene.

Mariya fuhr mit Traudels Kleinwagen die etwas mehr als einhundertzwanzig Kilometer bis zu Mætts Haus und klingelte pünktlich um 20 Uhr. Aus dem Inneren hörte sie ein Rumoren und Scheppern, dann wurde ihr die Tür hektisch aufgerissen. Ein fahrig wirkender Mætt mit einem karierten Handtuch über der Schulter hob an, um sie zu begrüßen. Mit einem lauten Krachen fiel der Staubsauger aus dem Wandschrank und schnitt ihm so seinen Satz ab. Die Szene hatte derart viel Situationskomik, dass Mariya laut auflachte. Mætt rang mit seiner Fassung. Gefühlt eine Ewigkeit standen sie zwischen Tür und Angel und starrten sich an. Niemand bewegte sich. Mariya lachte in sich hinein, begrüßte Mætt, streichelte ihn mit ihrem Handrücken über seine Wange und schlängelte sich an ihm vorbei in die Wohnung. Wie in Zeitlupe schloss er die Tür, die das erst beim zweiten Anlauf zuließ. Sie standen sich wortlos gegenüber. Musterten sich. Er sah unverschämt gut aus. War im Gesicht etwas schmaler geworden und leicht gebräunt.

„Gut siehst du aus", sagten beide zeitgleich und mussten lachen.

„Komm, lass uns ins Wohnzimmer gehen", meinte Mætt, „magst du etwas trinken?"

„Ja gerne. Ich trinke das, was du trinkst. Hast sicher ein Fläschchen Wein für die liebe Mariya aufgemacht."

„Ich kann dir gerne ein Fläschchen Wein aufmachen, ich trinke aber eine Tasse Tee", gab er zurück.

Daraus entspann sich ein witziger Dialog darüber, was sie trinken wollten beziehungsweise was Mætt nicht trinken wollte. Eigentlich wollte Mariya aber nur testen, ob er auch wirklich abstinent ist und sich nicht doch rumkriegen ließ, gegen seine anscheinend neuen Prinzipien zu verstoßen. Mætt schien es aber ernst zu sein.

Sie ging an ihm vorbei in die Küche, zog wortlos ihre Jeans aus und schlüpfte in die mitgebrachte bequeme Baumwollhose mit dem breiten Bund. Aus den Augenwinkeln sah sie, wie sie von Mætt gemustert wurde, als sie da nur bekleidet mit ihrem Slip in seiner Küche stand.

„Ich mache ihn also schon noch nervös", dachte sie mit Genugtuung.

Er goss für beide Tee ein und Mariya bemerkte mit weiterer Genugtuung, dass seine Hände zitterten. Auf der Couch angekommen, eröffnete sie das Gespräch.

„Du, wir müssen reden. Ich habe genug Zeit mitgebracht. Es ist wichtig."

So oder so ähnlich begann das Gespräch der beiden. Irgendetwas von „erwachsenen Menschen" und „Eltern eines Kindes" erwähnte sie auch noch.

„Um was genau geht es?", fragte Mætt in einem um Belanglosigkeit bemühten Tonfall. Sie ließ sich davon aber nicht täuschen. Sie konnte ihn lesen wie keine andere. Bei Mætt rotierten die Gedanken, er war derart angespannt und unsicher, dass er das nicht verbergen konnte. Er hatte keine Ahnung, um was es Mariya ging. Wie auch. Sie rutschte in „ihre Ecke" der Couch, bemerkte, dass Mætt das zur Kenntnis nahm. Er war zittrig, fahrig und Mariya genoss es ihn so zu sehen. Er hat nackte Angst, dachte sie. Gut so!

Sie begann von Lennox und den Vorfällen im Kindergarten

zu erzählen. Mætt hörte gespannt und interessiert zu. War scheinbar erleichtert, dass es nicht um ihr Verhältnis zueinander oder um sein Verhalten der letzten Monate ging. Er stellte die ein oder andere Zwischenfrage, ließ aber Mariya ausreden und ihre Schilderungen beenden. Dann begann er von sich zu erzählen. Als er ein Kind war, hatte er wohl ähnliche Probleme. Er konnte auch schon lesen, als er in den Kindergarten kam. Später, in der Schule, wurde er dann so richtig verhaltensauffällig, weil er, er nannte es „unterfordert", war. Auch er habe andere Kinder gemobbt. Wenn die dann aufbegehrten, habe er sie kurzerhand verprügelt. Er habe dann einige Klassen übersprungen, was ein bisschen half. Er wurde von seinen Eltern beschäftigt und bekam irgendwelche Aufgaben, die sein Gehirn fordern sollten, was es im Nachhinein betrachtet ein Stückchen besser machte. Als er älter wurde, konnte er sein Verhalten selbst besser kontrollieren. Also nichts Fremdes für Mætt.

Er war der Meinung, dass man Lennox nur ausreichend geistig auslasten muss, dann würde das schon werden. Er stimmte auch zu den Jungen untersuchen zu lassen, um körperliche Aspekte auszuschließen. Er gab viele gute Ratschläge. Mariya genoss es einerseits mit ihm zu sprechen, seine Meinung zu hören, was sie aber mehr und mehr auf die Palme brachte war, dass es so klang, als würde er einem anderen Hundebesitzer Ratschläge geben, wie er seinen Hund besser erziehen konnte. Es war immerhin genauso sein Sohn. Sie spürte, wie in ihr Wut aufstieg.

Er ging in die Küche und fragte, ob sie denn jetzt ein Glas Wein trinken möchte. Daraus entsprang eine Unterhaltung, in der er über seine Abstinenz sprach, erzählte, dass er sich so besser fühlte. Als Mariya sagte, dass sie das gehört hätte, holte Mætt Luft und begann über Freundschaft und Vertrauen zu rezitieren. Das war der Moment, als Mariya der Geduldsfaden riss. Was bildete dieser Penner sich eigentlich ein?

In den nächsten fünfundzwanzig Minuten faltete sie Mætt verbal zusammen. Sie redete sich immer mehr in Rage. Pausierte nur kurz, um den Wein, den Mætt für sie geöffnet hatte, aus der

Küche zu holen. Danach kehrte sie zurück, zur zweiten Runde, und ließ ihn nicht entkommen. Sie schleuderte ihm alles entgegen, was ihr seit ihrer Trennung auf der Seele gebrannt hatte. Filetierte ihn genüsslich mit Worten. Trank blitzschnell zwei Gläser Wein, die ihr in wenigen Sekunden zu Kopf stiegen. Sie hatte sich so in Rage geredet, dass sie hektische, rote Flecken im Gesicht bekam. Mætt starrte sie mit aufgerissenen Augen an und ließ ihre Abrechnung ohne Widerspruch über sich ergehen. Als Mariya fertig war, dauerte es einen Moment und er begann mit gesenktem Kopf leise zu erzählen. Von sich. Von seinem Befinden. Von dem Augenblick, als Dariusz ihm die Meinung gesagt hatte. Dass er aufgehört hat zu trinken und dass er zu Dimitri gefahren war, um die Freundschaft zu retten. Er redete darüber, wie er sich in Behandlung begeben hatte, über die schmerzvollen Erfahrungen, die er machen durfte, und wie er anfing sich besser und besser zu fühlen. Er erzählte von den Schädigungen seines Gehirns, der PTBS und der Psychotherapie, in die er regelmäßig ging. Er erzählte auch, dass er sich unendlich schämte. Wegen seines Verhaltens. Weil er die Menschen, die ihm am meisten bedeuteten, so schäbig behandelt hatte. Nicht wusste, wie er sich verhalten solle.

Mariya hörte ihm zu. Versuchte zu verstehen, was er ihr erzählte. Ließ ihn nicht aus den Augen und merkte, dass es ehrlich war, was er ihr berichtete. Spürte, dass er sich tatsächlich unendlich schämte. Sie spürte auch, dass sie ihn mit ihrem direkten Blick in seine Augen aus der Fassung brachte. Spürte aber auch, dass sie diesen Mann unsagbar liebte. Als Mætt Luft holen musste und eine Pause machte, fragte sie:

„Warum tust du das alles? War doch alles okay, auch ohne den ganzen Aufwand."

Betreten blickte er zu Boden. Wusste nicht, was er darauf erwidern sollte. Mariya wiederholte die Frage. Dieses Mal mit Nachdruck.

„Ein Scheiß lief gut. Ich habe alles zerstört, was mir lieb und wichtig war", antwortete er leise mit resigniertem Kopfschütteln.

„Das ist alles?", fragte sie ihn und schaute ihm wieder mit diesem Blick frontal in die Augen. Sein Kehlkopf begann zu tanzen. Er bekam minutenlang keinen Ton heraus. Rang um Fassung. Dann straffte er sich, holte tief Luft, schaute sie an und erwiderte leise:

„Weil ich nicht aufgehört habe zu hoffen ... weil ich mir nichts so sehnlichst wünsche, als das du und ich ... weil ich endlich anfangen wollte das mir Mögliche zu tun, damit wir eine gemeinsame Zukunft haben. Weil ich dich liebe Mariya und weil ich ohne dich nicht vollständig bin ..."

Er verlor die Fassung. Seine Augen füllten sich mit Tränen. Seine Schultern bebten. Es fehlte nicht viel, dann würde er hemmungslos zu weinen beginnen.

„Kannst du den letzten Satz nochmal wiederholen?", fragte Mariya. Auch ihre Augen hatten sich mit Tränen gefüllt.

„Was meinst du?", fragte er, „weil ich dich liebe und ohne dich nicht komplett bin?"

„Du hattest ‚vollständig' gesagt, beim ersten Mal."

Sie krabbelte auf allen Vieren über die Couch auf ihn zu, nahm ihn in die Arme und küsste sein Gesicht. Sie nahm seine Hände, schaute ihm wieder in die Augen.

„Nichts möchte ich lieber, als die Sache in den Griff kriegen. Wieder mit dir zusammen zu sein. Ich habe aber Angst, dass alles wieder so wird wie damals, als ich abgehauen bin. Angst habe ich aber auch davor, dass zu viel kaputt gegangen ist und dass es nie mehr so wird, wie es gewesen ist. So schön wie es gewesen ist."

„Ja, würdest du es denn überhaupt versuchen wollen? Ohne dass man es versucht, ohne dass wir es versuchen, finden wir doch gar nicht heraus, wie es gewesen wäre."

Sie schaute ihn wieder mit diesem Blick an. Spürte, dass seine Frage ihm selbst Angst machte. Angst vor einer negativen Antwort. Angst davor, seine Liebe endgültig zu verlieren.

Er wiederholte seine Frage, weil ihn Mariya stumm mit großen Augen angestarrt hatte. Sie holte tief Luft und nahm seine beiden Hände in die ihren.

„Ja Mætt, das möchte ich. Und weißt du warum? Weil auch ich dich liebe und ohne dich nicht komplett bin."

Dann war es vorbei mit der Beherrschung. Mætt brach förmlich zusammen und weinte wie ein kleines Kind. Er lag in Mariyas Armen und konnte sich schier nicht mehr beruhigen. Mariya streichelte ihn, nannte ihn zärtlich eine Heulsuse. Dass ihre eigenen Tränen auf sein T-Shirt tropften, merkte sie gar nicht. Tatsächlich weinte sich Mætt in den Schlaf. Mariya saß still da und schaute ihm eine Weile beim Schlafen zu. Lauschte seinem gleichmäßigen Atem, schaute, wie sich seine Brust hob und senkte. Sie wusste, dass jede Menge Arbeit vor ihnen lag. Ausgang ungewiss. Mætt hatte recht mit dem, was er sagte. Wenn sie nicht versuchten, ihre Beziehung auf eine andere Basis zu stellen, dann würden sie auch nicht herausfinden, ob es vielleicht doch funktionieren würde. Wenn es nicht funktionieren würde, dann war das vielleicht der notwendige Schritt, um loslassen zu können. Mit diesen Gedanken stand sie vorsichtig auf, um Mætt nicht zu wecken. Sie ging in die Küche und nahm ein paar der mitgebrachten Dinge aus ihrer Tasche. Damit ging sie nach oben ins Badezimmer und packte diese Sachen an ihren Platz. Da, wo sie schon immer standen. Da, wo sie auch ihrer Meinung nach hingehörten. Nach dem Zähneputzen ging sie ebenso leise wieder nach unten und schlüpfte vorsichtig hinter Mætt auf die Couch, der sich auf die Seite gedreht hatte, und schmiegte sich an ihn. Es dauerte nicht lange, da war auch sie in einen tiefen, traumlosen Schlaf gesunken.

Nach einer gefühlten Ewigkeit wurde sie wach. Sehr langsam kam sie zu sich. Ihre Augenlider waren derart schwer, dass sie ihre Augen nur mühsam öffnen konnte. Sie roch den schweren Duft von schwarzem Kaffee. Von dem Kaffee der Kaffees. An jedem Wochenende, an dem sie zusammen waren, hatte Mætt sie mit einem solchen Fünf-Sterne-Kaffee geweckt. Mit geschlossenen Augen setzte sie sich lächelnd auf, rückte in „ihre" Ecke und streckte den Arm aus. Vorsichtig platzierte Mætt die große Kaffeetasse in ihrer Hand und glitt neben sie auf die übergroße

Couch. Es war früh am Morgen. Irgendwie magisches Dämmerlicht. Ganz still. Zaghaft erwachte der Tag, beobachtet von Mætt und Mariya.

Sie verließen die Couch an diesem Wochenende nicht allzu oft. Sie schliefen miteinander, sie redeten miteinander und sie weinten sich die ganze beschissene Situation miteinander von der Seele. Sie waren wirklich gewillt, Dinge anders zu machen. Mætt war gewillt, Dinge anders zu machen. Er war sich auch sicher, vieles anders machen zu können. Dazu beschlossen sie gewichtige Veränderungen. Zusammen. Ohne den anderen zu überreden. Gemeinsame Entscheidungen.

Kapitel 10 – Aufbruch in ein neues Leben

Die wichtigste Sache, die sie beschlossen, war die, dass sie sich einen gemeinsamen Wohnsitz suchen wollten. Etwas Neues. Etwas, das einem gemeinsamen Neustart auch würdig war. In den nächsten Wochen übten sie schon einmal das gemeinsame Leben. Sie verbrachten die Wochenenden, die freitagmittags, nachdem Lennox aus der Schule heimgekommen war, begannen und montagmorgens zu Lennox' Schulbeginn endeten, gemeinsam. Sie unternahmen viel in der Umgebung und es stellte sich zum ersten Mal, seit ihr gemeinsamer Sohn auf der Welt war, so etwas wie ein Familiengefühl ein.

Lennox lernte seinen Vater kennen und sein Vater ihn. Das Kind war schon eigen, lebte in seiner eigenen Blase. Mætt kannte das, wurde von ihm an sich selbst erinnert. Daher kamen die beiden sehr gut miteinander zurecht. Eine gewisse Distanz blieb jedoch immer, aber das war der Natur der Dinge geschuldet. Mætt konnte man ja auch als distanzierten Menschen beschreiben, wenn man ihn nicht kannte.

Im Frühling fanden sie ein passendes Haus. Leerstehend. Dorfrand. Freistehend, mit einigermaßen großem Grundstück. Der Kauf war kompliziert, weil der Verkäufer ein Freak war, aber zu Weihnachten 2012 zogen die drei dort zusammen ein. Vor allem war da Platz. Platz für alle und Platz genug, damit jeder seinen eigenen Rückzugsbereich hatte. Mariya hatte unterm Dach eine kleine Wohnung, in die sie sich zurückziehen konnte, wenn es ihr danach war. Lennox bewohnte auch im oberen Stockwerk ein ehemaliges Ferienappartement mit eigenem Badezimmer. Dann gab es noch eine große Wohnung im Erdgeschoss, in der sich das gemeinsame Leben abspielte. Eben dieses gemeinsame Leben veränderte ihre Beziehung. Sie gingen abends gemeinsam zu Bett und wachten morgens nebeneinander auf. Das war neu. Und ungemein schön. Der Alltag, der so zwangsläufig in eine beständige Beziehung einzieht, wird von den meisten als störend oder gar als Beziehungskiller empfunden. Nicht so von Mariya und Mætt. Der Alltag wurde von beiden als bereichernd empfunden. Sie pflegten ihre Beziehung wie ein zartes Pflänzchen. Natürlich misstraute Mariya anfänglich dem Frieden. War es wieder nur eine Phase und fiel Mætt anschließend wieder zurück in alte Muster? Am Ende noch schlimmer als zuvor? Anfangs hinterfragten sie jeden Monat ihre Beziehung. Sie nahmen sich Zeit, setzten sich zusammen oder gingen miteinander in die Natur und redeten. Wie ist es dir mit mir ergangen in den letzten vier Wochen, war die Frage, die sie sich gegenseitig ehrlich beantworteten. Das war die gemeinsame Absprache, wie sie miteinander umgehen wollten. Die Zeitabstände, in denen sie diese standortbestimmenden Gespräche führten, wurden mit der Zeit länger und länger, je mehr Vertrauen zwischen den beiden wuchs beziehungsweise je mehr das alte Vertrauen, das sie ursprünglich ineinander hatten, wieder zurückkehrte.

Das neu gekaufte Haus war in einem desolaten Zustand. Alt eben. In den frühen 1970ern gebaut und seitdem nicht mehr wirklich erneuert. Alte Fenster, durch die der Wind hineinpfiff, ein altes Dach, das nicht gedämmt war, und zu guter Letzt noch überall Teppichböden, die einen widerlichen Geruch ausströmten. Beiden fehlte noch eine offene Feuerstelle im Wohnzimmer, denn es gab nichts Schöneres als gemeinsam in ein offenes Feuer zu schauen. Wenn man einem gewissen Anspruch an den Tag legt, war auch immer genug zu tun. Einige der Arbeiten erledigten die beiden selbst, andere wurden an Handwerker vergeben. Relativ schnell war die Renovierung abgeschlossen und aus dem Haus wurde ein Zuhause.

Ganz besonders zu erwähnen ist, dass es direkt zum Einzug Zuwachs gab. Hunde zogen ein, was sich beide gewünscht hatten. Richtige Hunde und keine Ratten, hatte Mætt das einmal formuliert. Dimitri schenkte den beiden zwei Welpen aus einem Wurf seiner Hündin. Zwei wunderschöne Molosserhündinnen zogen bei den beiden ein und hielten sie auf Trab. Diese großen und stattlichen Tiere waren, wenn sie ausgewachsen waren, der perfekte Begleiter in allen Situationen. Ausgezeichnete Wachhunde, die ihr Menschenrudel bedingungslos beschützten, und für die, die sie mochten, die besten und treuesten Freunde. Mariyas inniges Verhältnis zu „ihrer" Hündin war derart innig, dass selbst Mætt, den die beiden Tiere über alles liebten, aufpassen musste, wenn er Mariya vielleicht etwas zu sehr neckte. Ihr Hund verstand da keinen Spaß Der ein oder andere Paketbote, der das Grundstück trotz ausreichender, mehrsprachiger Beschilderung unaufgefordert betrat, musste die Humorlosigkeit der Hunde am eigenen Leib erleben. Dazu aber später mehr.

So führten die beiden ein beschauliches Leben. Sie wuchsen als Paar und als Familie zusammen, hatten und haben ihre Höhen und Tiefen. Wie das in einem alltäglichen Leben halt so ist. Beide hatten ihre Jobs, für die sie ab und an auch reisen mussten. Manchmal mehr, manchmal weniger. Die Absprachen diesbezüglich funktionierten perfekt. Manchmal begleitete Mariya Mætt und wenn es Mætts Terminkalender zuließ, dann begleitete er Mariya.

Einmal die Tatsache akzeptiert, dass seine „Dämonen", oder wie auch immer man das nennen wollte, die Folge einer Erkrankung waren, nahm Mætt diese Tatsache sehr ernst. Er ließ sich regelmäßig untersuchen, flog dazu auch unregelmäßig in die USA und besuchte für eine sehr lange Zeit, sehr regelmäßig einen Psychologen, um an seiner PTBS zu arbeiten. Böse Zungen würden das Leben von Mariya und Mætt „heile Welt" nennen, was es ein Stück weit auch war.

Mætt und seine „Jungs", wie er sie nannte, brachen nach wie vor einmal im Jahr zu einer Herrenpartie auf. Karin und Mariya nutzten diese Zeit um ihre Mädels-Dinge zu machen. Manchmal fuhren sie zusammen weg, in irgendeinen Wellness-Tempel, ein anderes Mal trafen sie sich nur, um ein entspanntes Wochenende miteinander zu verbringen.

Die Renovierung des polnischen Hauses war eine Neverending Story, aber irgendwann auch abgeschlossen. Sofern man die Renovierung eines derart alten Gemäuers jemals als abgeschlossen bezeichnen kann. Hört man vorne auf, fängt es hinten wieder an, pflegte Willi zu sagen. Trotzdem, es war wunderschön geworden. Ein Juwel, das seinerseits besonders erstrahlte, seit wieder Leben in seine Mauern eingezogen war. Oft verbrachten sie lange Wochen im Sommer dort, vornehmlich wenn Lennox Ferien hatte. Mætt liebte die Ruhe und Abgeschiedenheit und reiste schon Wochen vor den Sommerferien an und blieb gerne auch länger, wenn es sein Terminkalender zuließ. Ab und zu verbrachten sie auch den Jahreswechsel und einen Teil der Wintermonate dort. Ein beschauliches Leben.

Eine Begebenheit aus dem Frühjahr 2015 sollte noch erwähnt werden. Mætt hielt um Mariyas Hand an. So richtig schön kitschig mit Niederknien und Blumen. Er hatte seine älteste Jeans an, ein löchriges Sweatshirt, das er zur Renovierung getragen hatte, und kniete mit einer Plastikrose, die er am Jahrmarkt einmal geschossen hatte, in der Küche hinter Mariya. Er musste sich etliche Male räuspern, bevor Mariya ihn wahrnahm. Da sie am Zwiebelschneiden war, hatte sie Tränen in den Augen, als sie sich umdrehte.

„Ich habe doch noch gar nichts gesagt. Also jetzt noch nicht heulen. Du bist zu früh!", antwortete er mit einem Schmunzeln. Mariya verstand zunächst nicht, was er eigentlich von ihr wollte. Er hielt dann richtig offiziell um ihre Hand an und sie willigte lachend ein.

Die Hochzeit fand im gleichen Sommer in Polen in ihrem Haus statt. Sie hatten einen Shuttle-Dienst arrangiert, der Deutschland mit einem Kleinbus von Süden nach Norden durchquerte und die handverlesenen Gäste nach Polen fuhr und nach der Feier, ein paar Tage später, auf dem umgekehrten Weg wieder zuhause absetzte. Die Hochzeit war wunderschön. In einem alten, etwas heruntergekommenen polnischen Standesamt bekamen sie den amtlichen Segen; den kirchlichen Segen erhielten sie von einem mittlerweile in die Jahre gekommenen Igor, dem orthodoxen Priester, der für Mariya übersetzt hatte, als diese nach Deutschland kam und Traudel und Willi vorgestellt wurde. Die Feierlichkeit fand im Freien vor dem Haus unter einem Baldachin statt. Alle, die den beiden lieb waren, waren gekommen. Die polnischen Freunde sangen Lieder, es wurde gefeiert, bis tief in die Nacht. Unspektakulär, aber unglaublich schön.

Die beiden verabredeten sich, als die Feier voll im Gange war, auf ihrem Steg. Den ganzen Tag über hatten sie nicht eine Minute ungestörte Zeit füreinander beziehungsweise die notwendige Ruhe für etwas ganz Persönliches. Sie setzten sich auf den Rand der oberen Stufe, hielten sich an den Händen und lächelten sich an.

„Bist du glücklich?", fragte Mariya.

„Ja, total!", antwortete Mætt.

„Hättest du gedacht, dass wir jemals heiraten würden?"

„Als du schwanger wurdest, hätte ich dich geheiratet, danach hat es wohl länger nicht danach ausgesehen", antwortete Mætt.

„Was ist jetzt anders?", fragte sie ihn mit ruhiger Stimme.

Mætt dachte einen Moment nach, schaute in die Ferne, dann lächelte er und antwortete:

„Ich denke der Unterschied ist, dass wir das beide wollten. Dass es keinen äußeren Umstand gibt, der uns dazu rät zu heiraten, weil es angebracht wäre. Noch dazu kennen wir uns schon sehr lange. Wir leben schon einige Zeit miteinander. Jeder weiß, was er von dem anderen erwarten kann und was nicht. Ich liebe dich von ganzem Herzen und bin sehr, sehr froh, dass es dich gibt, Mariya!"

„Das ist total schön, wie du das sagst. Glaub mir, ich kann dir das genauso zurückgeben und ich wünsche mir, dass wir noch ganz viele schöne Jahre miteinander haben werden. Jetzt lass uns aber zu den anderen zurückgehen, sonst denken sie, dass wir schon mit der Hochzeitsnacht begonnen haben. Hier auf dem Steg."

Sie lachte ihr dreckiges, kehliges Lachen und gab Mætt einen Klaps auf den Oberschenkel. Sie standen gemeinsam auf, nahmen sich an der Hand und küssten sich, bevor sie zu den anderen ans Feuer zurückkehrten. Sie verbrachten noch schöne Tage zusammen mit ihren Freunden. Einige blieben etwas länger, andere kehrten mit dem Bus zurück nachhause.

Mariya, Mætt und Lennox blieben noch bis zum Ende der Sommerferien, bevor sie in ihr Zuhause nach Süddeutschland zurückfuhren.

Lennox Entwicklung gab Anlass zur Sorge. Seine Eigenheiten verstärkten sich immer mehr. Er sprach tagelang nicht, war in der Schule auffälliger denn je. Mariya und Mætt mussten sich eingestehen, dass sie ihm nicht länger das Umfeld bieten konnten, das er für eine optimale Entwicklung benötigte. Sie konsultierten einen Spezialisten, der ihnen empfahl, Lennox in ein Internat zu geben, das sich auf Jugendliche mit dieser Art Auffälligkeiten spezialisiert hatte. Es war offensichtlich, dass sich Lennox' „Befindlichkeitsstörungen" nicht von alleine regelten. Sie brauchten Hilfe. Erst recht dann, wenn man als Eltern die bewusste Entscheidung getroffen hatte, dem Jungen keine Psychopharmaka zu verabreichen, damit sie ein entspanntes Leben haben. Sie besprachen die Vor-, aber auch die Nachteile und entschieden sich schweren Herzens dazu Lennox ab dem kommenden Schuljahr in eben diesem empfohlenen Internat anzumelden. Dort hatte er das komplette Programm. Hochbegabtenförderung inklusive. Lennox reagierte auf diese Nachricht völlig emotionslos. Er nickte das quasi ab, erklärte sich einverstanden und ging zur Tagesordnung über.

Mit dem Abstand von mehreren Jahren betrachtet, war das eine gute Entscheidung. Auch wenn es insbesondere Mariya sehr schwergefallen war, loszulassen. Schlussendlich fühlte sich Lennox dort sehr wohl. Er schreibt in diesem Jahr sein Abitur und möchte danach irgendetwas Naturwissenschaftliches studieren. Physik oder so. Mariya hat sich mittlerweile mit ihrer Entscheidung arrangiert, weil sie sah, dass es ihrem Sohn gut tut in einem Umfeld zu sein, in dem auf seine Bedürfnisse eingegangen wird. Das Gefühl, als Mutter versagt zu haben, hatte sie anfangs schon sehr stark. Zu sehen, wie Lennox sich zum Positiven entwickelte, half aber dieses Gefühl des Versagens mit der Zeit verblassen zu lassen.

Oft sprachen und sprechen die beiden über Lennox, über Entscheidungen, die man hätte treffen können oder bewusst nicht getroffen hatte. Hätte man etwas besser machen können, wenn man früher oder anders reagiert hätte? Müßig, aber – da sind sich Mætt und Mariya einig – man macht Dinge, trifft Entscheidungen eben nur so gut, wie es das eigene Potenzial zu dem geforderten Zeitpunkt zulässt. Ein jeder ist ab einem bestimmten Moment seines Lebens eigenverantwortlich. In der Zeit, in der wir leben, ist es sehr angesagt und modern diese Verantwortung für sich selbst an andere abzugeben. Die „Schuld" für was auch immer suchen wir bei anderen, vornehmlich bei den eigenen Eltern. Wenn dann aus eigenen Unzulänglichkeiten eigenes Versagen wird, muss man mit dieser Haltung die Ursachen wenigstens nicht bei sich selbst verorten. Das wäre ja schon fast so, als wie Verantwortung für das eigene Tun zu übernehmen.

Nachdem Lennox ausgezogen war, das war im September 2018, wurde es ruhig im Leben der beiden. Sie rückten noch enger zusammen, waren ja jetzt alleine. Ganz wie am Anfang ihrer Beziehung. Irgendwie war es aber anders. Sie unternahmen sehr viel gemeinsam. Sie reisten durch die Welt, wann immer es ihr beruflicher Zeitplan zuließ. Viel Zeit verbrachten sie auch in ihrem Haus in Masuren.

Mariya nannte diese Zeit einmal „schwerelos". Sie machten beide ihr Ding und trotzdem drehten sich ihr beider Leben sehr eng umeinander. Sie telefonierten jeden Tag miteinander. Manchmal sogar mehrmals. Sie planten alle ihre Aktivitäten so, dass die Zeit, in der sie getrennt voneinander waren, so kurz als möglich gehalten wurde.

Gegen Ende 2019 veränderte ein weiterer Umstand ihr Leben. Etwas, das im weiteren Verlauf „Coronapandemie" genannt wurde, hielt nicht nur in Deutschland Einzug. Es verunsicherte die Leben aller Menschen auf der gesamten Welt. Es brachte aber nicht nur das Gute im Menschen zum Vorschein. Das gesellschaftliche Klima in Deutschland und nicht nur in Deutschland veränderte sich sehr stark. Es kam zu sogenannten Lockdowns. Das alltägliche Leben kam völlig zum Erliegen. Es gab Ausgangsverbote und Kontaktsperren. Völlig unterschiedliche, zum Teil konträre Informationen kursierten in den Medien. Alternative Medien, deren Informationen mehr als fragwürdig waren, bekamen Zulauf. Die Menschen bekamen es mit der Angst zu tun. Als Folge ging eine katastrophale Spaltung durch die Gesellschaft. Man war entweder „dafür" oder „dagegen". Etwas dazwischen gab es scheinbar nicht mehr. Der gesunde Menschenverstand, das rationale Denken verschwand über Nacht. Auch Familien, die eben noch scheinbar wunderbar funktionierten, wurden Opfer dieser Spaltung. Alles, was von der Meinung der wie auch immer gearteten Mehrheit abwich, war suspekt. Denunziation wurde, staatlich gefördert, wieder salonfähig. Teilweise schufen Kommunen Internetplattformen, auf denen man Mitmenschen mit „Bildbeweisen" wegen Verstößen gegen die Corona-Gesetzgebung, gegen das Versammlungsverbot im Besonderen, anschwärzen konnte. Das mussten Mætt und Mariya am eigenen Leib erfahren, als ein aufmerksamer Mitbürger die beiden wegen eines Mittagessens mit Freunden, bei denen sie auf der Terrasse saßen und grillten, anzeigte. Als Bildbeweis diente eine aus großer Entfernung gemachte Fotografie, auf der man unscharf und verschwommen mehr als zwei Personen erkennen konnte. Schlussendlich wurde das Verfahren irgendwann eingestellt, aber eben diese Mentalität, die sich in dieser Zeit etablierte, verabscheuten beide zutiefst. Blockwartmentalität nannte Mætt das verächtlich und hatte auch Vergleiche mit der jüngeren deutschen Geschichte parat.

Als dann der heilsbringende Impfstoff, der in aller Eile unter

Missachtung aller internationalen Produktionsstandards der pharmazeutischen Industrie zusammengerührt wurde, nicht von allen Bürgern angenommen wurde, begann eine regelrechte Hetzjagd auf sogenannte „Impfverweigerer". Pandemie der Ungeimpften nannte man das. Plötzlich waren Mætt und Mariya am Pranger. Nicht weil sie etwas verweigerten, was vielleicht gut und richtig war, sondern weil sie Verständnis dafür äußerten, dass man sich nicht widerstandslos mit etwas behandeln lassen wollte, dessen Wirkung und vor allem dessen Nebenwirkungen nicht geklärt waren. Unverständnis über die Aggressionen, die ihnen zum Teil entgegenschlugen, war die Folge. Als Konsequenz dieser teilweise von offizieller Seite geschürten unqualifizierten Diskussion und der damit einhergehenden Stimmungsmache vertiefte sich der Riss durch die Gesellschaft immer mehr.

Mariya war über Nacht arbeitslos, da ja das komplette gesellschaftliche Leben zum Erliegen kam. Dies schloss Reisemöglichkeiten ein. Bei Mætt gingen die Aufträge in den ersten drei Wochen drastisch zurück. In Anbetracht dieser ernsten Situation machten die beiden einen Kassensturz, um zu schauen, wie lange sie ihr Leben noch so weiterführen konnten, wenn dieser Zustand auf unbestimmte Zeit andauerte.

Aufgrund der geschilderten Auswüchse, der gesellschaftlichen Spaltung und der zum Teil medienwirksam organisierten Hexenjagden gegen Andersdenkende kamen die beiden überein, dass sie sich aus der Schusslinie bringen mussten. Wie aber bringt man sich aus einer Schusslinie, wenn der Zustand, dem man entkommen möchte, ein weltweiter ist? Sie entschieden sich für das naheliegende: Sie würden nach Polen in ihr Haus zu übersiedeln. In Polen gab es zwar die gleichen Sanktionen, auch dort war das alltägliche Leben weitgehend zum Erliegen gekommen. Auf ihrem Anwesen hatten sie aber wenigstens keine Nachbarn und konnten sich frei bewegen. Sie packten das, was sie dachten zu benötigen, inklusive ihre beiden Hunde in ihren Wagen und machten sich auf den Weg nach Masuren. Der Grenzübertritt von Deutschland nach Polen war genaugenommen illegal, weil es offiziell ein Einreiseverbot gab. Das war aber dem Feldweg bei Cottbus egal und Mætt sowieso.

So brachten sie die Coronazeit sehr entspannt hinter sich, ohne von den Auswüchsen aus dicht besiedelten Gebieten in irgendeiner Weise betroffen zu sein. Als Corona dann über Nacht für beendet erklärt wurde und zunächst von der Ukrainekrise abgelöst wurde, war es wieder Zeit für ein ernstes Gespräch unter Eheleuten. Wieder saßen sie auf ihrem Steg, schauten über den stillen See, beobachteten die Vögel und besprachen, wie sie denn zukünftig ihr Leben auszurichten gedachten. Sie fanden für alle Aspekte ihres Lebens, inklusive der beruflichen, eine valide Lösung. Unter Abwägung aller Vor- und Nachteile beschlossen sie genau da zu bleiben, wo sie gerade waren: am Rande der Zivilisation in Ostpreußen unweit der Grenze zu Russland. Im Auge des Zyklons, sozusagen, wie Mariya das einmal nannte.

So lassen wir die Erzählung von Mariyas Leben an dieser Stelle enden. Beiden sei gewünscht, dass sie, in einer Zeit mit wachsenden und immer komplexer werdenden Anforderungen an jeden von uns, ihr Leben noch lange glücklich und zufrieden weiterleben können.

Epilog – Hunde und Familie

Menschen sind in Bezug auf Tiere ganz unterschiedlich gestrickt. Es gibt Menschen, die sich als Katzenmenschen, und andere, die sich als Hundemenschen bezeichnen. Mir hat sich nie erschlossen, woran man eine solche Kategorisierung festmacht. Es gibt Meinungen, die ein frühes Kindheitserlebnis für eine solche Disposition verantwortlich machen. Ich, Fleming, habe angestrengt darüber nachgedacht und kam zu keinem wirklichen Ergebnis. Der kleine, pummelige Fleming hatte im zarten Alter von drei Jahren zuerst eine Begebenheit mit den Krallen einer jungen Katze und kurz darauf eine weitere mit einem Schäferhund, der Klein-Flemings Nase anscheinend sehr anziehend fand und hineinzwickte. Wenn man ganz genau schaut, kann man die Spuren heute noch erkennen. Bilde ich mir zumindest ein. So wird die Geschichte von meiner Mutter noch heute erzählt. Vorausgesetzt, man will das hören.

Vielleicht waren diese Begebenheiten ausschlaggebend, dass ich weder zu Hunden noch zu Katzen jemals einen wirklichen Bezug entwickelte. Den Wunsch meiner beiden Kinder in diese Richtung wusste ich jedenfalls immer irgendwie zu verhindern. Wenn ich allerdings so ganz tief in mich hineinhöre, dann sind es doch eher die Hunde, denen ich den Vorzug geben würde, wenn ich zu einer Entscheidung gezwungen würde.

Einen Hund als Mitglied der Familie zu bezeichnen, wäre mir bis vor kurzem völlig widersinnig erschienen. Hierzu wären mir dann Schlagworte wie „Vermenschlichung" oder „nicht artgerecht" eingefallen und ich hätte diese Hunde dann zusammen mit den Haltern gemeinsam am Tisch essen und am Ende noch in einem Bett schlafen sehen – was ja aus meiner Sicht gar nicht geht. Dass ein Hund aber durchaus ein ganz selbstverständliches Mitglied einer Familie sein kann, eine natürliche, wertschätzende und bereichernde Stellung innehat, ohne dass obige Attribute oder Situationen zutreffen müssen, durfte ich von Mariya und Mætt lernen. Dafür bin ich sehr dankbar und beginne zu erahnen, was mir durch den Verzicht auf ein Haustier, sei es nun Hund oder Katze, entgangen ist. Mit einem Hund hätte ich mir vielleicht die ein oder andere Diät oder die ein oder andere Entbehrung durch FdH (Friss die Hälfte) ersparen können. Wer weiß.

Ich bin Ylvi und Chi'Yoko zum ersten Mal ganz zu Beginn meiner Bekanntschaft mit Mætt, Mariya und den anderen auf dem Stańczyki-Viadukt im östlichen Polen begegnet. In meinen Anmerkungen zur Entstehung von „Mætt – The story beyond" beschreibe ich diese Situation ja ausführlich.

Ylvi war eine schwarze Tosa-Inu-Hündin. Sie war eine der beiden Welpen, die Mariya und Mætt zum Einzug in ihr gemeinsames „Nest" von Dimitri geschenkt bekamen. LaSanta (die Heilige), ihre Schwester, durfte ich leider nie kennenlernen, weil sie relativ jung sehr plötzlich verstorben ist. Auch Ta'Kashi, der Rüde, wurde nicht alt. Auch ihn habe ich nie kennengelernt, durfte aber viele witzige und auch ernste Anekdoten von ihm und LaSanta hören.

An besagtem Tag, auf besagtem Viadukt im polnischen Nieselregen nahm ich zunächst nur Chi'Yoko wahr. Auch eine Hündin, aber nicht verwandt mit Ylvi. Auch ein Alphatier. Beide brachten circa sechzig Kilogramm auf die Waage – jede der beiden. Die eine schwarz, die andere rot (offizielle Bezeichnung des Farbschlages, was meine Augen als ein helles Beige identifizieren). Die eine Hündin saß an Mætts Seite und schaute mich aus braunen Augen neutral, aber ohne Regung an. Die andere lag im Hintergrund und wurde von mir erst bemerkt, als wir aufbrachen. Sie war anders. Sie starrte mich permanent aus bernsteinfarbenen Augen an und machte keinen Hehl daraus, dass sie mich, würde man sie lassen, als Vorspeise fressen würde. Weder knurrte sie noch konnte man irgendwelche anderen, äußeren Zeichen diesbezüglich von ihrem Verhalten ableiten. Sie blickte mir direkt in die Augen und teilte mir durch ihre unglaubliche Präsenz unmissverständlich mit, was sie zu sagen hatte.

Mætt kommentierte das damals mit:

„Sie kann deine Angst riechen, Fleming", und grinste dabei vielsagend.

Angst hatte ich keine. aber ein schwarzer Hund macht immer einen bedrohlichen Eindruck. Frau Merkel durfte das ja während ihres Besuchs bei Herrn Putin auch erleben. Und ja, die Größe der Hunde beeindruckte mich durchaus.

Später, als ich die beiden Hundedamen kennenlernte, lernte ich, dass nicht Ylvi die gefährliche ist. Ich lernte Ylvi, die schon eine richtig alte, aber recht agile Hundedame war, als großherzigen Charakter kennen, die es vielleicht ein bisschen toll fand, wenn sie spürte, dass sich Menschen vor ihr fürchteten. Ich war wohl nicht der Erste, mit dem sie dieses Spiel, das wohl nur sie witzig fand, gespielt hatte. Hier muss ich mich korrigieren. Nicht nur Mætt, sondern auch die immer freundliche und empathische Mariya fanden das urkomisch, wenn plötzlich gestandene Männer beim Anblick von Ylvis bohrendem Blick aus bernsteinfarbenen Augen sich begannen in Zeitlupe zu bewegen und sichtlich unwohl zu fühlen.

„Wenn du das Wesen eines Menschen in zwei Sekunden erkennen willst, dann mach ihn mit Ylvi bekannt", pflegten die beiden zu sagen. LaSarta, ihre Schwester, war da wohl noch extremer. Daher der scheinheilige Name.

Wir, Mariya, Mætt, die anderen und ich haben vor und während der Entstehung der beiden Bücher sehr viel miteinander geredet. Haben uns in Persona getroffen. Mætt war immer in Begleitung eines Hundes, meistens von Chi'Yoko. Sie nimmt er auch in den Stammsitz seiner Firma mit. War man bei den beiden zuhause, dann bewegten sich die beiden stattlichen Tiere frei auf dem Areal. Das war völlig normal, nichts, was besondere Erwähnung fand. Es sagt ja auch niemand:

„Achtung, im Garten spielt mein vierjähriger Sohn. Der schreit, wenn er sich freut."

Die Hunde gehörten dazu und wer mit den beiden in Kontakt kommt, lernt sie ganz automatisch kennen. Ob er will oder nicht.

Im Januar 2025 Jahres mussten sie Ylvi gehen lassen. Sie hatte stark abgebaut, mehrere Tumore und begann zu leiden. Dann muss man als verantwortungsvoller Tierhalter eine sehr schwere Entscheidung treffen. Auch etwas, das mir als jemand, der keine Haustiere hat, nie in den Sinn gekommen wäre.

Wir waren in den letzten Abstimmungen zu diesem Buch und ich telefonierte mit einer trauernden Mariya, die aus ihrem Schmerz keinen Hehl machte. Sie betrauerte und beweinte Ylvi herzzerreißend und kam noch nicht mal auf die Idee, dass das im Entferntesten seltsam anmuten könnte. Wir sprachen über Ylvi, die die beiden fast dreizehn Jahre begleitet hatte, genauso respektvoll wie andere Familien über Onkel Edwin, wenn der sanft entschlafen war.

Im Nachhinein machte mich das sehr nachdenklich. Ich kannte das ja nicht. Daher entschloss ich mich diesen großartigen Tieren Raum zu geben. Sie waren lange Zeit Teil der Geschichte von Mariya und Mætt. Sie waren live dabei und haben ihren Teil zu den Anekdoten einer Familie beigetragen. Familienmitglieder eben.

Wie hat das alles begonnen? Dimitri war derjenige …

Zum Einzug in das gemeinsame Haus am Waldrand kamen, wie beschrieben, Karin und Dimitri mit den beiden Welpen zwei Tage vor Weihnachten 2012 bei Mariya und Mætt vorbei und übergaben ihr „Weihnachtsgeschenk". Ylvi und LaSanta. Die beiden Vollgeschwister waren acht Wochen alt und wogen so um die acht, vielleicht auch zehn Kilogramm. Zwei einigermaßen kleine, dafür aber quirlige Welpen mit spitzen Zähnen. Beide, sowohl Mætt als auch Mariya, waren schockverliebt.

Solange Karin und Dimitri da waren, schien alles kein Problem zu sein. Die Hündchen wuselten durch die Wohnung, erkundeten ihr neues Zuhause. Als Mariya Karin und Dimitri verabschiedet hatte und zurück ins Haus kam, wurde sie von sechs Augenpaaren fragend angeschaut.

„Kannst du Hunde?", fragte ein sichtlich verunsicherter Mætt, der die beiden neuen Mitbewohner auf dem Schoss hatte und unsicher tätschelte.

So begann das gemeinsame Leben mit Hunden. Sie wollten von Anfang an alles richtig machen und meldeten sich sogleich in einer Hundeschule an. Jeden Samstag war „Welpengruppe". Das ging so lange gut, bis die Hündchen den anderen Artgenossen aus der Babygruppe körperlich überlegen waren. Die Leiterin besagter Welpengruppe hatte dann ein ernstes Gespräch mit Mariya, weil keiner mehr zu den Gruppentreffen kommen wollte, wenn die beiden Hundeschwestern ihr Kommen angekündigt hatten. Sie wechselten dann in die Junghundegruppe, wo im Prinzip das gleiche Spiel von vorne begann. Alles war gut, aber nur so lange, bis Ylvi und LaSanta die Oberhand hatten. Sie machten dann noch einen Versuch mit „Einzelstunden" und beschlossen den Rest der Ausbildung selbst zu versuchen. Die beiden Schwestern waren nicht böse oder gar aggressiv zu anderen Hunden, sie waren einfach nur derb. Auch miteinander spielten sie sehr derb. Wenn dann ein Golden Retriever, der nur halb so schwer war, Teil dieses Spiels wurde, dann lag es in der Natur der Dinge, dass der unter die Räder kam. Die beiden waren clevere Hündchen und begierig zu lernen. So waren Mariya und Mætt gefordert das Ausbildungsprogramm so interessant wie möglich zu gestalten. Sonst verloren die beiden das Interesse und hatten nur noch Blödsinn im Kopf.

Die Hunde wollten ja auch transportiert werden. Ganz schnell disqualifizierte sich da Mætts schicker Firmenwagen. Ein Merkmal der Molosserhunde, das soll hier nicht verschwiegen werden, ist der starke Speichelfluss. Wenn es etwas wärmer wurde, so über zehn oder zwölf Grad Celsius, liefen die beiden aus.

Sabber tropfte in dicken, glibberigen Fäden von ihren Lefzen. Was passiert, wenn sie sich dann vorzugsweise im Haus oder im Auto schüttelten, kann sich ein jeder sicher ausmalen.

War Mætts Haus, in dem er vor seiner Beziehung mit Mariya alleine wohnte, immer blitzsauber, hielt jetzt eine gewisse Verwahrlosung Einzug. Waren die Hunde im Garten und kamen in die Wohnung zurück, war innerhalb von Sekunden der komplette Aufwand einer stundenlangen Putzsession zerstört. Damit mussten sie sich erstmal arrangieren.

Für den Transport wurde zunächst ein Kastenwagen angeschafft, der später von einem Kleinbus abgelöst wurde. Wie man der Schilderung entnehmen kann, krempelten die beiden Hündchen das Leben der drei komplett um. Auch Lennox musste seine Erfahrungen machen, denn die beiden Junghunde fanden nichts spannender als einen quiekenden und auf der Stelle wie Rumpelstilzchen tanzenden Lennox, den man mit kleinen, spitzen Welpenzähnen in die nackten Füße beißen konnte. Das Thema „zieh bitte deine Hausschuhe an" war auf der Stelle nachhaltig geklärt.

Bei all den Widrigkeiten gaben die Hunde unglaublich viel zurück. Mariya hatte viel Freude und zusammen mit Mætt lachten sie sehr oft herzlich über ihren Zuwachs. Ein oft unterschätzter Nebeneffekt ist, dass die Hunde regelmäßig bewegt werden wollen und sollen. Gassi genannt. Dabei ist es unerheblich, ob das Wetter dem Menschen an der Leine genehm ist oder nicht. Auch wenn es Bindfäden regnet, möchte der Hund spazieren gehen. Sein Highlight des Tages. Am besten zwei oder drei Mal pro Tag. LaSanta und Ylvi hassten Regen von ganzem Herzen, aber wenn man erstmal durch die ersten beiden tiefen Pfützen durch war, fanden sie doch Gefallen daran sich so richtig einzusauen. Dass man nasse Hunde in einer wohltemperierten Wohnung riechen kann, sei nur am Rande erwähnt. Und: je größer der Hund, desto intensiver der Geruch. Irgendwann roch man das nicht mehr. „Geruchsblind" nennt das die Werbeindustrie und bewirbt unterschiedlichste Produkte, die aber allesamt nutzlos sind. Zumindest bei der Fellfläche dieser Hunde.

Mariyas und Mætts Leben wurde durch lange Spaziergänge im angrenzenden Wald bereichert. Selbst bei Regen war das für die beiden Erholung. Nicht nur den Hunden tat das gut, man hatte auch plötzlich eine Stunde ganz für sich, in der man Zeit füreinander hatte, Dinge miteinander zu besprechen oder auch einfach nur zu schweigen. Definitiv wurde das von den beiden hochgeschätzt. Und was entspannt mehr, als nach einem stressigen Arbeitstag eine Stunde dem Rummel zu entfliehen und in der Natur runterzukommen, sich zu sammeln. Nach einem knappen Jahr als Hundebesitzer stellte sich eine gewisse Routine ein und die Hunde fanden im tagtäglichen Leben ganz selbstverständlich ihren Platz. Sie waren gelehrig, folgsam und so waren die Spaziergänge keine Herausforderung mehr.

Dimitri bat Mætt im darauffolgenden Sommer ihn nach Tschechien zu begleiten. Er wollte sich einen potenziellen neuen Zuchtrüden bei einem Züchter anschauen. Er wollte seine „Blutlinie" auffrischen, wie er es nannte, und deshalb einen Rüden begutachten, den er als neuen Stammhalter seiner zukünftigen Welpen auserkoren hatte. Dankbar für die willkommene Abwechslung willigte Mætt ein und die beiden fuhren in den äußersten Osten der Tschechischen Republik.

Dort bei dem Züchter angekommen, hatte Dimitri die Wahl zwischen vier Jungrüden, die etwa zwölf Wochen alt waren. Drei davon waren ausgesprochene Alphatiere. Wunderschön anzusehen. Dimitri fiel eine Entscheidung erwartungsgemäß schwer. Was Mætt aber störte war, dass sich drei der Jungrüden, allesamt Vollgeschwister, gegen den scheinbar schwächsten Bruder im Glied verbündeten. Nicht nur, dass sie zu dritt mit ihrer derben Art zu spielen über ihn herfielen, sie fraßen ihm auch sein Futter weg. Resultat war, dass eben dieser vierte Rüde körperlich erkennbar hinter seinen Geschwistern zurückgeblieben war. Mætts Gerechtigkeitssinn war empfindlich gestört. Als Konsequenz war eben dieser kleine und fast schon schwächliche Rüde Teil der Heimreise. Mætt machte sich Sorgen, ob er nicht vielleicht zuerst mit Mariya hätte sprechen sollen. Ob die ihn jetzt filetierte, wenn er (noch) einen Welpen anschleppte. Weit gefehlt. Wenn man zwei von den riesigen Biestern hat, fällt ein dritter nicht groß auf. So kam Ta'Kashi in die Familie.

Er integrierte sich in Windeseile, hatte er doch zwei Artgenossen, die ihm direkt zeigten, wie alles funktionierte. Der kleine, schwächliche Ta'Kashi wuchs zu einem stattlichen Rüden heran, der, schlank gehalten, knapp achtzig Kilogramm auf die Waage brachte.

Komplettiert wurde das Hundeteam später noch von Chi'Yoko, die Mætt bei einem Besuch, wieder bei Dimitri, nicht mehr von der Seite wich. Es waren acht Welpen, die in einem Knäuel in Dimitris Garten miteinander spielten. Sie waren zu diesem Zeitpunkt circa sechs Wochen alt. Mætt saß mit Karin und Dimitri im Garten, sie tranken Kaffee, redeten über dies und das und beobachten die Welpen. Chi'Yoko kam und wich nicht mehr von Mætts Seite. So oft er auch versuchte sie zu ihren Geschwistern zurückzubringen, kam sie sogleich wieder und legte sich auf Mætts nackte Füße. Der Hund hatte sich wohl Mætt ausgesucht.

Von Anfang an war Chi'Yoko völlig auf Mætt fokussiert. Wenn man bei LaSanta vorsichtig sein musste, Mariya zu sehr zu knuffen, so galt das in einem besonderen Maße für Chi'Yoko und Mætt. Hier war sie gelinde gesagt extrem humorlos.

Mittlerweile ist Chi'Yoko der einzige noch lebende Tosa Inu in der Familie von Mætt und Mariya. Alle anderen mussten sie irgendwann gehen lassen. Das ist der Lauf der Dinge, insbesondere bei großen und schweren Hunden. Alle diese Hunde haben bei den beiden einen festen Platz in ihren Herzen. Spricht man die beiden auf ihre Hunde an, können sie unendlich viele witzige, ernste und auch traurige Geschichten erzählen. Eben so wie andere von Onkel Edwin, der ja in seiner Jugend ein ganz wilder war.

Hiermit schließe ich meinen kleinen Exkurs über die Hundefamilie von Mariya und Mætt. Ein wichtiger Aspekt in deren Leben, den man so vielleicht gar nicht erwartet hätte, denn eigentlich sind das ja „nur" Hunde …

In Memoriam

LaSanta, Mariyas Tosa-Inu-Hündin der ersten Generation
10.06.2020

Ta'Kashi, der kleine, schwache Rüde
15.04.2021

Ylvi, Mætts Tosa-Inu-Hündin der ersten Generation
20.01.2025